有一种力量，叫文学；

有一种美好，叫回忆；

有一种感动，叫青春；

有一种生命，在鲁院！

鲁迅文学院·百草园文集

陌生人

常聪慧

◎ 著

MOSHENGREN

知识出版社

以更宏大的眼光，
把视角投向整个大社会，
进行冷静观察与透视，
对现代人的心理与生存状态
有一种普遍的关照。

图书在版编目（CIP）数据

陌生人/常聪慧著．--北京：知识出版社，
2017.5
（鲁迅文学院百草园文集）
ISBN 978-7-5015-9486-3

Ⅰ.①陌… Ⅱ.①常… Ⅲ.①小说集–中国–当代
Ⅳ.①I247

中国版本图书馆 CIP 数据核字（2017）第 094539 号

陌生人　　常聪慧　著

出 版 人	姜钦云	
责任编辑	易晓燕	
装帧设计	君阅书装	
出版发行	知识出版社	
地　　址	北京市西城区阜成门北大街 17 号	
邮　　编	100037	
电　　话	010-88390659	
印　　刷	北京一鑫印务有限责任公司	
开　　本	787mm×1092mm　1/16	
印　　张	15.25	
字　　数	280 千字	
版　　次	2017 年 6 月第 1 版	
印　　次	2020 年 2 月第 2 次印刷	
书　　号	ISBN 978-7-5015-9486-3	

定　　价　39.00 元

C目录
Contents

宜居之地

老秦死了。驾着捷安特——一辆崭新电动车，在试骑时，老秦撞上对面驶来的青灰色东风雪铁龙，当场死亡。送别那天，到处是空荡虚乏的黑影，一步，一步，走在殡仪馆湿漉漉的阳光下。他随着人流挪动，却始终没有勇气向玻璃棺中的老秦望上一眼。不看，记忆就不会改变，过后回想，老秦在他念想里永远是生龙活虎的暴躁模样。肇事司机一直到现在都觉得自己很委屈，请求事故科调出监控，并用手机录制下来，指给所有人："看到没？我是正常行驶，老头是'碰瓷'。"从监控上看，老秦在小路口曾停顿一下，瞅了瞅马路又低下头，像在推算时速，只待雪铁龙进入靶心，瞄准，射击，迅速将自己弹射出去。司机一遍又一遍分析，绝望地妄图抓住谁，期待他的一句同情、一个肯定。老秦死而有知，会一口呸向司机，反驳自己更冤："我名下刚刚有了两百多万存款，以及一栋两百平方米的房产，不去享受已经到手的美好生活，干吗要去'碰瓷'？这可太疼了。"他心上像被炮轰出一个洞，一地血淋淋的碎屑。人啊，怎么可以说没就没了呢。老秦是他在柳林桥最后一位发小，老秦的离去割断他与柳林桥最后一丝联系。

柳林桥拆迁后，他搬去儿子的祥龙湾，这个小区是柳林桥前期拆迁后新起的大厦，在村北与人民路接壤处，扼守村口。当初儿子说城中村柳林桥早晚要拆个干净，不如就近买房，心理上离老祖宗留下的地方近些。虽然儿子是留学博士，一家已移民，从国籍上讲已经不是中国人，而从遥远的加拿大投注来的眼光仍是土里土气中国式的。老家，儿子比他更在意。同样被拆迁了的老秦原先想去铁道西的鸡毛山买房，鸡毛山不是山，在复兴区，是被模糊了范围的一块地域，直到现在，他这个老邯郸也没搞清楚老秦要落地生根的鸡毛山到底什么来头。老秦说那里房价便宜，隔着一条铁道，东边八千，那里三千。"只是守着邯钢，有点儿脏，现在全国各地空气都脏，也就不计较了。"他反对，力争，说他们已经老了，还能享受几天？留着钱当守财奴，最后时间到了，还不是一个毛也带不走嘛。原来热闹的一村人都散了，不如做个伴，也在祥龙湾买间房吧，只当是投资。老秦还真被他说动，当即买到他的隔壁。房产证下来后，老秦说他想整部车，以后他们想去哪儿就去哪儿。老秦也是孤身一个，儿女分了钱，继续过他们的小日子。老秦去驾校报名学车，来回折腾不方便，于是先去买电动车，正是这辆电动车，要了老秦的命。事实上，他觉得他才是杀死老秦的凶手，如果老秦把房子买到鸡毛山而不是祥龙湾，一定不是这种结果。他一路想，一路唏嘘，走到家的楼下，转念后折去了马路对面的龙湖。他心里难过。他希望老秦没死，但害怕上到楼上，老秦真的在门口等他。公园里高高低低的绿树红花，围槛是一团团粉色的小朵蔷薇，五月底了，烈日炎炎，蔷薇花瓣蔫蔫的，是老枝老叶熟透了的风情。春天里他与老秦还在这里每日晨练，如今，人去，园景俨然，穿过木桥，走进绽开一张张眼睛的白杨林，他又伤心起来。他摸出电话，打给齐姐，想把老秦的死讯告诉她。

响铃第二声时，齐姐接通了电话，问他什么事。忽然他意识到，齐姐根本不认识老秦。

齐姐问他怎么不说话。

"咳，我要搬出祥龙湾了。"他自己吓了一跳，怎么脱口说出这事？这事从没打算告诉别人，而这么突然说出来，反而心气平静下来，像经过深思熟虑，早有此意。

"哦？要搬到哪里了？为什么？"齐姐问他。

"附近，就是不想在那儿住了。"他不知道怎么回答。他没法儿告诉齐姐他站在祥龙湾二十一层时，无处不在的可怕眩晕，哪怕是躲进卧室，拉上厚厚的窗帘，也感觉自己仿佛随时要掉下去，而且人民路上来往车辆的噪声如此巨大惊人。最要命的是他从住进去的那天就开始幻听，各种怪声在两百平方米的房间里回荡，太空旷了，后面是嘈杂的坟墓，前面是鬼魂出没的旷野，他的睡眠与神经反反复复被敲击、碾过、组装，再压碎，重重地搅进鬼火一样斑斓闪烁的灯光与车轮下，不分昼夜。再住下去，他会疯，他开始恐惧哪天失控跳下去。以前还有老秦做伴，热热闹闹，现在不行了。二百平方米的房子太大，一个人的气场太微弱，撑不动，唯一的儿子是一种想象，遥不可及。他觉得孤独。

"邯郸你又没别人了，再买房子好像意义不大吧？"齐姐电话那边隐约传过来招呼，他猜她在棋牌室。他想象齐姐离开座位时，她那高绾的发髻，熨帖又极讲究的淡妆，他想象齐姐移动到阳光照得见的窗前时，整个人亮亮地一闪。她是棋牌室常客，但似乎不是来打牌消磨时光，而是气定神闲精心打扮后，每天过来上班。他一直没搞明白齐姐什么背景，从和她的聊天中知道她现在一个人过。他惺惺相惜，心理上就多了几分亲近，他觉得即便是做最无聊最庸俗的事时，仍不肯放低身价，仍将生活当成现成的艺术来过的女人，必是女人中的精英。当然，他对齐姐还没更多想法。老秦在时他们一起去打过牌，说齐姐不错。

"是，是，打算租，我命贱，住不惯高层。"他有些后悔了，说了这么多，似乎自己犯了很大一个错，急急忙忙想结束掉这次通话。

"习惯就好了，高层也蛮好，楼高眼亮。我家在三十三层呢。对了，找到你的狗没？"

"没，正在找，正在找。"寒暄两句，他小心翼翼挂掉电话。齐姐说："有闲心时来棋牌室一起打牌啊。"

和齐姐的通话使他重新想起丢失的狗，老秦突然离世带来的伤感似乎也没那么痛了，或者是将这种痛胡乱包扎下，临时搁在心上某个暗角。

他掏出随身携带的小包，里面有一瓶胶水，还有厚厚一沓照片。

照片上，那只黄皮狗趴在他脚下，身体紧绷，双耳直立，眼睛明亮，专注地盯向某个点，似乎马上就要跳起来。如今他已经想不起当时是什么事情，勾起黄皮狗的注意，或者是正巧走过的小孩，或者是一片刚刚从树上飘下的落叶。照片摄于拆迁前两个月，他一脸沉思，身旁是黄皮，黄皮精神抖擞地注视前方，他们身后是即将消失的老宅。摄影者是老秦。相机是儿子在那个遥远国家买回来的，他始终将数码相机称为傻瓜相机，老秦的摄影技术不是很高，拍出来的他像一个面目呆板的傻瓜。现在，这张照片派上新的用场，不只是留念，而且用来寻狗——寻找黄皮。

黄皮什么时候丢的呢？他搞不清楚，好像是一眨眼，黄皮就不见了，从他眼前消失。不打声招呼，没有任何征兆，硬生生地消失。突然失去黄皮，做什么也不对味儿了，尤其是住进那么高的天上，连他的存在都觉得像是一个极不严肃的错误。一定要找到黄皮。他好像看到黄皮出现在租的新家小院里，在种下的花花草草间乐不颠儿地穿梭，追逐着叶片下闪耀的阳光。对了，找到黄皮后，还要给它买只新皮球。

首先，要找到黄皮。

今年三月份他就开始贴照片了。照片空白处，每一张他都认真写下电话号码。不过他没敢奢望有人会拨打，如今丢孩子、丢车的人都比丢一只狗的多了去，再说黄皮只是一只品种极普通的柴狗，即使有人看到也不会留意，即使留意也懒得理会。他是希望黄皮或者见过黄皮的狗族的其他成员看到，相互传个信儿，终有一天黄皮会闻着他的气息，找到回家的路。他想象黄皮可能会出没的地方，贴在这些地方每一处的电线杆下部。

他从龙湖公园贴起，穿过祥龙湾，沿着垂柳成荫的滏阳河，一直进入柳林桥村内。他一般不在晚上出来，河边路灯昏暗，透露出某种危险气息，年龄稍大点儿的人都躲得远远的，不喜欢去，那一溜儿河岸是小青年谈情说爱的佳地。说来有些邪门，他住在柳林桥时，偶尔也会和老秦或者独自牵着黄皮去走一走，无论打扰到多少年轻人缠绵恩爱。原先那里属于柳林桥，现在随着柳林桥变成一个地名，再去那里就成了不适之地。他白天才从河边经过，将寻找黄皮的启示贴满每一处。有几次他似乎找到黄皮了，待发声召唤，引来的却是另外的狗。自从大规模拆迁、开发商数十台重型机器同时开工后，柳林桥的村民迅速搬离一空。停水停电，空空荡荡的村子太吓人了。而更吓人的，是自从拆迁后，柳林桥像四处抛弃的垃圾场，遗留下的许多狗，都是被搬家后，已经无处安置它们的主人遗弃掉的。它们白天四处游荡，夜里守在自家老宅的废墟前蜷身睡觉，起初这些狗们还能找到吃的，但慢慢地，随着人去村空，就很难再找到食物了。胆子大、有本事的狗便跑了，没本事又恋旧的，罔顾推土机日夜轰鸣，依然在村子里徘徊。狗们已经不是以前那种因为有人喂养而饱食终日、散漫得比人更像人的二流子状态了，饥不择食使它们更像野兽。他在寻找黄皮时，看到过很多这样的狗，它们因为饥饿，浑身散布着寒气，盯着人时，两眼锁定，身子下塌，仿佛随时会扑过来。以前村子里因为狗多，也常发生狗咬人事件，但狗在咬人前总会先发出呜呜示威声，而现在的狗一声也不叫，悄无声息就蹿至眼前。许多干活的工人们被咬或者被袭击，为此开发商组织过数次打狗行动，猎杀这些柳林桥最后的守护恶灵，但依然恶狗盛行，活下来的更机敏、更凶狠。每见到柳林桥的狗，他就心疼，像看到被迫走上邪道的邻居——他可以称它们为邻居的。春天过后，从狗叫的声音判断，狗的数量在剧增。他在贴照片时，随时提防"旧邻居"以及日渐长大"旧邻居"的子女们的进攻。有几次他在村里看到猪仔和狗仔血淋淋的尸体，他再也不敢进村。

一个阴郁的下午，他像往常一样，各处张贴黄皮与他的合影。他被几个同样无聊的老头喊住，坐在河边石墩闲扯。如今他搬到离祥龙湾不远的康达小区。老头们从照片里认出了他。他们听说他是柳林桥老户，艳羡不止，一位说："村里人现在都是百万富翁了吧？"他苦笑，说他反正不是。又有人问他："干吗还要找那只老狗？可能早就死了。"正说到痛处，他脸一沉，起身要走，老头们连忙拉住。说话的老头不住打嘴，说自己瞎说，肯定没死，可能是迷路了，精诚所至，金石为开，肯定会找到的。他这才勉强坐下。

"伙计，听说你们村有个人以前是扫马路的，现在开着宝马扫马路，有这回事没？"南面老头一脸虔诚望着他。

他不知道说什么好。柳林桥东面是滏东大街，西面是滏西大街，南面是和平路，北面是人民路，地处"井"字的口心，四周的繁华早就渗透进来，外表已经被染得五颜六色，地早就没有了可以种的地，人也与时俱进，纷纷通过各种管道融进城市里。像他们家这样，儿女出息后改换了门庭的人家不在少数，最不济的，也在附近工厂或小区做起保安或清洁工，当环卫工的也有，穿上橘黄马甲，拿着长柄扫帚在大街上扫马路。拆迁后，补偿款下来，有了钱，有些人享得惯清福；有人享不惯，就又拿起大扫帚扫马路。本家一位叔伯兄弟就这样"做作"；在拆迁时，因为有纠纷，工作组做不下来工作，拆迁办就向管扫路的环卫队施压，队长又是道歉又是劝导，将意思说明，叔伯兄弟听明白，被太阳晒得赤焦的脸就变了，黄马甲一扔，扭头便走。过一阵，他们同意了拆迁条款，签过合同，买了车，嘚瑟够了，心里闲下来，坐不住，两眼茫茫的空，又去找队长，回来接着扫马路。有时碰见，两个人站在马路沿儿边抽支烟，也没更多话，叔伯兄弟只是傻笑，气色不错。原来的西邻新娥娘，以前的村办企业破产后就在洗浴中心给人搓澡，收入有了，大概心里仍觉得是有些亏欠的，见人总是低眉顺眼、唯唯诺诺，如今穿名牌，用苹果手机，照样去搓澡。新娥娘也不再是以前的新娥娘，胆子大起来，疯疯癫癫，评价女顾客的皮肤、女顾客的妊娠纹和女顾客的奶子。也许是日日经手，有一天她突然福至心田，研究起人体的经络，她从脚趾一路捏到头顶，居然无师自通，女顾客特别喜欢找她搓澡。新娥爹怪她，家里又不差那几个钱，干吗还要当使唤丫头。新娥娘白老汉一眼："以前别人是主人，现在我是主人，你看看，现在我让谁等着，哪个不是乖乖等着？还要搭着好脾气和我说话，哪里和以前一样了？"他想不清楚他们什么心理，又似乎有些明白；他缺乏他们那样的底气，不能够适应变化，住进高楼让他眩晕，失去黄皮让他难过，只觉得好好的平静生活被毁了。飓风过境般刮过柳林桥，吹散这个好几百年的村子，事实上他即便是走在平路上偶尔也会突然失忆，身体里本来放魂儿的地方空空的，想不起自己究竟是谁。

"我不知道啊，下次碰到开宝马扫马路的，你问问，是不是柳林桥人。"他诚恳地对老头说。

就在这时候，一只刚会走的黄色小狗蹒跚而来，纤细的四条小腿似乎无法承受胖鼓鼓的小身子。老头们放开他的话题，齐齐望向这个小东西。

小狗儿发出细微的叽叽叫声，颠头颠脑径直走到他跟前，哼哼叽叽在他脚边蹭来蹭去。有老头反应快，惊叫一声："嗨，老汪，和你照片里的狗一样品种，会不会是那条老狗的崽子？"他早就看了出来，心里湿了一片，他弯腰抱起它举到眼前，小黄狗伸出尖尖的舌头，舔上他的脸。舌头上的温润倒勾激起他心上一片温柔，他抬眼四望，没看到黄皮身影。

半夜，他被刚刚拾回的小狗汪汪尖叫和抓门声惊醒。他起身，把小狗抱在怀里，小东西强烈扭动身体，冲着门继续叫。门外传来扒门声，他喝了一下："谁！"扒门声立刻停止，片刻后，再次响起，比先前更有力，并伴随从嗓子眼儿溢出的哀鸣。他明白门外是什么了，扑向门锁，将防盗门打开。

比他预想的要糟糕，门外不是黄皮，甚至不是一条狗，而是五条。眼前扒门的黑狗盯着他怀里的小狗，极为愤怒又有所顾忌地冲他低吼，除此之外，它身后还站着几道暗影。柳林桥失去孩子的狗邻居们找他寻仇来了。他激灵灵打了个寒战，他知道哺乳期的母狗有多危险，疯咬起来不亚于一头凶猛的母狼。

他慢慢半蹲下身子，将怀里的小狗交出，小黄狗果然是黑狗之子，欢叫着扑向母狗摇摇欲坠的乳房，母狗在狗儿子叼住奶头的瞬间，舒服地呻吟起来，将嘴巴伸到腹下，欢欢喜喜舔起孩子。在母狗放松警惕、沉浸在与孩子久别重逢中时，他慢慢向门内挪动，打算在不发出声响的情况下闪进屋内，关上防盗门。人算不如天算，狗群突然发动，他惊恐之余大声呼救，但狗们不是发起攻击，而是越过他，冲向屋内，像一群强盗，在屋内乱蹿，逮住什么撕咬什么，对一切可以入口的东西大肆吞咽。他迷惑不解。

宜居之地

"汪。"走廊里还有一只狗，后身蹲坐在地，身体紧绷，双耳直立。他借着屋内透过的微光，细细打量。

"汪。"

他眼里本该有什么东西滚烫地涌出来，但此时只觉得毛骨悚然，遍体生寒。

"汪。"

"黄皮——"

黄皮跛了一条腿，右后腿拖在地上，走路一弹一弹，浑身精瘦得只剩下骨头，却比以前显得威武。它不像别的狗东嗅西嗅，而是傲然高昂着脖子。它在那帮大狗间阴沉得像黑社会老大。而那些恶狠狠的饿狗似乎视黄皮为狗头目，等级分明，无论正做着什么，总有一只狗耳朵追随黄皮方向，打量黄皮每一个细微举动。他不知道黄皮离开他后经历了什么，显然，那段经历至关重要，它整个气质都变了，再不是以前那只傻乎乎没心没肺的柴狗。这不是他四处张贴照片想要寻回来的那只黄皮。但事已到此，他毫无办法，成了精的黄皮带着它那些狗兄弟们来投奔他这个旧主人了。

而他根本没有拒绝的勇气。

这一晚天下大乱。当黄皮跨进屋内的那一刻，他心里有什么东西"嘎嘣"一下，断掉了。这比眩晕还要恐怖。整整一夜防盗门大开，已经如此，即便再进来几只狗，又能如何？

他小心翼翼走向厨房，在一片狼藉中打开冰箱，将所有可以吃的东西，不论生熟，通通远远扔到墙角。他原想扔出门外，但在群狗饿得虎视眈眈的情况下终是没敢。迅速地，屋内响起一阵咀嚼和呜呜争食的威胁声。听着这些声音，他惊悚不已，这些畜生哪天饿急还不将他活活啃净？他伺机溜进卧室，插上门，盼望着那些狗们吃饱后自动离开。有一刻他紧紧盯着黄皮，试图沟通，但自始至终黄皮没望他一眼。他在门内冷汗淋漓，他现在暂时脱离危险，但如果明天它们吃他是"大户"就是不走，他又该怎么办？他在忧惧中和衣而卧，悔恨自己婆婆妈妈，心太软，对已经失去的东西念念不忘，终于招来凶险，真是自作自受。

天将明时，他硬撑不过，在床上沉沉睡去。睡得极不安稳。他梦见六年前去世的老伴，老伴容颜如昔，依旧不给他好脸色，她责怪他没良心，忘了她。他连连辩解，说他这些年心里从来没装过别人。"没有才怪。"老伴嗔怒了，醋意十足。"那个齐姐是什么人？"他一时语塞。老伴在世时将他照顾得很好，像是她的头生子，有时连儿子都吃醋了。黄皮是她在去世前专门托亲戚抱来的。那天的情景历历在目。

老伴生病后，情绪一直很差，动不动就生气，生气起来不是对他破口大骂，就是揪自己几乎要掉光的头发。最后的日子她不再住院，坚持回家。"让我死，让我死，你们早就盼着我死，一个个没安好心，老天爷罚你们，让你们下辈子做猪做狗，千刀万剐给人吃，给人当牛做马……"连吃药这一点点小事她也会怨天咒地，将他十八辈祖宗都骂了去。老伴最后发起脾气来惊心动魄，很吓人。有一天，老伴突然安静下来，对他温柔起来，顺从他一切安排，他就知道不好了——老伴生命那团火即将燃尽，大限将至。那天亲戚带来刚刚满月的黄皮，她用瘦骨嶙峋的手怜惜地抚摸毛茸茸的毛皮。老伴眼里夺目地亮，像是里面有道闪电，她向他艰难地笑笑："以后就让它陪你吧。"

"说什么傻话，有你陪着就够了，我可不会养活物。"

"老汪，别瞒了，我心里清醒得很，这辈子过瞎了，糊里糊涂一直想不明白的事，突然全想明白了，怕是快了啊。"

"没有的事，又乱想，你还要活到孙子娶媳妇呢。"

"去，那个小洋鬼子，可没敢指望他还记得有我这个奶奶。"老伴听到孙子，还是笑了，一动，又扯出身子的疼，半张脸抖动起来。儿媳妇是加拿大人，人高马大，只是体质太娇气，随儿子回来一次，也不知对什么过敏，刚刚进门就当场休克，紧急抢救，差点儿将命留在邯郸，他们全家吓得半死。儿子解释说加拿大空气比中国干净，人们接触的杂质少，自然抗体种类就少，搞不清楚身体究竟会对什么过敏。儿子说加拿大那边，无论大人孩子，很多人对杏仁过敏，只一口，就会要命。"儿子，如果你适应了那边，再回来会不会过敏？"

他记得老伴紧张地问过。"也许。"儿子迟疑地回答。他们全家集体沉默了。思念儿子时，他会为家乡深深地感到耻辱。

他去地下室给小狗找箱子，寻遍，没有一个合适的。突然之间他有一种感觉，心里仿佛猛然被抽干似的空寂，世上没有了声音，无边无际的空虚，死一样的寂静。他乏力地倚着门框，静待这一时刻过去。这一瞬间，既是片刻，也是永恒。他走回楼上，室内静悄悄地，新来的成员乖巧地趴在床角睡着了，老伴轻合双目，已经安静地离开。

现在老伴又不开心了。他躬下身段哄着她。老伴说赶紧给她换个地方，老秦老是血肉模糊地走来走去，吓到了她。"是吗？"他在梦里惊讶地问："老秦怎么会去你那里？"老伴害羞了，背过身去，悄声说老秦想娶她。他在气愤中醒来犹心气难平。他定下神，环顾四周才意识到这是一场梦。

这是怎么了？他已经有两年不再梦到老伴了。

八点了。他起身侧耳倾听，居然没有听到屋外有声音。

打开卧室的门，空气中弥漫着大型动物的腥气，很浓，混杂在食物的腐败气味中。还有某种味道，他嗅到了，那是野兽的灵魂散发出的不受约束的凶狠气息。阳光穿过窗子，耀眼地斜刺进来。沙发、地上，卧了一片狗，它们听到动静，齐刷刷仰起脖看过来。

沙发上的黄皮"汪"了一声。算是打过招呼吗？他没看到小黄皮，大概躺在黑狗母亲的怀里酣睡。唉，真是害人精。他硬起胆子，从狗们身边经过，如果要咬，现在就咬死好了，他已经无路可退。

没有哪只狗追上前。他不敢回头，仓皇逃离。屋外凉爽的风吹来，稍稍安抚一夜不眠的疲倦。他站在大街上，想喊，想呼救，只觉得茫然，无计可施。

走向龙湖，靠在一张木椅上，这个退休多年的中学老师一筹莫展。

挨到八点半，他拨通齐姐电话。

齐姐带来一张油饼和一杯豆浆，浑身上下仍收拾得一丝不苟。他吃完，松懈下来，愁眉不展地望向齐姐，像个乞求答案的学生。

"你打算怎么办？"

"不知道啊。"

"没准那些狗有狂犬病。你真是命大。"

"唉，没想到盼来盼去，盼来一个灾星。"

"这不是你的错，世上难找你这样痴情恋物的人。"

"黄皮是我一手养的，舍不得啊。"

"世间万物都讲缘分，尽了，就该放手。"

他呆了呆，摇摇头，又点点头。他开始向齐姐讲他今天早晨做的梦，只略去老伴吃醋那节，讲儿子，讲老秦，讲四散分离的众乡邻。讲祥龙湾，讲怪声，讲他的眩晕，讲他的孤单。自从老伴不在后，他还从未说得这么淋漓痛快。说着说着压在他心上的烂东西就减轻了重量，眼皮下沉，觉得前所未有的困。他向齐姐道歉，说他躺下来说。他隐约听到齐姐再次问他："怎么办？"

他的头一挨上木椅，思路立刻清晰起来，他设计了几套方案。

首先他去买几根肉骨头，这次一定扔到屋外，引那些狗出来，然后锁住门。

如果不生效，他打算和派出所联系，请他们帮忙赶走那些狗，他会请求他们不要伤害它们。

黄皮在离开时，会怨恨他吗？会扑到他脚边，像从前那样依恋地蹭着他，用黄色的尾巴扫着地面呜呜咽咽吗？也许不会，也许会。他像捅了马蜂窝的少年，不知道如何收场，也无法预料下一次会如何发展。那就这样吧，让黄皮一起离开，带上它的孩子。

他将在它们退出他的生活后，烧掉一切它们接触过的物件，这没有问题，房东那里不会有意见，他有钱，会全部换成新的。在处理完这件事后，他将重新搬回祥龙湾，忘掉老秦，将门重重地锁好。或者他继续寻找下去，直到觅见宜居之地，彻底摆脱掉该死的眩晕，该死的回忆，还有鬼魂一样出没的黄皮。他在梦境中罗列，沉沉睡去，齐姐什么时候离开的，他也不知道。

最后一个夜晚

他现在很少下山。

从镇上走近山脚时，他停下来回头眺望，那片山中之城已经点亮它的灯，在苍灰的暮色中清清楚楚显出狭长的轮廓。黑梢沉默着，随他站住，扭头望向左侧山壁藤蔓交错的暗影。刚刚穿过的国道，偶尔有一两辆货车呼啸来去。天色越发暗淡，白天连绵不绝的青郁山脉寂静无声，隐入黑沉沉的半空后失去踪影。寒气涌动，气温下降得很快，山里的夜晚是山精的天下。

他回身往住的地方走去。暗影里的黑团在后面步步紧随，恍惚不明的光线下，宛如另一个黑梢。黑梢是一只有藏獒血统的巨大黑狗，去年11月大雪封山，黑梢跑进他住的地方翻垃圾，之后一直跟着他。黑影是个老太太，从山下就一路蹒跚着，却是毫不犹豫地跟着他。

好吧，这大概是他三年来做过的第二件好事。

他将老太太带进客房。这片别墅区大部分荒废，久无人打理，但按照老九指示，他在主楼最好的位置保留了数个房间。在小镇他就发现老太太是同乡，那张脸污秽不堪，眼神呆滞，浑身散发着难闻的味道，油腻的头发擀了毡。起先引起他注意的是口音，短促，语无伦次，却分明是熟悉的乡音。

他的出现使冲她扔垃圾的店家悻悻离开。她站在人家店前不走——那会儿正是客流量大的时候。看她狼吞虎咽吃下十个包子，他觉得心酸。这让他想起当年那届全省文科女状元的母亲，女状元和他同班。电视、广播、报纸对那位母亲有过铺天盖地的采访，大街小巷挂满那位女学生的喜报。有谁家孩子高考得中，就有谁家孩子名落孙山，他在父母恨铁不成钢的愤愤中当了武警。七月底吧，录取通知刚拿到没多久，女状元和同学逛街，被一辆水泥搅拌车挂住车把，卷进车轮，当场死亡。同一拨记者满怀遗憾再次去采访，面对摄影机时，那位母亲在全省人面前疯了。他永远忘不掉那个镜头，那张脸，呆呆的，空空洞洞，好像被什么东西从身体里面抽走了所有生气。这件事情发生后，他的父母对他态度大改，也使得他能够安然度过当武警前在家的时光。

这会儿，他很想给自己老娘打个电话。

山里的雨是长了脚的。远远听到雷声，雨点儿就从东半坡爬了过来，等他收拾妥当，拎着几块肉骨上到露台，雨已经走了。黑梢吃得精细认真，嗓子眼儿不时挤出心满意足的哼哼叽叽。

自从黑梢留下以后，他才觉得安稳下来，心里不时冒出的焦躁和恐惧也在消失。他常常注视着黑梢思量：是他救了这只大狗，还是山神看他可怜，派下哮天犬陪他在冰冷的世间受罚。三年的逃亡生活使他知道了敬畏。不是害怕警车，而是害怕无所不在的良心折磨和无所不知的神明。黑梢来后，每月十五他都带它上到山顶，冲家乡方向磕个头。如果就这么继续下去，他觉得老天已经是恩赐他了。

他的父亲是中学语文老师，批改完学生作业后，父亲最大的爱好是喝两口小酒，写写小说。母亲从不像别人的家属那样，逼自己老公去外面带学生——小学、初中、高中，所有年龄的学生家长都疯了一样找家教，一个半小时一堂，一节课 80 元，这实在是一笔不菲的收入。他没考上大学，这件事是父母的羞辱，但他们又毫无办法。父亲的偶像是美国作家海明威，他最喜欢这个外国人的《乞力马扎罗的雪》，经常声情并茂朗读，并让他抄写：

"乞力马扎罗是一座海拔一万九千七百一十英尺的常年积雪的高山，据说它是非洲最高的一座山。西高峰叫马塞人的'鄂阿奇—鄂阿伊'，即上帝的庙殿。在西高峰的近旁，有一具已经风干冻僵的豹子的尸体。豹子到这样高寒的地方来寻找什么，没有人作过解释。"

他问父亲："那豹子到底去雪山上干吗？"

"你没看到啊？'没有人作过解释。'"父亲拿铅笔敲他头。

"这姓海的老头不说，不代表你不能说啊。"

"意会，意会。"父亲再敲。

"你老子又不是豹子，咋会知道。"母亲在厨房大笑。

他家在平原，也曾去过泰山、华山、峨眉山，但在他的想象中，那些远比不上乞力马扎罗那样的雪山。在梦里，巨大的雪豹在无边无际的雪岭飞纵驰骋。

现在一切都再也回不去了。他披了一床被单。山里寒风刺骨，即便是在七月，在室外穿得单薄仍旧待不住。

早先他在附近一家洗煤厂打工，他一向小心并且不久待。他看中洗煤厂，正是因为那里位置荒僻，管事的也不关心那么多，其他人更没兴趣打听别人来历。虽工钱不多，但日日一身黑煤粉却也安然。他守着自己的秘密，忍受着被神鬼唾弃的耻辱，和地底的煤块以及旷野的飘忽幽魂一起度过一个又一个夜晚。

初遇老九那天，太阳一早像火盆似的。许多人中饭后围在场院的水龙头下擦洗，他总是在别人洗完才过去，那天也是如此，他正闭眼哗啦啦洗着，搓着一头泡沫，猛然头顶的水停下，他正纳闷，那里一股邪风急速冲来，他想也没想凭本能抬脚踹去。"妈呀。"有人惊叫，接着传来硬邦邦摔倒在被水浸湿的水泥地上的声音。

他快速用手臂擦眼睛，摔在地上的是一位工友。工友从没说过话，这时正怒视着他，从地上慢慢站起。他和他对视。对方还没来得及清洗，黑脸上的大眼白特别凶。他静默以待。他等着对方扑过来，掐住他的脖子，猛揍他的脑袋。一阵喊喊喳喳的杂声，悄悄从身后聚拢，这里是被文明世界遗忘的角落，平静得像死亡之地，现在出现突发事件，人类骚动的本性展现出来，这些工人盼着事整大，越激烈越热闹，如果发展成打群架，也未尝不可以。阳光如雨。远处的洗煤机工作着，轰轰响着，声音通过空气共振到地底；传送带徐徐运行，从高处将闪亮的煤块输送下来。他想起小时候和人打架后，老娘总会训他："你忍一忍，会死吗？"

"妈的！神经病。"工友瞪他几回合，放弃进攻，拎起自己的脸盆走了。

一场风波就这么平息了。晚上，他躺在破旧的床板上，看着黑黢黢的屋顶发呆。隔壁的工棚有人出门起夜，隔半晌再次响起铁皮门的关门声。他想，这里不能再待了。

还没容他开口，一大早，管事的通知他上一辆别克。车后座坐着一个香气扑鼻的女人，冷冰冰地发话："身手不错，在这里浪费，以后就跟着我吧。"这女人便是老九。洗煤厂老板是她朋友，昨天那幕恰巧被她撞见，老板骂厂里怎么会有生瓜蛋子，要管事的教育教育。老九在屋内盯着阳光下他的身材，开口把他讨了去。

老九把他带到这里当守卫。所谓守卫，不过是看管这片山腰处要烂掉的别墅区。

真搞不懂，多幽静的避暑胜地，四山环绕，清晨云蒸霞蔚，薄雾轻纱，缭缭绕绕。他没从老爹那里继承多少审美细胞，但他知道这里真美。这里由老九承包，他觉得这里很像某知名产业，但现在禁止修建亭台楼阁，这里便应声隐形了，连小小的维护修缮也免了。西山坡还有半拉子工程摆在那里，堆砌着建筑材料和工具。至于老九为什么承包这里，就更不明白了，这地方胜过避暑山庄，靠近国道，60公里外就是城市，本身此地就是旅游首选，招揽客人绝对不是难事，可偏偏这里没人来，山门铁链大锁，除老九偶尔带来几个朋友打麻将外，山上只有他和黑梢。老九给他的差事很对心思，他便也不打听，她那些朋友留宿，他从不伺候茶水，他是守卫，不是服务员。老九也不责怪，似乎拿捏到他不会跑。

有钱。烧的。不过和他没关系，他这样的人，守住这条命就不错了。老九放在客房的电脑，允许他用，但他毫无兴趣。他不想回忆太多，也不想知道太多。过去与未来对他来说都是痛苦的，他宁愿斩断两边，卡进这中间真空地带，不多想，就不疼。很早前，他的手机就丢了，老九给他配过两部，也都不知所踪。老九曾怀疑他故意藏起来，后来试探他，将手机拿走，十几天他确实一无所觉。

"喂，你是石头人啊？怎么什么也不在乎？"老九问他。

他不说话，继续做他该做的。老九要的他给，无条件顺从不代表他就要交付真心，现在这颗心就是被她拔出来，也是石头做的。那夜老九很愤怒，将他赶出房门。他一语不发回到自己房间，他又没做错什么，他不知道她为什么生气，他根本不想知道，只要老九不找他麻烦，不追根究底，他们就能和平共处。

老九今天下午没来，晚上就不会在，就不会知道老太太。但以后老太太怎么办呢？他不知道。虽然老九对他有偏好，但他不屑撒谎，或者讲好听话讨她欢心。生活是特别宏大的谜团，他只想蜷起身脚活在现在这样静止不动的空间，像这大山，不问岁月嬗变，不问世事荣枯。

清晨他被山羊的铃铛吵醒。是老王家的。还有一群头羊挂了铜铃。是老杨的，不过他家是绵羊。侧耳听了阵，黑梢跑到门口，又跑回床边，热烘烘的嘴巴蹭他的手。黑梢很少出声。

他起身，没换睡衣，趿拉着塑料拖鞋下楼走进大厨房。厨师和服务员燕子都没在，除非老九带客来的日子，其他时间他们似乎是被老九这妖精变出来的，瞬息出现，瞬息消失。也许他们是附近村子里的山民，如他一样被招募，区别在于他们是招之即来，而他挥之不能去。老九得到满足时，曾冷笑着用光脚踢他："蠢蛋，别以为我不知道你的底细，顶风八里都闻得到你骨子里的犯人味儿，说说，什么案子？抢劫还是强奸？把老娘哄开心，也许动动小指头替你揭过去。"老九轻蔑地转过头，爱恋地观赏自己纤巧的左脚，这只脚已经离开他的屁股，犹如弹钢琴一般流动着弹晃五根脚趾。老九的脚长得不错，和其他部位搭配得合情合理。老九是个美人，但是一个内心阴郁不幸福的美人，他得出这样结论。她越作践他，她就越贱。老九是一头母狗。

他打开冰箱，取出昨晚买回的后座肉，切下一块，递给一边等待的黑梢。黑梢叼着，跑到自己的固定位置趴下，大口撕咬。他曾想训练黑梢如他一样坐在餐桌上吃肉，但没有成功。黑梢对给予它的强迫行为大为抵触，四肢后退着，喉咙里发出不满的低吼，他也就随它了。它在他旁边席地用餐，勉强算是同桌而食吧。每次他眼看着它黏糊糊的粉红湿肉在地上拖来拖去，还吃得津津有味时，他都忍不住咽口唾液，继而数落："老黑，你脏不脏，脏不脏？"老黑毫不搭理，继续认真吃它的美味，吃相可爱得像一头小黑猪，边吃边心满意足地哼哼叽叽。唯有这一刻黑梢不像外形威猛令人畏惧的藏獒，而只是一心一意惦记嘴边这点东西的心无防范的好吃鬼。他也想卧在地上吃饭。

他给自己郑重其事地搞了一份煎蛋，炸了几个馒头片，上面甚至撒了几粒椒盐。每当他肯动脑筋想吃什么，并动手做出来时，这通常表示他心情还不错。黑梢闻到蛋香，鸣了一声，以示鼓励。他顺手铲下三分之一，扔过去，黑梢默契地抬头、甩头，准确叼住，一口吞下。

一人一狗，在偌大的厨房比邻而食。美好时光，像曾经看过的某部好莱坞大片场景：某种虚幻的静谧，刺眼的光线，强大的气场，使人与狗超出物外，他们不在地球存在。如果不是突然想到昨晚好事带回的傻老太太，也许今天一整个上午的时光他们将在厨房度过。他有些懊恼。

阳光猛烈，他和黑梢在厨房之外，面向晴朗的天空，各自打了一个响亮的喷嚏。

房间里没有老太太。他怔了片刻，招呼黑梢四处寻找。

他楼上楼下打开所有能打开的房间查看，老太太似乎是凭空消失了。他迷惑不解。

半个上午浪费掉了，他回到自己房间换下脏了的睡衣，洗了个澡。黑梢还没有回来。他走向别墅后面，那里紧挨山脚，有几栋停工很久只建了一层的半拉子工程，黄色的脚手架横七竖八四散在周围，锈迹斑斑，这里还有一台小型起重机。房框子里乱七八糟地堆着钢管、瓷砖、板结了的水泥和一些建筑材料。他的工作之一就是看着这些东西，别被附近的山民顺走。这片山头都是老九承包下的，但此处山山相连，总不至于把整个山都拿锁链拴住吧？比如放羊人，你是无论如何都挡不住的。睁只眼闭只眼算了，羊来羊往，吃的是山上的草，草是老天爷赐的，可不因为谁承包就算谁的。他不多事，只要不给他惹事。附近放羊户开始还怵他粗壮的身量，后来发现他除了天天阴沉着脸外，并不霸道，放羊户也就放心路过，知他不回应仍是远远打个招呼，有时候给他留一捧山果、蘑菇。老王打到几只山兔，剥了皮送他两只，烧着吃，十分地美味。老爹曾说兔子肉和鸡肉一锅炖是鸡肉味儿，和排骨一锅炖是猪肉味儿，所谓近朱者赤，近墨者黑。想起爹娘，就像被明亮的光线狠揍了一拳，他突然腿软，整个人打了个趔趄。

阳光闪耀，泼洒在万物表皮之上，树叶绿得发亮。西山坡只有一段黄土路，向上是纵横交错的山林，除了放羊人，不了解地形的外人极易迷路。一口乡音、疯疯癫癫的老太太去了哪里呢？

黑梢一直没有回来。等到中午，他草草为自己做了一顿午饭。饭后他没有午睡，他坐在阳台破沙发上，心神不宁地远望西北坡方向的山头。刚刚滴了几滴雨，浓烟一样的雨云不沾脚跑走了，日光重现，山影相连。午后层层叠叠的群山仿佛有一种神迹似的明喻，天地朗朗，众神知晓，万物知晓，只有他是泥胎木雕，一无所知。

忧心忡忡中，他恍惚觉得有人隐藏着身影靠近，他的手脚被绑在沙发上不能动弹。"黑梢。"他绝望地喊，却没有声音。人影摇动，已经很近了，而且他听得到他们奔跑的脚步声。蓦然，他的手臂被一只血污的手抓牢，他紧紧闭上眼，不敢看凑过来的那张脸。那张脸无数次地出现在他不同夜晚的各种梦中：惊讶，呆滞，还残留着没有消退的笑意。很奇怪，人的脑袋被射穿出一个洞时，却并不如电视剧里演的那样喷出血浆，而留下圆溜溜的一个黑洞眼。洞里是空荡荡的虚无，洞外是永无止境的虚无。那黑洞在他眼前缓慢放大，伸出另外一张顶着黑洞挂着凝固憨笑的脸。他听到自己的惊叫，醒了。

从阳台下嘈杂经过的是老杨的羊群，头羊脖子下摇晃着咣当咣当的铜铃。老杨没有老王自觉，在别墅区走得太近了，平时他会喊一嗓子，或者指挥黑梢上前警告。

由于睡得不好，他觉得身体疲乏，心脏的位置绞着劲地疼痛，待老杨的羊群走净，他继续坐了一阵。明天或者后天，见到老杨，他一定要说他。

山里的天五点就近黑了，老九仍是没有来。有多久没有见到她了？十几天？他不记得了。那妖精不是省油的灯，但什么来路他从不打听，也不过问，正如他从不讲述他的来历和路数。尽管老九数次辱骂他，恐吓要告发他，但他自信老九不会那么做。不是他们之间有了感情，而是在老九心里，他不过是蚂蚁一样无足轻重的小人物，根本不值得她费劲。他清楚。

他打了一个呼哨，黑梢还是没有回来，他开始担心了。如果说这世上还有他可以担心的，那就是黑梢了。那个黑黪黪被人抛弃的巨型之物更像是他沉默的灵魂。

七点。惯常的晚饭时间已过，黑梢还没回来，他疑虑重重，保持安静，熬了一锅小米粥。他走出厨房，远眺青灰色的群山，西北坡顶有一座通信铁塔，白天可见它银白色的框架，最高那根铁柱直直耸立，现在已经看不清铁塔轮廓。夜色如期而至覆盖了整座山头，逐渐熄灭了绿色和希望，将白天所有引以为傲的可视之物统统纳入自己的羽翼。白天他麻木不仁，每到黄昏他总会泛出轻微的悲伤。西北偏南有一点点闪动的亮光，他警觉起来，凝视仔细观察。好像是火光，在深邃幽暗的黑里分外显眼。他迅速返回厨房关上阀门，取了消防斧，跑步上山。

一道暧昧不明的月牙挂上山林上空。

他向着微光的方向用力狂奔，对时间的流逝心怀绝望，三年来的平静难道要就此曝光？他恐惧火光，恐惧光亮，恐惧梦一样的麻木生活就此消亡。电视没有了，电脑没有了。三年来他不与外人接触，隔绝外界的信息，错觉中似乎是飘浮于另外的空间，即便有人还记得，但对于大多数人，他已是消失于尘寰。他想要消失。因此他不惧怕变得苍白、柔弱和消沉。他像一只壁虎，拼命要摆脱旧的生活、旧的记忆，失去就是得到。他只想保存现在，停滞在当下，守着天地山林，他只想消除焦虑，消除惊恐，消除噩梦，每天睡下还能平安醒来，这就够了。对了，如果这可以定义为活着，他宁愿一直这么苟活下去。他不要重新踏足之前的那个生活。

在之前生活里，孟和平正横挡在路口，期待他停下来开始他们的午餐。他们是同事，保安公司在册的保安。他们为工商银行押运运钞车。几年前他们这个行当出了桩大事，本市为另一所银行押运的保安监守自盗，与几个人合伙劫走了运钞车，4000万啊。这件事轰动全国，直到发生一件死伤惨重的爆炸案，公众目光才转移开来。现在已经很久了，很少有人记得了，但是外松内紧，要进入这个行当比以前要严格得多。他和孟和平是同事，但他们并不亲近，如果在押运过程中孟和平动歪脑筋，他想也不想就会开枪，如果事态紧急，他会瞄准孟和平的头部，一枪击中。他相信如果他有异动，孟和平也会如此。这没有什么不合理。同乘一车时，他尽力不向其他三个押运员乱瞄，尤其注意不瞄他们的太阳穴。

包括孟和平在内的其他三人都是武警出身，其中一个在部队还做过特警。他工作时处在绷紧的状态中，他是一把枪，枪膛里只有一颗子弹，被保险栓牢牢困着，但他想象里面滚烫的子弹随时会射出。他在自己的眼睛里种下这个信号，到网点装车卸车时，他眼睛里的子弹自动上膛，一级戒备，无人敢与他对视，无论是银行工作人员还是路过的行人。他从未探听其他三人如何，他觉得他们都是守卫宝藏的恐龙，他们怎么想无所谓，重要的是这份工作必须有人做，这份工作的性质决定他们要成为什么样的人。

他搞不清自己出了什么问题，但他肯定是有问题了，复员回来就有问题了，过去的时光与他隔绝，没有人再记得他，愿意收纳他。他的变化浸透进他的生活，可以说话的朋友几乎没有，老娘偶尔提到谁，他要费力地回忆才行。他感觉自己像被密闭在一个小空间里，有时会觉得浑身发烫，在枪腔里独自愤怒。

出事那天，他们在最后一个网点打开车门，就是在这时，孟和平猛然拉住他拴着保险箱的胳膊……然后就发生了：孟和平被一击毙命。

他从未杀过人，但又准又狠。他被带走，被判刑，后来，他跑了。监狱里犯人群体越狱，他糊里糊涂跟着跑了出来，等到清醒，想明白自己罪不至死，但已经晚了，再想想，万念俱灰。已经没有回头路，跑就跑了吧。他在申辩时，说他是条件反射，以为孟和平要实行抢劫。他的律师都觉得没有说服力，早不抢晚不抢，直到最后一个网点，运钞车里没什么钱了，在三个武装保安和银行警卫的眼皮子底下，在闹市区内抢劫？疯了不成？他坚持自己确实是条件反射，对工作高度紧张，只能说明他负责。断他生路的是那个特警，证词里说孟和平只是想约几个同事中午一起吃饭，联络下感情。早晨上班时已经说了，感谢他昨晚送他回家，最晚一个和他说，是想给他一个惊喜，没想到他反应这么强烈，一招夺命。其他两个人也作证。他想起昨天的婚宴，他和孟和平坐在一桌，席间孟和平喝得有些多，醉醉歪歪走不成道，他送他回家，路上孟和平说了一路醉话，到家又硬拉他上楼，要接着喝。他不希望和人走得太近，不习惯，强推辞才脱了身。

孟和平为什么不早说！他无言以对，不许父母再为他上诉。可是他怎么就跑出来了呢？回想事情经过，他像被一只看不到的手掐断了，所有顺理成章的生活戛然而止。从此他活在一个断章的道口。孑然一身。

如果不及时阻止，那火即将把他苟且偷安的生活烧成灰烬。火光势必惊动附近的森林警察，势必会发现这里的守卫居然是名逃犯。他如果没有葬身火海，那么要么逃窜到山林深处，要么被活抓，要么被击毙。他想象击毙他的那颗子弹撞开弹针，燃烧着，愤怒地从枪管里飞出，准确地向他的脑袋飞来，毫不含糊。他发了疯地向山上跑。平素他从不在夜晚来临时上山，他从小惧黑，入夜母亲总体贴地在他床角开一盏小夜灯，在五年级作文里，他称这盏灯是"妈妈的眼睛"。唉，妈妈，如今妈妈的眼睛已经为他流了不止三年的眼泪。也或者妈妈这会儿根本没在想他，他伤透了她的心。人的自我保护机制是趋利避害的，痛极就会自发选择遗忘，向另外一个方向逃避。或者妈妈这会儿早早睡下了，在另外一个世界里重新构建自己的人生，并在第二天夜晚来临时，急切地回到头一天的梦里，继续昨日的故事。父亲大概也不再写小说、编织故事，不再吟诵雪山顶上的雪豹，夜晚来时，他会急切地躲开母亲，关紧书房门，急切地喝上几口酒，随后倒进原本是他的卧室的小屋，颓然入睡。

他呜咽着，大喝一声，阻止这寂寞的山林照见他深寒入髓的恐惧。借去的，总是要还，回忆被迫打开，痛楚亦在此当口复苏，蜿蜿蜒蜒，像连绵不绝的海浪向他不断冲击。鬼魅一般的山林漆黑如墨，呼啸着将他拖向深不见底的未知，他魂飞魄散，犹如在孤绝峰顶遭遇到雪崩的雪豹，拼命挣扎。

陌生人

1

　　说好九点，七点四十分赶到仍是晚了。老宅已在昨夜被拆，楼上楼下的铝合金窗户和防盗窗全部消失，外包墙原来的窗台底下的水印锈迹斑驳，像刷上去的黄漆，干巴巴糊在墙体上。曾经挂空调的支架还在，一块破烂的绿色雨棚挂在上面，那东西很不靠谱地摇晃，说不定下一秒会突然掉落。三个大门也不见了，水泥门口被撬得稀烂。四处都是碎砖、水泥块。新鲜的断口提醒着这里刚刚接待过一批急躁的拆迁者。上楼是不可能了，北半墙被石锤砸烂，屋顶上一个巨大的洞，无数的钢筋头露在外面。昨天这还是他的家，傍晚时分他在各个房间徘徊，被一种叫"忧伤"的东西紧紧抓在手里。此时失去了窗户和门的老宅显出被逼进死路的狰狞，列祖列宗挤在黑洞洞的阴暗里，透过窗子恶狠狠地望向外面，只待忍耐不住一起扑将出来。他打了一个寒噤。

　　这里不再是活者的生地。他快快地从老宅旁离开，在胡同拐弯处，一脚踩上搬家时碰断的半截绿萝，他俯身捡了起来，数日风露侵袭，秆茎蔫叽叽像老太太多褶的嘴，不过关节处尚有几粒突起的暴芽。应该还能活。搬家公司是五个小伙子，长得很相似，是堂兄弟，力大壮硕，却是毛手毛脚，被碰坏的不只是花，还有几件瓷器，家具上也多出几道划痕。他将绿萝拿回办公室，找出一个饮料瓶，剪去收口，灌上清水，将它插在里面。如今木已成舟，说什么都晚了。他重重瘫进座椅。

陌生人不期而至，坐进他对面的沙发。他看过去，目光阴郁，舌头上像挂了把大锁，沉甸甸的，想不出用什么语言来打招呼。陌生人笑而不语，低下头，用拇指、中指和食指的指尖捏住眼前烟灰缸边缘，将四个角中的其中一个在茶几上立稳，向右猛然用力，水晶玻璃立刻转动起来。像一枚陀螺。菱形角摩擦着木头桌面，发出尖硬的"喀拉，喀拉"声，仿佛布袋里骨头与骨头的撞击。陌生人重复着同一动作，全副精神沉迷在上面，似乎他来就是为了制造这种烦人的声音。

陌生人说，他被"困住了"，所以他就见到了他，他可以不见到他时，自然可以不再见到他。这有点儿绕。第一个"他"，是他，王祥，后一个"他"是陌生人。陌生人是他在桥头遇上的。天空灰沉沉的，淌下来的雨柱打在拆迁组搭建的临时工房上，打进滏阳河里，打入河岸长得风起云涌的杂草中，陌生人站在桥头，那神情清清淡淡，像是他们早就有约在先，故而在此等候。他刚刚去二层小楼里签了最后一次字，陌生人的出现让他觉得他是出卖了祖产的麦克白，老祖宗们终于派出一个魂灵找上了他。

他始终觉得自己是个智力平平的人。半月前两次与侄女萍萍的交锋，使他更厌恶自己这项根深蒂固的缺陷。不怪萍萍。萍萍在北京上的大学，见过世面，反应快，80后的孩子们都反应快，她知道怎么料理生活中的突变。大哥在时，没少抱怨，怪大嫂没生下儿子却生了个讨债鬼。他拍打着桌子，发着脾气，指着女儿大骂："跪下，你给我跪下！"大嫂恨恨地抹泪，却不敢言语。老娘气呼呼侧脸坐在上座，也是不吭。剩下的只有他这个叔叔。他思忖思忖，选择一个时机细声细气清了下嗓子，还未出声，萍萍已站起身，看都不看他们一眼，甩凳子跪在迎门桌前。那时候萍萍才多大？五年级，十二岁的孩子。她瞪着桌上爷爷的照片，和黑白分明的爷爷对视。爷爷当然是不说话的，目光安详，笼罩着她，既不责备也不袒护。她开始一点点松动，几乎要心软下来，似乎是和爷爷建立了某种联系。一个烧饼飞来，她下意识闪了下，那烧饼像是敲在她的头上。他不记得当时萍萍是因为什么又触忤了奶奶，惹得大哥发怒，自那次之后，他就有些怕萍萍，从她死不服气的神情里，他看到了自己的母亲。这孩子分明是小一号的奶奶。他不明白，如此相像的两个人，为什么会相互不喜欢？这种不喜欢随着时日增长，越发地不可调和。大哥其实是最清楚不过的，夹在祖孙两代之间左右为难，他一定很恼火，也许还暗暗埋怨过母亲不够宽容，但只能通过责骂自己女儿的方式发泄自己的怒火。两年前，大哥再不用生气了，安安静静地离开了这个世界。谁都以为这个家要垮了，在北京的萍萍连夜赶回，迅速站到家族前列，以一种不容置疑的果断处理完自己父亲的后事。老家的丧事仪式烦琐，他带队站在披麻戴孝的萍萍身后，向前来拜祭的人们鞠躬、鞠躬、再鞠躬。大哥咽气前，他每天都在恐惧如何操办葬礼。在祖坟前，他打量一脸悲痛又无比镇定的萍萍，心不断下沉，沉进密不透气的深邃里，这一刻他发觉自己比任何时候都害怕这个孩子，小姑奶奶萍萍。

陌生人冷笑，说他活该。他摇晃一下，默认了。

柳林桥村拆迁其实早在几年前就有了风声。甚至有种说法，说他们这块地上，连个毛儿还没见到的楼房已经被预售出去，内部价是3800元，整整比市价便宜900元。柳林桥地处人民路、和平路、滏西大街与滏东大街之间，四条横平竖直的大路像一个四四方方的"井"字，柳林桥乡是"井"中央的那口井。这几年全国房价一路飙升，邯郸这座城市位于河南、河北，山西、山东四省交界，也是一口"井"字的井心。邯郸这几年正在打造中部地区经济协作中心，尽管属于二线城市，房价也与时俱进。大环境如此，柳林桥这个早被城市"没收"了土地的城中村，被彻底"改造"自然是早晚的事，眼力好的开发商和某些部门，早就盯在上面。所以柳林桥这眼儿"井"，冒出的不是沿村而过的滏阳河里的腐水、臭水，而是几个月就上涨一个台阶的金水、银水。柳林桥这几年，嫁闺女娶媳妇的特别多，也特别有声势，问起来，"哪儿的?""柳林桥!"回答得特别有底气。人们就"哦"一声，明白了。这些年几乎家家盖过房，地方仍是那片地方，胡同却是越盖越小了，更多的是嫌麻烦。如今办喜事早不兴在家里垒灶烧大火上流水席，中午吃饭订在花好月圆大酒店，半年前就预订了下来，酒店门口和四处早就张贴好了大红喜字，又体面又省事。宽宽敞敞的大厅支起几十桌，全村有交情的男女老少都到了。金屑银屑热热闹闹地从家门口撒到村口，欢欢喜喜在两龙戏珠的牌坊前扔一阵鞭炮，晚上再放几夜电影，金姑爷、金媳妇也就成了柳林桥的人。

自从儿子小旺出生后，他们家就没有再添人进口了，这一空就是二十一年。大哥只有萍萍一根苗，大嫂当年想想办法还是可以要二胎的，不知是惧怕被管计划生育的查到弄丢工作，还是生够了，反正大哥和大嫂没有再要。二十九岁的萍萍死活不肯结婚。大嫂数次哭求："你这是要断了你爸这条根啊。"萍萍不为所动。急了就扔出一句："左右我又不是儿子，根不根的有什么意思?"谁也不知道她什么想法。大哥病危时，管事的长辈将家族叔伯子们拉成一圈商量，大哥一旦不在，孝子摔牢盆这节，就让小旺顶上。大伙儿一致同意，征求大嫂意见，大嫂哭得失了神志，哪儿还有什么主见。老婆海青也是懂这个规矩的，他甚至觉察出这个受过高等教育的初二班主任在得知这个消息后，有那么点儿抑制不住的得意。大哥在病床上依靠呼吸机艰难地苦撑着，病房外，女人围在大嫂周围劝慰，陪着掉眼泪，男人们聚在一堆焦急地等待发丧用的五色米。三个小时了，派出的人还没有回来。萍萍冷风一样地出现，又冷风一样地闪进病房，不留神的人甚至没发觉她的出现。而这时大厅里的灯管骤然像发出一阵尖叫，灯光明明灭灭，所有王家亲属和被请来帮忙的人，同一瞬间心上像被针猛然刺中，狠狠痛了一下。病房传出号啕大哭。大哥吐出一丝血水，嘴角含笑，走了。从萍萍出现到灯光异常，到所有人心上被扎，到大哥咽气，时间上严丝合缝，没有一毫厘的空当。萍萍脚步沉重地离开大哥遗体，目光一一扫过在场者，一个头磕在地上，站起来，冷冷地说："我爸不在了，还有我。"他忘不掉那孩子的目光，像十二岁时那样倔强，十几年下来，那眼神里面不但没有柔和起来，反而增加了恶狠狠的无情。不是对某人的无情，而是对包括自己在内的，所有人。他不想被这样的目光盯上，他在这样一双眼睛下最没资格说话。

（陌生人笑了，"喀拉，喀拉"烟灰缸转动声更加刺耳。"对，重点，要说到重点了。"）

早在祖宅要翻新前，村里曾有过一笔补偿款。"文化大革命"时备战备荒，村里修了许多暗道，如今年月久远，坍塌事故常有发生。村里的款子就是补偿这个的。不是所有人家都有，村里的文书拿着老图纸挨家核实，涉及哪家就补给哪家，按暗道的宽窄和米数折算成钱。经过测量，一条暗道从他们家穿过，问题来了，老宅基地占了半条，老宅旁的胡同占了半条。当时他和大哥已经分家，破烂失修的老宅归大哥，他要了后面半新的另外一片。他们这个胡同里四家是同宗，不用说，胡同归四家共有，但他在得知补偿款消息后，抢先一步从大队部将全款领走。他和海青一起去的，说大哥在外工作忙，没工夫回来，他这个做兄弟的代表了。他签了字，海青装进带去的布包，回来后，老娘本来是坐在迎门桌前的，见到他们回来便起身进了厨房。三支供香在香炉里燃烧，分明是刚刚点着，大哥在烟雾缭绕中沉默不语。好像大家同时失忆，总之这笔钱拿回来就没了声息，后来他有时候也疑惑究竟有没有过这笔钱。4800 元，在现在来说不多，当时他每月工资只有 120 元，无异巨款了。他知道胡同里其他两家是有意见的，碍于大哥才硬憋着不出声，大嫂那一阵也是脸色难看，他装作没看到，装得久了，似乎真的什么也没有，但偏是萍萍那样一双眼勾起这件往事，掀翻了老娘的偏袒、大哥的容忍，硬邦邦当头一棒。

这些年他从没回头追问过自己。他像只顾家的蜗牛，凭本能选择所有对家、对自己有利的事情，不相信无来历的东西，按部就班接受生活的厚赠或者恶意捉弄。谁不是这样过的呢？又有什么错呢？真实的情感不需要真实的表达，做梦也会小心不自己给自己设下圈套。生活就像熬小米稀饭，熬得够久，到火候，黄灿灿的粥就出来了，又香又黏糊。"熬粥"哲学是老处长杨泽栋发明的，杨泽栋这些年不断在激励他，语重心长："努力吧。"四月，他终于"努力"成处长，正科。老杨笑作一团，自掏腰包做东，请几个要好同事喝酒，喝高了，大力拍着他后背，像要拍出里面捉迷藏的兔子。"我徒弟，我徒弟，一手带大的徒弟，大家看看他，刚上班时裤子还不知正反，现在出来了吧？努力吧，小子……"那天晚上，他小心不让自己喝高，赔着笑脸添茶倒酒，心里隐隐滑过一股寒气，像刀子，锋利的刀刃舞着，携着刀风，从嗓子眼儿到胃囊，穿过肺叶和膀胱，中间他去了四次厕所，周身上下极为不爽。

　　这次拆迁，仍是和一直以来的"努力"有关。开始不是很顺利的，先是老娘，随后是被大嫂从北京招回来的萍萍，都想多争取一些。也难怪，他与海青也是打这个念头的。这块地是老祖宗留下来的，活着的和死去的有条根相连，就是因为这块地，活着的从生下来那天，一天天向上生长，死去的从咽气那天，一天天向下生长，无论生死，都结在这根藤上，生者与死者不过是不同方向的两片树叶，生者同宗相傍，死者也是同宗相傍。因为这块地，他们才都不至于漂泊无主，现在要交出去，所有的联系就没有了，生者四散分离，地下的祖宗该何去何从？从实际来说，祖宅也是他们这些城中村居民手里最后的筹码，完成交换就意味着他们不再拥有土地。似乎某高校有教授专门研究城市进程中城中村拆迁现象，好像有同情者称他们是"城市失地居民""即将消失的一个群体"。本来他是打算顶一顶的，结果海青同学打听到消息，说柳林桥关乎"滏阳河通航"，是市政府今年的重点工程，先期做工作的拆迁组是丛台区政府下面的各个部门。老杨也知道了，连夜打来电话，劝他："如果占理，该顶就顶，毕竟是自己家的祖业，如果没什么优势，还是找找人通融一下，算了，别硬顶了，刚提了正科，还在试用期……"海青后半夜一直在折腾，两个思想左右互搏，一会儿咬牙切齿要坚持到底，一会儿破口大骂。折腾到天明，累了，老老实实睡了。拆迁组有备而来，安排得很周密，来他们家做工作的，居然是老杨的姑爹。他说服老娘搬走了。老娘很不满意，签字时，哭着他父亲的名字，说她把好好的家贱卖了，哭得死去活来，最后拆迁组草草让老太太摁了个手印。

　　大嫂这边就没这么顺利。萍萍工作单位不在本市，人又硬气，兵来将挡，水来土掩，应对有礼有节，拆迁组拿她没办法。老杨的姑爹转求他做做萍萍的工作。本也是窝火，老娘离开老宅后，要死要活，又闹得厉害，他极不愿意见到老杨，但丛台区政府给他单位下了函，告知单位有这么个人，影响了重点工程，要单位做他的工作，顾全大局之类，他无法，顺水推舟给老杨一个面子。第一次，萍萍避而不见，大嫂坐在客厅里哭大哥，要他做主，别让外人欺负她们孤儿寡母。他心里酸楚，硬是开不下口，给大哥照片上了炷香，坐坐就走了。第二次，萍萍仍是避而不见，他期期艾艾刚提出来意，猛然二楼扔下来一把菜刀，"咚"，剁在桌子上，萍萍从楼梯走下来，平平静静，"二叔，拆迁组已经把关系说明了，不敢求二叔帮忙，今天当着我爸的面，就恩断义绝吧。"

小姑奶奶最后是怎么谈的，他不得而知，头一天邻居还看到大嫂在大街上扯着人喊冤，第二天家去楼空，大嫂和萍萍凭空消失掉了。他登上老宅二楼，四壁空空，似乎是走得匆忙。地上扔着一堆不要的杂物，有一只棕色的破旧小熊露出半个身子，很像多年前，他挣下第一个月工资时给侄女萍萍买的那只。实事上他给萍萍买过的东西极为有限，所以会对那只小熊记忆深刻。他走上前，弯腰去捡，胸口突然疼了一下，又是一下，随后失去控制，天上下起刀子雨，他感到一阵万刃穿心，又如被生生撕裂般的疼。他捂住心脏，阻止有碎块掉出来。

2

烟灰缸停止转动，陌生人在他失神时，径自离去。这是对他的第一次提审，他知道，这事还没完。像是刚刚经过千山万水的跋涉，他筋疲力尽。在这四十几年越磨越光滑的脑里翻箱倒柜是件费力的事。

3

迁出半个月，母亲闹得连他都无法忍受。事态匆忙，他租住进同事旧房，两室一厅，小旺考研不在家住，对三口之家来说差不多可以了。母亲住惯大房子、大院子，嫌小，迈不开步子。海青嗤笑："又不是行军打仗，要迈多大的步子啊？"母亲没有听出是玩笑话，开始哭泣，从中年离开她的丈夫，哭到老年离开她的长子，然后是死于产褥热从未见过面的亲娘，还有十四岁就将她赶出家门的狠心的爹。惹了祸的老婆海青也哭，海青虽然有些贪财，几十年婆媳俩一直相处得还算和谐，婆婆突然翻脸，让她很没面子。海青一跺脚，住进了妹妹家。老太太仍没有收场的意思，几次险些休克。他急得撞墙，一狠心跪在母亲脚下，一巴掌一巴掌扇自己的耳光。这个家魔怔了，离了根，猛然不知道自己到底是谁。

消停下来，他去央求海青回家，一家三口各自收了各自的委屈，小心翼翼过了一段时间，母亲也会和颜悦色待海青，早晚出去溜达时买上点儿菜。这好也是说变就变，没几天。最初他磕头，打自己耳光还见效，发展到后来，母亲让他动手教训海青，这就太没道理了。男人说到底是不能动手打女人的，再说海青只是嘴不好，说话意气，没有真正做错什么。母亲看他不动，一脚踹向他前胸，顺手脱下脚上的鞋，凶狠地扑上来，冲他没头没脑一顿乱抽。他伤心得无法动弹，低垂着头，身子像急雨中被剧烈抽打的枝条。他心里默默地念："好，用力，再加把劲儿，我就可以折断了。"折断，意味着脱离，意味着彻底摆脱强悍的母亲对他精神上的控制。他不用再像个小孩，终日可怜巴巴讨好母亲。从小别人就告诉他，他长得像父亲，是母亲最宠爱的儿子。大哥不像父亲，无论为家里做出多大贡献，母亲都视为理所当然。母亲对大嫂和侄女萍萍不好，大哥也肯牺牲自己的骨肉来依顺母亲的无理，而母亲依旧对大哥不满意，单独和他谈起大哥时，总要嘀咕几句，"长尾巴雀，""白眼儿狼，""娶了媳妇忘了娘。"母亲对大哥无中生有的怨恨和指责，常常让他半夜生出噩梦。曾经有一次海青和他讨论，母爱不该是这样子的：将他紧紧抓在手里，一刻也不让喘息。这绝对是没有安全感的表现。而大哥独立、刚强，加重了母亲的担忧。父亲是一片巨大的阴影，早早守寡的母亲在这个阴影中，以剽悍掩盖着她的脆弱和恐慌。在独处时，她肯定会突然地惊惶失措，放下手中活计凝神谛听，警惕有什么东西即将来到她的窗前，也许那只是一片被风吹落的树叶，也许只是大街上走过又终走进别人屋子的脚步。而那细微的声响，听到她耳朵里却是滚滚惊雷，她拿不准，不知又会给她和她的孩子带来怎样的噩耗。正像三十七岁时那个正午，她在院子里正晾晒衣服，将平布纹上每一片褶皱，脚下荆条篮子还浸着河水的湿气，她顺着晾衣绳专心扳着衣服，没注意一脚将它踢翻，木头棒槌从篮子里滚了出来，咕噜噜，一路划出半湿的弧线，碾过砖缝一朵小小黄色雏菊，继续打着滚儿，停在微微隆起的蚂蚁窝旁。她的小儿子正蹲在蚁窝前，双手捧着半个馒头，专心致志盯着成队蚂蚁搬运他掉到地下的馒头渣。她停下手里动作，看着阳光下闪亮的儿子，刚刚洗了一院子的衣服，此时一点儿也不觉得累了，她心满意足地召唤儿子，他转过头去，望着她微笑。她正要发出第二声，那气流已经从腹腔钻出，像一只小鸟，尖楞楞，就要从张开的嗓子眼儿里箭一样跳出来，突然被闯进门的报丧的消息打断行程，那气流堵在心口，糊到那里，化成一块溃疡。随后那个地方长出一条蛇，在不加约束的坏脾气的滋养下，日复一日变得强壮起来。从那天起，虽然没有什么文化，但性情温婉的母亲却消失了，他再听不到有人以那种散发出阳光的味道唤他，没有人。尽管他是母亲最宠爱的孩子，更多时候，他觉得自己只是母亲身边一条忠诚的狗。只有依顺和忠诚，其他东西母亲不需要，不需要的，这个世界就不存在。哪怕天天就在她的眼前的东西，比如——爱。

　　"打吧，打断了，就自由了。"这句话他从来不敢说出口，这会儿从意识里强硬地蹦出来，他都不晓得他居然在母亲面前叫出了口。倒下的那一刻，他隐约看到陌生人带着嘲讽的同情，在张开的门缝后露出半张脸，一晃而过。

他在家躺着，请了假。陌生人整整一天没有出现。单位收发室打来电话，快递送来一个很大的包裹，他请同事签收了。

傍晚时分，他走出家门。外面在下雨。

灰蒙蒙的天空染上一种奇特的微紫色，雨丝从那无尽远的亮光处散落下来。如果有上帝，那不可捉摸的光源一定是来自天堂的布施，是上帝睁开的慈悲眼，怜悯地望着世人。他经过花坛，碗大的玫红月季和黄月季一路点头致敬。剑麻和杏树被雨水洗刷一新，硕大的紫荆枝柯舒展，树下落了一地花瓣，那细碎的花瓣仍是艳丽的紫，夺目而郑重。昨天和同事小李在这里闲聊时，小李告诉他，紫荆花的花语是"亲情，兄弟和睦"。他笑自己是老家伙了，不懂这些。小李和女朋友谈了半年，想买房，又愁房价太高，向他打听柳林桥回迁房房价多少，有没有人转让，他加点儿钱。他们在这里吸了两支烟，烟蒂泡在雨水里泛白，却没有烂开。

他在花坛旁站了数秒。春天将这个季节打扮得处处惊艳，一阵风过，一场雨过，第二天花坛里就又添了一层姿色，让人心情好得出奇，机关和家属院里的人拿这里当成了宝地，连他这个大男人都忍不住多看两眼。只是满眼红花绿叶，仍驱不散他压抑阴霾的情绪。有人打着伞从对面经过，遥遥向他望了几眼，含混地喊了句什么。他没有听清，抬头辨认，那人已经走了。

他迈开步，感觉自己是飘着离开的。他想起小李说起紫荆花的花语：亲情，兄弟和睦。他眼前现出一把菜刀。突然之间，满眼泪水。他没将刀的事告诉母亲。母亲自己已经够烦的了。她拼命在和自己为难，和子女为难，和老天爷为难，根本没有心力再关心外界。她甚至对大哥留下的房子卖了多少钱，值不值，都没有过问。萍萍回来后，别别扭扭来向奶奶问安。母亲看都没看大嫂一眼，破天荒问了萍萍几句在北京的情况，之后对大嫂和萍萍再不过问。大哥去世前母亲有预感，威逼着他说实话，大哥到底是上班忙还是病了住院，他没有办法，和舅舅商量后，告诉了母亲。母亲连夜打车去看大哥，在病房里一句话也没说。大哥仰面躺着，身上盖着白色被单，被单下全身赤裸，插遍管子，管子连接着围绕在病床四周的各种仪器。母亲直勾勾走近长子，撩开被单，充满敬意地避开那些管子，小心翼翼抚摸儿子耗尽油脂的肌肤，一寸寸，她细细回味他第一次躺在她乳房前那瞬间浑身汗毛过电似的惊诧。她一寸寸抚摸下去，从头到脚。大家都以为她要哭了，可她眼里却没有一滴泪。抚摸遍了，母亲默默点着头，转身离开病房。护士长没送出门就哭了，她后来告诉大嫂，说从来没见过这么硬气的老太太。大哥对母亲迟来的温情不为所动，始终半睁着眼，直直望向他看到的那个天。大哥的后事母亲也没问，后来舅舅抽机会和她大概提了提，说到萍萍，这个在乡下客串的老人忍不住啧了下嘴："王家这个孙女真是异才，骨头这么硬，女身男相啊。"母亲依旧默不作声。很多时候他猜不透母亲的想法。老婆海青骂他是娘老子的应声虫，在外面上蹿下跳，到家见了娘就成了满院子打滚的狗，打东不敢向西，打南不敢转北，没心没肺没脑子。当然海青只有在最气恨的时候才这么骂他，而多半是他没理，所以也凭她骂人出气。比如现在。这次拆迁使他十分窝火，明着是他好像坐地成"富"，美滋滋的"拆一代"，他家小旺还没毕业也成了富足的"拆二代"，但实际全部所得全在母亲那里。他们没要房子，变现了，虽然现在是吃了点儿亏，但后几年的事谁说得会如何呢？房价再涨，就让别人去赚吧，左右他还有一套房马上交工，只是现在租房过渡一下。一年利息也够付房租了。他还打算找个可靠的地方，将钱贷出去，分几个地方，高的二分利，许多熟人在这么干，可没想到老娘拆了后路，死攥着存折不放，说这是她的后半世，万一哪天小狼崽子不管她，至少她还有钱。他蒙了，海青也蒙了，上去争辩："这些年不都是我们在管你吗？你一直在和我们住，怎么会不管你？要那么多钱干什么啊？"他没有拦住海青。老娘当然不会放手。这个结就撂在这里。唉，钱啊，至于嘛。（隐约，他听到陌生人一声轻笑。）

定下神，他发觉自己竟然走进了柳林桥。这座被迅速推倒变成一片废墟的村子，如今黑魅般蜷伏在眼前，像一只怪兽，巨大的身子盘踞在曾经嘈杂、俗气、脏、拥挤的村子上方，尽管这里隔三岔五会有打破头的吵架，或者谁家又在房顶用破罐子破缸的口部对准有龃龉的那家暗暗降咒，但它乱得清晰，眉清目秀的坏，又一字一句数得出它的好。柳林桥的人实在是出了名的，耍起狠来也是不要命的实在。早年柳林桥的人受了外人欺负，邀帮结伙儿打群架是常有的事，派出所特别头疼。2009 年，住在桥头的李家搬来一个外乡人，谈好的房租，到了月底那个南方人拿不出钱来，嗓门大，又语言不通，不清不楚像吵架，说急了就骂人，房东老李七十九岁的人了，一头就撞了上去，两个孙子在家，一起将南方人揍了一顿。南方人吃了亏，隔天拉来一面包车的同乡，七八个手执砍刀的小伙子气势汹汹杀进柳林桥。在门口歇着的邻居眼尖，拍着隔壁的门，大声呼叫："南方人来了，南方人来柳林桥打架了……"南方人来得不是时候，如果是半上午或者半晌午来，柳林桥的青壮们都在上班，村子里尽是只能说说荤话的老头和只有力气走到桥头杨仙庙烧烧香的老太太。偏他们中午的时候来，下班的已经回来，上班的还没有走，这喊叫像一道惊雷，猛烈击中柳林桥，李家宗族早提防着南方人来报复，即便是不相关的人也都不由自主地走出自家大门，半个村子的人向桥头涌来。狗猖猖狂吠，人们拎上顺手捞到的家伙什，不时有人放出狠话："南蛮子，怕啥，还没人敢来柳林桥撒野，叫他竖着进来，横着出去。""打死了喂狗。""扔进滏阳河。"人们奔跑，心里难过，动了柳林桥的人就是集体受了极大的羞辱和委屈，几个南方人早在人们抵达前就被撕成了碎片。南方人聪明，见势不对，撒腿就跑，手里的砍刀也不要了。后来它们被人捡走，不知所踪。刚刚经过的就是差点儿引发大事的老李家，现在一堆瓦砾，根本看不出眉眼。听说老李头当初要 1000 万才搬，唾液四溅，在大门口光着脊梁，拍着胸前几根瘦骨，也不知最后是什么条件。工作组说，绝对是"一个标准行到底，一把尺子量到底"。村里家家都不对外兜底，静悄悄打着自己的算盘。远处似乎还有几户灯光，看不真切，猛然一阵呜呜狗叫，拖着长音，嚎得凄惨，像有无尽的冤屈，无尽的悲凉，和对这个世界无尽的敌意。柳林桥在短短一个月内土崩瓦解，留下许多狗带不走，又无处送人，只好扔掉。以前柳林桥许多养狗户，不是养肉狗，是让种狗繁殖出小狗，然后卖掉小狗。每天黄昏过后，村子里会跑出许多出来遛弯的狗，藏獒、斗牛犬、牧羊犬这类大型狗是被拴在狗主手里的，从身边走过，狗鼻子向人伸来，仍是吓人。他曾想养只金毛，找人打听打听价钱，猜海青也不会同意，就作罢了。数量最多的是狼狗，出门也是粗绳牵着，这东西生下来就喂生肉，饭量大，急眼了就咬人。那只狗叫引出更多的狗呼应，像是聊斋里鬼狐出没的场景，在这死掉了的村庄前，他再无半点儿缅怀心情，只觉得冷气嗖嗖，针砭刺骨将心拖到地狱的寒。他落荒而逃。雨停了。

4

老娘说她再也受不了了。她要自己搬去煤指小区住。他立刻说不行。煤指小区那所房子是他结婚时家里出资买的，住了几年又搬回老家，早年的单位集资房户型都不好，还是老家的房子舒服，自己设计的结构，上下水方便，房子敞亮，一色向阳的大窗户，比单元房要住得带劲。这些年一直外租，本来拆迁后过去住是可以省下一笔房租的，小户型的两室一厅，比现在租的小很多，如果硬挤也勉强可以，只是现在的房客是长住，租金也比现在支付的高 300 元，老娘紧抓住拆迁的钱不放手，这边房租更加被海青捏得紧紧的。老娘要去住，房租的钱失去来路，要他如何向海青解释？没想到，老娘认了真，三天两头去广安，居然把房客撵走了。他没有办法，开始寻找装修队简单收拾一下房子。海青的脸阴沉沉黑着，天天像要参加出殡。

忙了几天后，他突然想起快递的事，急忙抽空去了收发室。收发室老刘是个跛子，大家体恤他，大多是自己来拿报纸，但老刘忘性特别大，邮件的事往往不敢太指望他。听说他来拿快递，老刘迷茫地大瞪着眼，一脸无辜。他撇开老刘自己在收发室翻腾，果然找到他的邮包，寄件地来自西安，寄件人是苏玉。

关于苏玉，许多年后的今天，很多同学不再记得这个人，好像他从来没有在他们宝贵的三年大专生涯中出现过。他偶然提起苏玉，并且引导性回忆，依然无法使其他同学想起。记忆是个洞，有人进去了，百转千回生生世世刻骨铭心，有人出来了，相遇一场只是宛如水中照影，人去楼空，风一样。有时候他就恍惚了，疑惑苏玉根本不是他同班同学，而是一个忘记来路的熟人。他们这个班是机电一体化专业，五十个学生，男生三十一人，女生十九人。他记忆中的苏玉不怎么出现在公众场合，矮矮瘦瘦，一件黄皮夹克春秋两季必穿，脖子上很洋气地搭一条围脖，苏玉祖籍广西，他这身打扮在他们这些北方学生中无疑十分醒目。但奇怪的是，同学们似乎单单就是不记得。集体失忆是件可怕的事，它使苏玉是否存在更加可疑。慢慢地，同学聚会或者联系，他再不提苏玉。上学时，他与苏玉并无多深交往，迎面碰上打个招呼。毕业后分配，同学们风流云散，他也几乎要忘记这个人了，突然有一天苏玉走到他面前，冲着他微笑，还是那副打扮，黄色夹克，一条围脖，人也没多少变化，似乎毕业只是昨天的事情。他惊讶地望着他，就近走进一家新开张的面馆。

　　苏玉毕业后不久，去了西安，并且在那里安家、工作，这次出差路过，专程中途下车看望他。他有些感动，有些东西一点一点漫上来不断冲击着陌生的部位。那一晚还是没守住，他喝得稀烂，一路吐进家里。第二天他不知苏玉什么时候走的，怎么走的。在单位收发室给他留下的石头，刻着花草景物图案，说不上独特，看上去却很有眼缘，很耐看很有趣。苏玉没有留言，也不着一字，似乎从来没有出现过。而自此苏玉却在他心里复活，隔上一年半载没有消息，他会惦记对方。他掂量包裹，似乎又是块石头。在他感觉中，苏玉平生有两大爱好，一是集石头，二是与老婆离婚。但凡又与老婆离婚或者复婚，必给他寄块石头来。西安有全国最大的奇石市场。苏玉偏爱老家出产的石头，有时是与人交易，有时回老家时亲自从当地淘毛石，自己加工。档案馆老柴曾给他的石头做过鉴定，说这是广西柳州地区或者象州地区的草花石，石体属沉积岩，摩氏硬度 3.5～4，石体分别受铁、锰等物质渗透，风化后就出现植物、溪流瀑布、高山湖泊、人神鬼怪，韵味悠远，是大自然的造化。"你这同学是有心人，打磨得很专业。"他最喜欢的一块有 8 厘米宽，35 厘米长，16 厘米高，青灰石底，正面是铁锈色石画，苍岩断壁，石上端居一打坐老僧，石旁丛菊峥嵘，高空一轮满月，路尽处一株劲松。细数这些年苏玉送他的石头，一共是七块。也就是说苏玉这些年，与老婆分分合合，共计六次。他捧着邮包，哑然失笑。

苏玉经常天南海北地出差，自那次相见，他们后来又见过几次。去年苏玉再次路过他的城市，他们间曾有过一次对话。

在初夏的夜晚，他们和许多睡不着觉的人们一起在马路边儿上练摊儿，一人一个马扎围坐在四方小桌前，他们喝了一箱青岛啤酒，吃了十串羊肉串，两个羊蹄，一盘毛豆和一盘盐水花生。他们谈论日本，谈论钓鱼岛，谈论菲律宾以及南沙群岛，他们也谈论国内出现在媒体和网络上的政府官员和热闹消息，他们随口胡侃，语汇伴着杯子里的啤酒，升腾着多情而快活的泡沫，他们镇定自若地盘算每一个重要人物和重要事件，它们和他们息息相关、生死共存，又是那么不值一提，它们是盘子里的豆子，近在眼前纤毫毕现，只待他们两手捏起，用力一挤，真相立刻明明白白浮现。他们喝得很高兴。当他们喝到第九瓶时，都有了醉意。他借机问起苏玉，为什么和老婆这么折腾？

苏玉低头一笑，狡黠地反问："如果你和老婆离婚，你还会不会再和她复婚？"

他醉红着眼，直勾勾瞪着前方，用力想了半晌，抬头回答："不会。"苏玉在灯光下笑了。他忙解释："首先是我老婆海青不会和我离婚，我知道她什么脾气，就是搞死我，也不会和我离婚，其次，她真同意和我离，那肯定是下了死心，根本没有复婚的可能。"

"你们北方人哟。"苏玉戏谑地摇头："什么事也闹得很郑重，什么事也关乎生死。我来问你，如果是两个人都觉得厌倦了，却又不能彻底分开，那要怎么样呢？"

他渴望从苏玉嘴里吐出真言，却从没想过这样的问题，他王祥是一个叫李海青的女人裤腰带上的一条鱼，从母亲给他订下这门亲事起，就交到她手里了，是杀是剐，他从没想过。海青结婚前端庄大方，是个好姑娘，结婚后对他也不错，本本分分过着日子，大家不都是这么在过吗？完美的事物人人渴望，但不可能存在。过日子哪里可能天天风花雪月。对世上本来就不可能的事，他从不抱有很多幻想。他和海青从来没有产生过电流，他也不知道那是什么感觉，想过，也曾有过疑似心动，但仅是疑似，他不相信那是真的，也从没允许自己有过更多想法，更不要说想象和海青离婚。

苏玉笑了。酒后失控，他将自己的想法脱口倒了出来。

后来，苏玉讲起自己的故事：

"我是在石家庄上学时认识我老婆的。她在南三条卖服装。我们这个专业你是知道的，都是委培生，毕业后定向分配，今后前途去向大致已定。家里人很满意。每当和邻居谈起我，总像谈起一个未来国家干部，事实上，当年考上大专确实不易，基本回来后在基层随便锻炼下，就会提干。和现在大学生相比，我们这代人确实占了国家很大便宜。咳，扯远了。还是说我和我老婆。在一个很无聊的夏季中午，我一个人很无聊地走出校门，门卫恹恹地一脸困倦，对我的经过不闻不问。我踏在沥青被晒得稀软的路面上，脚下是一连串发黏的脚印，像一只四脚爬虫，从学校蹒跚出来，挤上一辆公共汽车，又从另外一辆上下来，像个游手好闲的浪荡子。眼望处是昏昏欲睡的大街、昏昏欲睡的商铺、昏昏欲睡的行人和昏昏欲睡的店员，剧烈的阳光洒下来，抽打着地上裸露的一切，大街上的泡桐一副心甘情愿认了命的萎靡样。突然之间我觉得心里空得难受，有什么东西在心上炸开，有一股无法承受的疼痛和寒意。我不知道想到了什么，也来不及分辨这种突如其来的感情，胃里就开始一阵阵恶心，想吐。我的眼前发黑，耳朵突然听不到任何声音，身外是耀眼的强光。我踉跄迈到车门，拼命拍打着车窗，司机和售票员在车头处大声喊叫，我却听不到，只能忍受着自己身体深处猝然蹦出的魔鬼的折磨。车门顿开，一股热浪袭来，我扑到地面，哇哇呕吐。那是很丢人的场景。我独自在马路上吐得眼泪鼻涕一塌糊涂。这是一个光秃秃的中午，炎热又冷得要让人死掉。内心那种孤独前所未有的强烈，我借机哭出真正的眼泪。吐清楚后，我环顾四周，没有人围观，没有人停下，甚至街边的狗都没有兴趣抬头张望。我缓过神，站起来，身上的寒意还没有消退，我大概面色苍白。这是南三条，北方最大的小商品批发市场，我曾经到过这里买袜子。平时这里打货的人不绝，拥挤的大棚里响着南腔北调，今天这里出奇的静。我走到一个摊位，那里有个长头发的姑娘，抬头望向我，人出来时手里拿着一个杯子。她递给我一杯水。她就是我老婆。约会很多次后，我仍无法在记忆里描摹出她的模样，只记得她很漂亮，眉眼灵秀，有一头乌黑的长发。一头乌黑的长发，是我那年对女人所有的渴望与幻想。后来和同学们接触得少，是因为我每周都有几天旷课去陪她卖货，或者进货。

"她是西安人，和人合伙在南三条租赁了一个摊位。在我毕业前半年，她的合伙人不干了。尽管有我帮衬，她独自顶了一个月后，仍是很累，有一天我们就吵架了，提出分手。然后她就回了西安。我禁止自己想她，强行将她遗忘。这法子会管用三两天，但每次压制过后，会遭到强烈反弹，心像要撕裂一样，不停地想她。撑到第三个月，她来了一封信，信纸上只有三个字：想你了。连个标点符号也没有。我感觉自己像是突然被解放的囚徒。我托你向老师请了个假，还记得吗？说家里有事，其实是连夜动身坐上了去西安的火车。我要即刻见到她，见不到会死。那一路是癫狂的疯想，身体饱胀着甜蜜和酸涩的苦，我要将她捏到手心里，将她捏碎，浸进我的皮肤里，融化进我的骨血里，她就是我，我就是她。我满眼都是她飘舞的长发。事先我没有告诉她我会去，也来不及告知。当我一头撞去，站在她面前时，她一脸惊讶，开口说了一句话："谁让你来的？"这伤到了我，我很伤心。一下子矮到地底，觉得自己又卑微又猥琐。我向后退，退到墙边，一拳打向墙面。这一拳打得很重，可以用皮开肉绽来形容，血流下来，迅速淌成几条红色的小蛇。她惊叫起来，同宿舍的人也惊叫起来。当时她回到西安，正在进修，准备考会计师。后来，后来我们就结了婚。她想我，当然是绝对的真，因为她孤独。我毕业后没有如愿进到机关，而是去了一家工厂，一家重工业工厂，但企业一如一架老旧的钟表，它们摆动，按照事先的计划摆动，左、右、左、右，不差分毫，它的暗哑无光是我无法忍受的眩晕和孤独。和她商量后，我去了西安。好在家里人大多在老家，这里的两个姐姐对我无可奈何，最后只好随我去了。"

"唔，很动人，我们这代人，年轻时很少是因为爱情而在一起的。"他插话。

"我知道你又打算问我怎么还要折腾。是，我们是在折腾。我先来问你，爱情到底是什么？"苏玉没容他回答，继续自顾说下去："爱情是一场风暴，身后是一片狼藉，爱情，是人类的精神鸦片，是欢喜，是悲伤，是感动，是惦念，是各种美好情感，是一种填充物，有了它生命就会闪闪发光。但爱情也是最不可理喻，最不好用公式来解释的东西，它像一个喷嚏，一场流感，来得快，也消失得莫名其妙。我想说的是，爱情也是过日子，不确定是它的常态。或许我表达得还不够明白，这样吧，我举个例子，比如托尔斯泰的《安娜·卡列尼娜》，看过吗？"

"看过电影，看不下去书。大概我没眼光，觉得安娜拍得很风骚，而那个丈夫却让人觉得很伟大。也不是伟大，是有慈悲心。一个正常的，一个有公道心的人。对生活隐忍，对社会有用，并且有思想抱负的人。"

"对，有用，或者没用，我们是这样来划分一个人的价值。"苏玉冷笑，"陈腐，陈腐。"

"任何时候，任何时代，都存在着追求内心自由的那一群人，如果我是那个丈夫，我会放手，让安娜去找她的爱与自由，当然这会付出很多，社会地位、物质财富，也会承受很多东西。人性的复杂，构建了生活百态，不确定才是常态，所以爱情很美好，但它仍没有逃脱不确定……"

苏玉最后几句话，他没有听清，他走在醉意的边缘，而苏玉一头沉进了河底。

他从苏玉零星短语中猜测，苏玉的老婆后来遇上另外一个人，再次陷入爱情，也或者只是因为孤独，反正被苏玉抓个正着。他们离了婚，是谁提出的不重要，总之后来，是他百般乞求，他们再次复婚。这件事成了夫妻心中的刺，或者说是苏玉心中的刺，隔一阵就痛一下，痛极就离，又想到对方的好时，再结，分分合合，像打断骨头连着筋。两个同病相怜的敌人，在感情处理上十分默契，头一天提出来，第二天就离了，或者结了。结得干脆，离得也干脆。他们甚至离婚不离家，在离了婚的那几天，他睡在客厅的沙发上，婚一结，重新睡回老婆身边。

他摇摇晃晃举杯，叽叽嘎嘎地笑了，敬歪倒在桌上的苏玉。"有才。"

苏玉如今又寄来石头。苏玉这次是与老婆离婚还是结婚？回到办公室，打开包裹，是一块小一点的草花石，斑驳的矿物质纹理像几株怒放的丛菊和修竹，枝叶清晰舒朗。他夸了一声，"妙!"正欣赏，老杨推门进来，见到他手中的石头，惊喜地抢步过来，一把夺去，嚷："给我，给我，给我，上次你许给我的那块送了老刘，这次可不能再言而无信了。"他心下不悦。老杨这已经是从他这里要去第二块了。

桌上手机响，是装修房子的工头，说他老娘和老婆在房子那里吵了起来，一个要做，一个要停，问他怎么办。他一口气顶上来，冲着电话骂："该干嘛干嘛，我怎么知道怎么办!"

老杨惊讶地问他怎么了。他无力地举举手机，摆摆手，向门外走去。在转弯处，一头撞向迎面走来的陌生人，将陌生人身体撞出一个大洞，他冷着脸，硬硬地从中间穿过。

5

继续装修。老娘和海青打定主意要将他撕成两半。

如今他们一家四口分居在四个地方：儿子住校，老娘在家，他以单位为家，海青又搬去妹妹家。晚上他和海青谈话，他低声求海青，老娘年事已高，没有几年好活，平和点儿，就当饶了他吧。海青一边收拾行李，一边咬牙切齿骂他，说要离婚。他默默退出他们的卧室，在客厅站了站，换上鞋回到黑气沉沉的办公室。窗外一点儿月光透过窗子，照在桌上没来得及扔掉的包装盒。苏玉的名字在寄件人处讪笑。陌生人不识时务地进来，他一把抓起包装盒向陌生人扔去。骂了一句粗话。

他一味躲避容忍，为什么生活要将他伤得这么狼狈？任何人都觉得他有责任，为什么他任何时候都是可以被任意挪走的那一个？他想起大哥，想起萍萍，同根相生，为什么性格有这么大的差别？他做不成任何主意，给不出任何一个有用的建议。谁都对他很失望。他觉得他是偷偷摸摸的食腐者，并且身体也在腐败溃烂，没有骨头，没有支点，任何刚强的东西都与他无缘。在生活对他千锤百炼的锤打中，他在消失，变得轻飘飘的。

他不知道他是如何飘进柳林桥的，又是如何飘进设在村委会的拆迁办公室的。陌生人陪在他身边，一声不响。他们像连体人，共用一个影子，共用一张面孔，共用一个灵魂。两个人的重量将他踩在脚下，他趴在地面，像一头病弱的蚂蚁，硬抗着所有加诸他的负重。

拆迁组让他等。他们家在拆迁时，有一条有争议的过道，当时为了不影响拆迁进度，说好最后统一协调。他还让老杨的姑爹那队工作组立了字据。他想现在就解决，现金结算。

拆迁组让他等。老杨姑爹那组完成政府规定的几户拆迁任务，急急忙忙地撤离了。他曾给老杨姑爹打电话，老杨姑爹吞吞吐吐，说后续有另外的工作组进驻，他们不便再插手。如此等等。再打，老杨姑爹不再接他电话。老杨也是无奈，正巧单位有出差，躲了。

拆迁组的年轻人接待了他，很热情，但很空洞。他需要钱。或者房子。

他从柳林桥旧居穿过，不忍心观看，碎了一地的伤心。

什么都没有了。

全部被推倒了。

新鲜的断壁残垣流淌成一条废墟之河，柳林桥的尸体漂浮在上面。肿胀、巨大、丑陋的乳房裸露在外面，颜面尽失，平素她虽无艳丽姿色，却也端庄得体，是知礼守节的村妇，是贤良自重的母亲。她是滏阳河养大的奶娘，从几家几姓，到滋养出九百三十九户人家，他们在她的胸脯吃奶，在她的腹部和大腿上盖房，最后她的孩子们住在了她的双臂和头发丝里。她的阳面是生者的住地，阴面是死者的住地。阴阳两极，都是她的至爱。他们在生时纠缠不休，死后依然吵吵闹闹，她就任由他们闹去：不闹哪里像一家人？如今她横躺在那里，滏阳河静静从她脖颈处流过，她再不能庇佑柳林桥的村民，哪怕是新死者，或者新生儿。他们把她卖掉了，遗弃了，狠狠吸掉她最后一口乳汁，忘恩负义地背弃了她。她守着被一并留下的死者，无声流泪。她呼唤大地之母，追问流不尽眼泪的滏阳河：为什么她这么痛苦？河之神，水之父，天之母，地之灵，我要何去何从？

他不忍看，不忍听，像一只恋家却挨了打的老狗，一路逃窜出柳林桥。

6

他开始迷路。大脑间歇性失忆。随着柳林桥拆迁，他好像失去定位的支点，方向感开始混乱。省局来人，他奉命接待，亲自开车去高铁站接人。从和平路尽头左拐，在东柳大街立交桥下，突然迷路了。上面是纵横交错的桥，下面是纵横交错的路口，向左拐，向右拐，所有的路口完全一致，统一的弧度，统一被剃了平头的冬青木，他找不到标志，所有的出口皆是入口，和所有曾经去过的城市一般无二，一刹那，他觉得自己是个外乡人。他依着感觉向前开，走出一段，发现到了联纺路，9 路公共汽车摇摇摆摆直直穿过十字路口，大大的红"9"。他清楚过来，认出已经到了金都酒店附近。他折向一旁小道，看时间还宽裕，将车停在路边。他点了一支烟，递给陌生人，陌生人拒绝了。陌生人现在很识趣，不再突然出现，而是在他想要和他聊时才出现。

他问陌生人他这是怎么了。

"你被困住了。"

"为什么我现在和以前不一样了？"

"因为你从前从来不去为别人着想。现在你心里有了别人，自然和以前不一样了。"

他忧郁地问："以后你会一直跟着我吗？我从来没有做过亏心事啊。为什么你一出现我心里就会疼，会难过，会想起我死去的大哥，会想起萍萍那双怨毒的眼睛？为什么？"

电话响了。来电显示是大乐堡的一个被唤作"大爷"的亲戚。

大爷的儿子大虎死了，车祸，整个身子被面对面快速行驶的奥迪和现代夹扁了。他听到这个消息，像被有毒的马蜂蜇了一下。

他们家祖坟是占用大爷家的地。当年柳林桥果园要开发，他们家祖坟被通知迁出。他们寻到大乐堡有地的大爷门下，才让祖宗们有了立足之地。他还记得祖坟刚刚迁来时，大爷的儿子还小，不过已经有了丈夫气，十五岁，像大人一样在农田里为这些亲戚们挖坑。如果没记错，大虎是比他小六岁的。大虎是大爷的独子。这个精壮少年，后来因为祖坟和大哥交好——真正的忘年交。他从大哥提起大虎的感慨语气中感觉到大哥隐隐的遗憾，为大虎的侠气、大虎的仗义、大虎的热心。如果大虎是他，是大哥的亲弟弟，大哥一定会非常满意。在安葬大哥时，大虎哭得很痛。其实他与大虎关系也不错，每年过会时，大虎都打来电话，叫他们去家里喝酒。大爷做了一辈子村支书，换届离任大家仍叫他老支书。在村子里，大爷是一只虎，老了，病了，仍是虎，七十多岁的人了，耳不聋眼不花，走路跺起的尘土落在地上当当响。如今突然失去爱子，大爷怎么受得了？

他回家告诉了母亲。那时母亲已经几天不搭理他了，一时凶狠得像后娘，一时哭哭啼啼像是受尽天下委屈的小媳妇。她在厨房里拿着锅铲用力翻搅着土豆丝，像是和这些细碎的植物有仇。一分钟后，母亲听到大虎不在的消息，停下，锅里冒起一股煳味儿时，他快速关掉火门。

海青也从妹妹家赶回。她要和大嫂代表他们家的女眷出席葬礼。海青比他得知得早。多日失去联系的大嫂找到了她。大爷家和大嫂娘家有些亲戚关系，当年选祖坟大嫂出了大力。出席丧事各自顾各自肯定不好看，在拆迁事上他确实没有照顾到大嫂，大嫂肯定心存怨恨，大嫂主动联系他们，也肯定是出于无奈。

母亲本可以不用参加，家里儿孙辈有人来就已经周全了，但母亲坚持要来。她与刚刚失去儿子的大奶奶抱头痛哭。

秋风席卷着几里开外的玉米地，呼呼怒响，像薄薄的一片刀，划过每个人的心头。地里的玉米已经抽穗，还有个把月就要成熟了。到时候谁来帮大爷他们这一门收秋？他在院子里听着遥遥的风声，伤感地想。大虎的遗体失事当天就火化了，按照仪式，遗骨要进祖坟。大虎家的祖坟与他们家祖坟只隔了一道沟陵。刚刚大爷的兄弟二爷告诉他，前些天有信儿传出来，他们这片地要平坟头儿，不知准不准，北面大裴堡沿人民路的一片已经被圈起来，可能是卖给哪个开发商。大裴堡大乐堡南北相邻，他家的地就在临界线，不知会不会开发过来。"唉，手里的地啊，开发过来，活人死人都得让路。"他也拿不准这个消息的真假，却是真正犯了愁，迁坟不是小事，他得和其他人商量商量。他四处寻找大嫂。在水窖处，他找到了大嫂。大嫂配合亲戚做中午的流水席。大爷让把水窖里养的鱼捞出来。大嫂望他一眼，继续用网捞鱼，眼里尚有泪迹。大嫂先和他说话，大嫂复述大爷的原话。"人都没了，还要这些鱼干啥？"这些鱼都是大虎从永年水库自己捞的。"人怎么能说没就没了呢？像你大哥一样，说走就走了，丢下老的老，小的小，没良心啊。"大嫂哭起大哥。他正手足无措，不知如何安慰，有女亲戚过来，将大嫂架进了屋。他又去寻老娘，老娘在厢房里拍着大奶奶的手哭。一对老太太白发苍苍，头贴着头，从对方的不幸见到自己的不幸，又从各自的不幸里提供几丝温暖给对方，没有人比她们更能真切理解对方的痛与苦。他转过头去寻海青，海青在另外一间屋子里帮忙裁白布，精于计算的海青热络地丈量每件麻衣、孝帽的长短大小。这是一件烦琐的活儿，海青被围在中央，似乎成了主力。他远远观望海青，前不久还挂在她脸上的消极与憎恨不见了，变成了专注与热情。是的，海青这会儿是十足的热情。他突然想起远在西安的苏玉，以及他与妻子间那种爱恨难舍的纠结，其实他们的婚姻是相同的类型。都是他们那个年代的人特有的产物，对人对事，看待世界的方式、角度，貌似不同，却都在同一个大的轨道里。他们无法做到真的相离。

"起殡——"

司仪站在大院中央大喊。人声猛然肃静，又立刻骤然发出一种声音。这音律是远古的老祖宗们留下的遗响，与隔了一条马路的坟地里发出的召唤相和，一个从南向北，一个自北向南，遥遥呼应，这是生者对死者的送别，是死者对死者的呼唤。它们血脉相连，节奏相同，一根骨安放进一堆骨，一片叶添加进众多片叶中，每个人最终会在那里寻找到完整。远远的坟茔近了，两片坟相邻而居，列祖列宗们在等着他们了。来自柳林桥的列祖列宗们，全都排列在这里了，他们身边空出的位置必是留给哪个生者。生者望向给自己预留的位子，心里安定了。这里也是他们的家，不管以后如何，这里永远会是排列整齐。

秋风扫过玉米地，植物的青涩气息在空气里弥漫。他望向自家祖坟，陌生人坐在一块空地上，望着他微笑。他终于看清了陌生人的脸。

走神儿

几天前就预定下今天的聚会。一整天，这座城市仍被雾霾笼罩着。远方的天空像是吃了迷药，癫头癫脑，混沌不清，昏迷过时钟上的物理白天，夜晚提早来临。由此，纵纵横横的路灯、招牌、广告、电子屏，一团团光，橙色、奶白、蓝色，从四面八方纷涌出场，给这开始放闸的车水马龙添加了油盐和各味调料，完成了一幅视觉上的热烈杂烩。

最先提议聚会的是乔方，刚刚提拔起来的"青年干部"。他拿"青年干部"四个字调侃乔方，乔方就嘿嘿地笑，连声道谢，说是老兄提携。其实谢也不过是客气话，论综合能力、人脉各方面条件，乔方确有实力，早晚而已，更重要的，乔方去年已调走，在新单位被任命。想当年乔方初来乍到，菜鸟一枚，进过他的战壕，也算兄弟一场。这些关系乔方把握得比较好，一向对他尊重有加，难得的是，两个人都是教师出身，一个曾是财校老师，一个教过高中物理。他与乔方能够交流思想，尽管有时候这种交流实质上存在很大的偏差，彼此谈话完全没有交集，但这不影响他们继续争论，继续做兄弟。

乔方打来电话时，他刚刚撂下美国女儿打来的电话，心里正空荡着。

"老兄，在忙什么呢？"然后是乔方招牌式的笑声。

"唷！"他说："我当是谁呢？听到兄弟的声音就高兴，最近喜事不断啊，又有什么好事临门了？"

"哪儿能天天有好事掉到咱头上？这不是小英出国走了，怕老兄闷得慌，想弟兄们在一起坐坐、聊聊，不知道老兄晚上有没有安排？"

他当然没有，自从前领导退休，他已经极少有什么"安排"，乔方的电话让他打捞到些许温暖，他爽快地答应下来，又问："还有谁？"

"没外人，纯私人聚会。"

这种聚会是有传统的，他调进现在的单位前，老处长他们已经维护了好几年，自掏腰包轮流坐庄，接风宴瞬间拉近了距离，随后又是家属大见面，处里七八个亲亲热热得像是一家人。他接任老处长的位子后，仍延续老传统，接来报到的第一个新兵就是乔方。算来有十年了。老处长不在也有十年了。他深深吸了一口气，不知道为什么会突然想起老处长。前一阵，听说老处长的遗孀患了骨质疏松症，原本极标致高挑的人整个塌了下去。

他坐在车里乱想。道路拥堵。四方闪烁的车灯既是存在的明证，也是存在的警示，生生把人定位在狭长又无法前进的谷底。他望向窗外，浓浊的暮色与雾气一团模糊，却阻挡不住脑中的想象。他想起前不久躲进俄罗斯的那个斯诺登，想象头顶原本无实物的天空到处都是射线，斯诺登所从事的事业远比本·拉登更加恐怖。他继而想到已经停摆一周的美国政府，他理解不了地球背面那个不可思议的国家。小英去美国留学的主意是老婆汪晴晴定的，小英一百个欢心，直到签证寄来，他才像刚刚惊醒过来，开始没日没夜扯肝扯肺地揪心。小英登机那一刻，他的魂都被带走了，大老爷们儿，在候机室哭得稀里哗啦，汪晴晴狠狠瞪他数眼，忍不住小声叱责。那天确实失态，可他不觉得丢人，骨肉离别，马上天各一方，无动于衷才奇怪。

而汪晴晴并不这么认为。他简略回忆了下与汪晴晴在一起的二十三年时光，似乎总是他滞后于生活，缠斗在生活中的各种纠结里。汪晴晴总说他想得太多，行动太少，每次争吵的焦点似乎也不外乎此。尽管汪晴晴生气，但那不影响他们好夫妻的关系，正像他在闲时与乔方争辩，也不影响他们好兄弟的关系一样。他记得有一次他们的话题很大。他说现在人生活太快、太急、太功利，目的性太强，反而失去最初人生的本意，应该慢下来，等一等灵魂，等一等本来的那个自己。乔方哈哈大笑："灵魂，灵魂是什么？有谁看见过别人的灵魂？"乔方从没说服过他，但这句反驳让他相当佩服。

有谁见过另外一个人的灵魂？

服务员推开房门，他第一反应是：他迟到了。一圈人，团团围在圆桌前，看情景是刚刚就位，相互仍在谦声礼让。场面有些乱。屋子里的灯过于明亮了，集中在人们头顶正中央，人影晃动，像是在闪闪发光的水波里摇曳。他的眼睛受不了强光刺激，下意识转移到对面墙上。那里有台壁挂电视机，一个中国主持人正面色庄重地解说，背景是美国白宫。

乔方首先发现了他，大叫"老兄"，伸着手冲来，走到跟前又改握为抱，将他搂进门。乔方冲房间其他人大声介绍："这是我老兄，我最好的老兄。"他微微一怔，难道来者不全是旧相识？他转过眼打量，看到几张生面孔。乔方将他摁进正座旁主宾位，这里空着一个位置，另外一边主陪位也有一个空位，显然，那是留给乔方自己的。

正位是乔方新单位领导，因为这个人的原因，乔方才适时调入。他们曾见过面，刚才匆忙间没有认出来，是姓谢的，面相深沉。谢领导头顶有块明显的秃斑，嘴角笑起来弯弯的，有一种女人般的妩媚，只是他不爱笑，多数时间是面无表情，铁板一块，即便是有人讲了个特别搞笑的段子，满桌男女前仰后合，也只惹得谢领导矜持地抖了抖。很有意思。说不出乔方闹的哪一出，来宾哪里的都有，既有现在同事，也有过去同事，还有的来自兄弟单位。大家聚到一起似乎是没有主题的，只是一时兴起，在前几天某一时刻同时被乔方想起来，一勺烩进同一个锅里，好在虽然半生不熟，可介绍起各自单位，大家都有相熟的熟人，生的也就熟了。尽管是纯私人性质，但因为来客惯熟的思维方式，和大家平日所处环境惊人的一致，所以自觉将平日做派带到了这间屋子里，各个细节配合得严丝合缝，毫无怨艾。他暗暗佩服乔方。这小子上班几年，居然攒了这么多的枝枝叶叶，看似纵横交错，一塌糊涂，却又打理得井井有条，精明细腻。

如果按照这条线讲述下去，只能说这又是一场极具中国人特色的聚会：秩序、规矩、欢欢喜喜，像许多个应酬一样，过后，记忆像被七级大风刮过，既想不起说过什么话，也想不全参加的都有谁。当然，那是以后的事，此时只管兴头上嘻嘻哈哈凑着玩儿，哄着别人高兴，也哄着自己高兴。他从进屋坐下的那一刻，另外一个"磨磨蹭蹭的自己"（汪晴晴语），就自动闪到身后，看前台那些入世者参与进餐桌前相亲相爱的圈子，看他们机智、诙谐、沉稳、深刻地谈论着雾霾，谈论着空气污染扩散指数，谈论着刚刚过去四处围堵蔚为壮观的十一"黄金粥"，谈论钓鱼岛，谈论核武器，谈论日本、韩国、叙利亚以及美国政府。有人推断，未来的世界只有两种人：中国人和非中国人。人口外溢流动是根本挡不住的事情，与其堵，不如疏，人民自然知道哪里更适合自己生长。这可不是卖国，而是爱国，大家挤在一起，相互空间都不够，你踢我我踢你，不如出去，强行外派，分散到各地，拼出一块天地。哪里都有中国亲戚，迅速繁衍，子子孙孙，早晚全球普及中国话，当然这可不适合政府官员。一阵哄笑，有人就起哄。气氛挺好，谢领导的脸孔在灯光下也生动起来。聚会是个好理由，让人适度放下身段，胡扯瞎聊。他站在身后烟雾中，和座位上那个人一样，也微微有点儿上头，他看着这场面，想起二十多年前大学时代，一群吃饱喝足的半大男人关在宿舍里神侃，也是这么臭屁。他们那时谈论祖国命运，谈论世界命运，他们很少谈论女生，他们日思夜想的是全人类，他们读"马列"，读弗洛伊德，读尼采和叔本华，并且谈论他们。

　　他跌进时空无法自拔。那只烤鸭的适时上场，中止了华丽而热闹的回忆。他猛然惊醒。此处的激情飞扬远非那年月的激情飞扬。他从这碗热气腾腾的羊肉羹中，咬出一口狗肉味儿，油滑滑的，看似精彩，却根本不是那回事儿。不是真功夫，也没能力动真格儿的，更没心思动真格儿的，虚胖浮夸的东西到底没力道。他想插嘴，笑一笑，杯中酒就干了。那只金黄的烤鸭卧在盘子里，被酒店师傅用餐车推了进来，在门口现场被肢解。薄薄的酥皮切成片，整整齐齐摆进瓷盘，旁边又放了两个小碟，一碟甜面酱，一碟白糖。失了表皮的烤鸭继续被分解，这次是肉，嫩滑鲜美，分成两盘，盘子放在一件竹器里，另有一碗酱，一份葱丝，一叠面饼。

烤鸭转到他这里时，他持一双公用筷，麻利地卷出一张，将饼夹进谢领导盘中，随即又顺手卷好一张放进右边美女盘里——刚刚他们聊了几句。谢领导连声道谢，乔方也道谢。他不搭架子，照顾到方方面面，让乔方很有面子。他肚子里偷着乐，瞧"青年干部"一脸的佩服，殊不知这一手是条件反射，某些场合在某种身份下，这些事是自然而然应当做的，眼到手到，职业素养而已。

邻桌的女士是个标准的年轻美人儿。不知道在什么研究所工作，好像是和动物检疫有关的。"姓江，江姐的江。"乔方告诉他，他们是同学。

江女士似乎也和其他人不熟，不怎么言语，但行动举止表现得落落大方，这是有意克制的礼貌。江女士声音温婉动听，他出于好奇，对陌生人有意笼络，问她是不是学过播音。

江女士"哦"了一声："这您也能看出来？真是神了。"江女士压低声音："我刚工作时就是播音员。"

"这样啊，果然我没看错，科班出身，怨不得音质这么美，比普通人发音有磁性。"他恍然大悟，赞道。

"您真太夸我了，其实您的声音也很好听啊，只是您自己没发觉而已。"江女士面色微红。

"哪里，你真是太会安慰人了，我这嗓子可是纯五音不全的乌鸦音。"他捞起茶壶，为江女士斟茶，蓦然瞥见她的左腕戴了只玉镯。他眼前一亮，这只镯套在她的手上，清凉似冰，带出一股子孤寒高傲的感觉，那冷是浸心浸肺、入肌入骨的冷，让人一眼难忘，望得久了，似乎就被夺去心神。

"老兄看什么呢，看得这么入神？"乔方端着酒杯，在对面大笑。

江女士不好意思地往下拉拉袖子。被乔方叫到，他也觉出失态，仿佛刚刚心里真的存过什么暧昧念头。他辩解："我在看美女这只玉镯，质地非常好，难得的冰种翡翠啊。"

"啊，您识玉？"江女士慌慌张张拉出那只玉镯："您看我这个，是真的吗?"

他示意江女士抬高手臂,将那玉镯对向灯光,十分肯定地说:"是 A 货,只是要分辨出品级还需要一些工具。"

江女士惊喜不已,一改方才冷淡,絮絮叨叨告诉他,这只玉镯她老公称是托人从缅甸带回来的,她拿一些专业网站的图片对比,越比越没信心,不戴又怕老公不高兴。她索性将玉镯脱下,请他细看。

"多少钱买的?"

"三千七。说是老坑玉。老坑玉和新坑玉又有什么区别?"

他小心捏在手里,认真观察,眼睛又被玉镯内部散发出的那种圆润光泽吸进去了。他随口回答着江女士,一边觉得她很傻,这么好的东西,她日夜戴在自己的手上不离身,却不识货。他告诉江女士:"冰种翡翠 A 货已经属于中上品,价格从几万到几百万不等,整体底子干净,种地细腻,水头较好,无纹裂,价格已经在 4000 元左右,商场可能更贵,您这只绝对是精品。"

"啊。"江女士脱口而出,"我老公没骗我呀,果然是好东西。"

他笑了,将东西还给她:"你老公经常骗你吗?"

江女士小心翼翼地将手镯套回自己手腕,心满意足地左右调试。他相信,以后她再不会轻易将它随便拿给陌生人看。

江女士拿起酒杯,一双美目乍惊乍喜瞄着他:"敬您,谢谢帮我解了心疑。"

"理解,玉这东西很难说,市面上真的很多 B 货。B 货也是天然种质,只是翡翠原料一般,经过强酸、强碱浸泡几个月后,再抽真空注胶,这种东西戴到人身上你说吓人不吓人?不但不养人,还害人。"

江女士心悦诚服点头称是,她鬓角的一缕头发滑至耳后,露出小小的耳廓,饱满的耳垂。他从没注意过女人的耳朵,那弯曲自然的形状居然这么小巧,从下至上,又从上至下,描画出精致的轮廓,显得很性感。

他猝然惊醒,被内心涌出的东西吓了一跳。江女士满含信赖地望着他,他没有听清,要她复述一遍。

"对不懂玉的人来说，怎么初步鉴定？"

"听声、辨色。也就是对光观察，或用其他非玉石手镯敲击，真玉会发出叮叮的清脆声音。"

"真的啊，这么简单呀？"

他笑着抿了口茶。隔座人来敬酒，他连忙起身。稍稍坐下，乔方在那边喊："我老兄可是多才多艺，知道的东西多，江娜你得多学习着点儿。"旁边女子原来叫江娜。

"是是是，看得出来。"江娜连连点头，"我正在请教，正在请教。"

"别听乔方瞎说，我只是偶尔知道点儿皮毛。"

"您可真谦虚。"江娜肩上披了件蜡染织物——多功能的那种，单位几个女事有相同的样式，折起来做围巾，抖开可以做披肩，轻纱一样搭在两个肩头。他瞥见她脖颈下的淡蓝色血管，突如其来地，他想像一只嗜血蝙蝠，扑上去咬上一口。乔方刺耳的笑声传入耳内，打醒他荒唐的幻觉。咳，今天是怎么了？频频失态注意身边这个女人？他喝茶掩饰："这条披肩很漂亮。"

"听乔方说，您还是个哲学家、读书人，能不能为我上五年级的儿子推荐几本书？"

"哦？别听他瞎说。"他望向乔方，乔方正在照应另外的人，似有感应，扭头也望向他，两人目光相对，乔方冲他大有深意地一笑。他越发有些不安，恐乔方察觉出他内心波动，也怕其他人注意。他起身对江娜道歉，要"活动活动"。江娜体谅地让让椅子。

屋里气氛已至半酣，各路"恐龙"在酒精陪伴下无比兴奋，无比活跃，也无比聪明。他刚进屋没多久时已经发觉，这拨人除首座老谢外，大多与乔方同龄，乔方混在他们中，像一条鱼混在一群鱼中，他发觉只有他是被尊敬推上岸的上一代人，他被这种格格不入的年龄界线狠狠刺伤了，要命的是这种隔阂和职位、资历无关，无论如何他都没有能力闯进去成为其中一员。即便是老谢也未必比他大多少——尽管老谢的脑袋微微有些秃，而他头发乌黑浓密。老谢那张面无表情的脸像一面镜子，别看不苟言笑，可在座人的喜怒都被悉数收进镜子深处了。老谢隔着镜子与人应酬，在心理上，老谢已经占了先机。他日日接触的就是这种人，所以他看得懂这种表情。门开了，凉风吹到身上，他打了一个战栗。

"活动"完，他没有回房间，他掏出烟，拐到亮着绿灯的楼梯通道。通道旁边连着一个员工通道，没有锁，他好奇地打开，外面是一片露台，高高低低养着一丛丛绿植，大街上的灯光因为那挥之不去的雾霾，越发显得沉甸甸、斑驳迷离，映照进来，给这些植物涂上一层油彩，仿佛那油光光的魔幻色彩是刷上去的。在微风颤抖中，随时会从植物的枝干上滴下来。他抬起头，一轮虚弱的月亮在重重迷雾中露出微光。

刚刚他没有发现，这个天台突出很大一块，偏右楼头，他刚出来的另外一边是面窗户，他之所以没有注意，是因为那窗户比较隐蔽，不留心很容易被忽略。刚才那里还空无一人，现在，这里出现了两个人，两个人影轻轻巧巧合在一起，像一个人，良久又分开，勾着头低低密语一阵，然后又轻轻巧巧消失了。他呆瞪着，忘记了手中的烟。风划动着植物叶片，发出哗啦哗啦声。他没有认错，那两个人影，一个是老谢，一个是江娜。他回想刚才和江娜说话时一刹那的走神儿，那副神态一定全部落在了老谢眼里。他又回忆起乔方那意味深长的眼神，在他们眼里，他赤裸裸的，无所遁形。在漂亮女人面前卖弄、吹嘘，不过是一个有贼心没贼胆、装腔作势的老男人，这样的老男人，也只有能力和自信哄哄小女生。他越想越羞越恼，真想从天台跳下去。

露台上的风似乎是为进一步羞辱他，从空阔处款款而来。类似于焦虑的烦躁油然生出。他问自己，"你今天晚上为什么要来？难道将此怪罪于乔方的故意隐瞒吗？"他知道乔方是无恶意的。他以为过去的人员结构不变，过去的情谊原封不动等在酒店里，以为他可以一路脱尽烦恼和麻木，痛痛快快"扑通"一声跳进去，过个欢欢喜喜的夜晚，所以他才会乐不滋儿地来了。来这里做什么？寻找什么？像汪峰歌里唱的："不要再等待无法实现的事情……忘记所有伤痛来一起摇摆忘记所有烦恼来一起摇摆……"就这些吗？为什么不是开着尼桑，听上一两首小情歌，回家看新闻？或者泡上一壶金骏眉，窝进书房看书？其实他特别喜欢待在家里安静地看书，上周他刚刚淘了几本社科人文的书，其中有前阵新浪排行榜首的《倒转红轮》，还没看呢。他喜欢逛书店，大到新华书店，小到街角书亭，没事时他都会转一转，这几年实体书店纷纷消亡，但还是有几家挺着。他曾和那里的工作人员谈过，也像北京大城市那样，搞一搞沙龙、访谈什么的，和文化人扯到一起，互相搭平台，也是有益社会的事，一个国家不读书了，是可怕的。今天汪晴晴又有应酬，下班前告诉他不回家吃饭了。本来他是应该像一只温静的大猫待在家里的，说不出的懊悔。

他又抬头向窗户望去，这一望，他反而不能够确定了。露台上高大的植物微微摆动，可能是凤尾竹，也可能是铁树，晃了那么一阵，分开，又黏连，很像两个人影。他呆了一呆。

他想象江娜和乔方的关系，乔方和老谢的关系，江娜和老谢的关系。整场饭局中，三个人的眉目眼神在他的回忆下凸现出来。他在心里渐渐绘画出一副妖娆、暧昧的声色图。他极不情愿认为乔方有问题，但又觉得那是人家个人的事。越是玩味三个人间的关系，他越觉得接近真相。将乔方抹黑，他隐隐有些幸灾乐祸，多少安慰到他微微发胀发酸的心脏。他想假如刚刚果真是江娜和老谢，他们趁着众人酒意浓，一前一后走出房间，老谢借着酒劲，在卫生间拐角，一把将江娜扯到暗处，江娜轻轻"哦"了一声，捶打着老谢，随后他们又一前一后返回。房间内灯光愈发朦胧，空气中蒸腾着烟气、酒气以及年轻人的浪荡气。也许整个房间只有乔方一人注目到他们，他瞥了一眼春光饱满的江娜，又瞥了一眼随后进门的老谢。乔方依旧不动声色，嬉笑如常，继续吆喝着向兄弟们敬酒。

当然这全都是他的想象，也许刚才根本是他眼花，江美女没有出现，老谢也只是幻影，根本不关乔方什么事。他还是没想明白今天乔方因何邀请他，没有主题，没有重点，没有目的。这让他很不习惯。想着想着，心里与乔方就远了。大家各有心事，各有新的朋友填补，那旧日"华山论'贱'"的时光，就让它过去吧。这么想着，似乎心里好受起来，眺目远空，夜色乌红，宛如在巨大的面罩之下有一个金碧辉煌、流光溢彩的伟大世界，只等有人，或者什么机缘将面罩一把扯下来。又来一阵风，呼吸间进入鼻腔里的空气陡然清爽许多，他吸了一口气，又吸一口气，肺里就满了，鼓起来，两肺如凭空要长出双翅，飞翔起来：爽！就这么瞬间神志清明，他不自觉想起远在地球另一面的小英——这会儿一定吃着汉堡，坐在绿草地上看书吧。女儿专注书本的侧影是多么美好。想念着女儿，这一刻，他的心宛如跌入无边无际温柔的海，一味沉溺，不愿挣扎。

叶芝的茵纳斯弗利岛

"我就要动身去了，去茵纳斯弗利岛……"

——叶芝

　　她只记得昨晚又是极不愉快地入睡。挥之不去的烦恼贯穿了整个夜晚，从破碎不安的梦境中醒来时，她觉得浑身疲乏。如果谭西林知道她在和那只"猫妖"生气，一定会笑喷。

　　这一次，谭西林把她约在一处低浅的河滩。在炎烈的阳光照耀下，满滩浑圆的鹅卵石闪着白光。河谷两岸，是黝深的杨树林，阒寂无声，高低不齐的树身投下大片湿气蒸人的阴影。整个河滩覆盖在层层叠叠的灼热里。河水早已断流，现在河床里流淌着的是永无止境的时间和懒洋洋的岑寂。

　　她回想早晨那场梦境。梦里，她和谭西林在法院争夺女儿露露的抚养权。谭西林慷慨陈词，逻辑严密，条理清晰，用词精准，极力向法官和陪审团表白他是一个好父亲。她从来不知道谭西林口才如此好。而她这一方，未战已败，那位事先拍着胸脯口若悬河的年轻律师，居然变成了一颗鸡蛋，在宽大的桌子上打着滚，比画着各种大小不一的圆圈以及八字舞。法庭禁止女人说话，一旁的法警用红笔在她脸上画了个圆，然后像判决犯人那样在中间打了个叉，早晨涂在嘴唇上的美宝莲口红像胶水，紧紧粘住了她的嘴巴。她目眦尽裂，唔唔粗喘，凝视着高高在上、面无表情的法官。她的律师继续在桌子上转圈。法官一抬手，举起了法锤——"啪"。发出"啪"的，是李冬生出去晨练关防盗门的声响。她惊出一身冷汗。心脏狂跳，身体的每一处毛孔都向外沁着冤屈。失意几秒后，她笑了起来，她与谭西林婚都还没结，哪有什么女儿。梦境中的律师还在旋转，转到现在脑子还在晕，恍恍惚惚，用李冬生的话说，是整个人装进牛皮口袋，没了感觉。

自从三个月前李冬生到她那里，谭西林就搬了出来。他们平时各住一方，只在每周末见面，俩人感觉还不错，更像是约会。她甚至有些感激李冬生突如其来的闯入，使得一眼望到底的生活出现变数，谭西林退隐为一道背景，却又因是背景而无比重要。

车身在炎热熏烤下，显得疲惫不堪。他们坐在车内，仿佛两个观光客。她闭上眼，想象李冬生走出家门，踌躇半晌，仍是摁下电梯向下的按钮。电梯间空空荡荡，犹如热带雨林中的巢，潮湿、闷热，空气里隐隐浮荡着不洁净的味道。她想象李冬生踏进来时必会下意识望向梯顶，并且小心翼翼贴近壁角。他仍不习惯坐电梯，自七岁那年爬树险从高空摔下来后，他就一直惧高。他不相信头顶那根粗缆。她想到李冬生从骨子里到脸上毫无遮掩的胆怯。刚住进来时，李冬生曾尝试过走楼梯，但在第八层时，心脏不堪重负，当场倒在了楼梯间，如果不是小区警卫室有监控，抢救及时，李冬生此生只怕要销户了。"没了倒好。"李冬生在病床听罢她的埋怨，把头扭向另一边。那次壮举，生产出四页总计8962.72元的药费单据，还有两粒据说是德国技术的仿真烤瓷门牙。药费从她的银行卡上划支，门牙镶嵌在李冬生的嘴里。她记得李冬生到她这里后说的第一句话，"我找不到感觉了。"

感觉，感觉是什么东西？她的父亲李冬生有时固执得可笑。刚来她这里时，她带他坐公交车，认识周围医院、商场的路线，车上人多，他竟坚持不坐别人让出的座位，硬是站了一路。在众目睽睽之下，她冷着脸坐在本应是他坐的老人椅上。李冬生从不在小区买油盐酱醋和其他生活用品。"好蹇"，他常这么形容小区内的超市以及其他服务设施。"好蹇"是方言，翻译成普通话应该是"差劲"的意思。李冬生的老家在南方某个依山傍水的角落，但他从未到过他的家乡，唯一一次最近距离的接近是出差抵达邻省，他敛容整衣在江风四起的游轮上，郑重其事冲空荡荡的家乡方向鞠了一躬。她想象着李冬生当时在满船人的围观下煞有介事地参拜的场面。母亲生气时，总会嘲笑李冬生是诗人，不入流，生不逢时，没有生在李白、杜甫那样"伟大"的年代。在母亲无限广阔的想象中，唐朝才是李冬生这样弱不禁风又满脑子糊涂念头的书生行走的时代。

她始终认为母亲的突然去世，与李冬生不识时务有关——那样绵柔的性子，凡事将就又迂腐。母亲去世前几个月，从宽敞明亮的柳林小区住回了老房子。那一带，是安插在现代化楼宇间的陈腐之物，老旧的四层筒子楼，没有单独的卫生间、厨房，不集中供热，院子里永远堆砌着乱七八糟、莫名其妙的东西。尽管市政每年定期在外墙涂抹红漆、白灰，也遮不住一副邋遢架势。远远看，像是要坍塌的、已经从骨子里深度变了质的松糕，只要吹一阵强风，或者轻轻踩上一脚，就会化为粉碎。这几排老家属院几乎家家都是常年外租的，因为产权不明，曾几番被动议改造，却是动不起来。这次政府似乎下了大决心，把它们列为重点拆迁对象。母亲怕谈判时吃亏，便搬了回来。

搬家时她回了趟家。李冬生还是老样子，没有多说什么，接过她的包放进卧室。母亲站在昏暗的屋子中间，像进错家门似的迷惑，不停地走来走去，搬动、摸索那些家什，似乎确认那确实是平日用惯的老东西。一直到离开家很久，她都在想，这次搬家肯定是哪里不对了。开始，她认为是环境的改变而不习惯，后来她想了很久才明白，那只是表面的，真正不对劲的地方，是母亲，一副张张皇皇的样子，与之前一家之主的从容与武断判若两人。她当时并没有想很多。离家前，她蹲在阳台收拾几个花盆。搬家时没注意，肥硕的麒麟掌被重物挤断了，三分之二与本株分离，剩下的偏在一边，蔫头耷脑，没有精神。她找了一个旧花盆，小心地将断下来那部分培在沙子里。阳光勉强穿过模糊的旧玻璃，将小小的阳台弄得影影绰绰，混沌一片。窗户还是以前的铁钢窗，新刷的油漆味让人脑子隐隐作痛，她庆幸不用在这里久待。中间那扇窗户久经风雨有些变形，拉手以下有一道缝，透过那道缝隙，寒冬犀利的冷风准确无误地砸在她的鼻子上。

　　据邻居说，母亲其实没受多少罪，从发病到去世就两天，很快。母亲在医院刚咽气便被拉到火葬场。她得知消息，连夜打车赶去，在大门口，一眼看到母亲站在红色的琉璃瓦屋顶正往远处眺望。她喊了一声"妈"。母亲惊讶地低下头，望见她，莞尔一笑，摸了摸被风吹乱了的鬓角，朝她扬扬手，似是召唤又似是让她回去，再笑笑，忽然像是被风吹破了水面，晃了两晃，转眼就散了。"妈！妈！"泪水溢出了她的眼眶，她跌跌撞撞跑进殡仪馆。

　　李冬生一个人枯坐在椅子上。母亲在桌子上，退缩进一张相框里，黑白分明的颜色使她的容颜比往日更清晰。晦暗幽冷的气息盘旋在屋内的角角落落，明亮的阳光只在门口逗留片刻便折身而去。她站在李冬生面前，咬牙切齿地质问，"李冬生，我妈死了，你为什么不哭！"李冬生茫然抬起头，仿佛从什么想法中回过神来，显得有些不知所措。

　　李冬生似乎从她记事起就是这副表情，永远是一张被惊扰了的脸。他曾是一名好的文物专家，但他不是一个好的社会人。民间文物鉴定正值风生水起，那些老专家们退休后反比在职时更被人争相追捧，一张文物鉴定资格证放在哪个拍卖所，什么也不做就月进斗金。许多同时代的老专家都成了"老白金"，而李冬生手里什么也没有，他委屈地说他们那时不兴办证，那批人办的证肯定是伪证。她狠着心嘲讽："何以见得别人的证就是伪的？那是因为你没跟上潮流，不主动与社会接轨。"

　　李冬生很久很久前一定不是这样的。在许多年前的一个中午，她倒腾书柜里经年未动过的大部头，无意中从金史里掉出一张发黄发脆的纸片，上面一行一行娟秀小楷：

　　　　我就要动身走了，去茵纳斯弗利岛，
　　　　搭起一个小屋子，筑起泥巴房；
　　　　支起九行芸豆架，一排蜜蜂巢，
　　　　独个儿住着，树荫下听蜂群歌唱。

题目是《茵纳斯弗利岛》，作者叶芝，笺后落款人"美英"。句子是那么美，容光焕发像夜晚一样漆黑，像月光一样明亮，就像清风水光中行走的白龙马。她轻轻读出来，像是有什么东西在耳膜处轻轻拍打，麻酥酥的，一直传导下去，渐渐在她心里勾勒出一幅图，有小河、柳林，还有露出一角有着小院儿的平房。另外一重世界在她面前打开，天的阳光虚脱光滑，亮亮地摊在窗玻璃和水泥地面上，蝉叫得很响。她四年级了，懂不少东西，她知道那叫诗歌。这不是母亲的字迹。她的母亲叫李新娥。

她没有告诉母亲。她悲哀地明白，母亲永远不会是有那种情怀的人，更不会是被李冬生层层珍藏的信笺的主人。她在让人虚弱的阳光中，懵懵懂懂猜测：这是一首情诗。她幻想出一段如梦如诗的爱情。是的，爱情。在她自小到大的生命中，李冬生犹如一张如影随形却因纸张粗糙而晕染不清的字画，弯弯曲曲，糊糊涂涂，许多事情回忆起来竟是年代不详。她想不起。记忆清晰的是母亲，线条明朗，从不拖泥带水。那一刻后，她无比心痛地认识到，丈夫李冬生与父亲李冬生其实不是真正的李冬生。真正的李冬生活在梦幻岛，他是自甘被放逐的岛主。当父亲李冬生使她失望时，她是多么憎恨，因为李冬生的岛上根本没有她的容身之所。

李冬生永远也不知道，他叛逆的女儿替他保管过一个大"秘密"。

她曾经是有过期待的。但是她没有能力期待更久。母亲去世不过短短一年，李冬生迅速再婚，她愤怒一阵后，便漠然了。她有四五年没有再回那个家，也断了与李冬生的联系。直至今年四月，李冬生深夜来电，声音里说不出的苍老与迟疑，叫了一声："妮儿。"她起初没有听出是谁："喂？哪位？"电话那端无声无息。她又连续问了几声。惊醒了一旁的谭西林。问是谁。她回答不知道。"大半夜的，是谁开玩笑吧。"谭西林睡意蒙眬搭过来一条手臂。她细细倾听，对方无语，也不挂断电话。没来由的，她心脏狂跳，晚春的季节还没热起来，她却出了一头汗。现在，这个世上，大概只有李冬生会喊她小名儿，叫她"妮儿"了。"你是?"她试探着，不想打破那层隔膜。对方没应答，"咔嗒"挂了电话。

整整有两天，谭西林不停在她耳边发出嗡嗡声："去看看吧，毕竟是生养自己的亲生父亲。"她最终去看了，并且很快返回，同回的还有李冬生和他那只叫花花的老猫。

晚饭后她回来，李冬生没有在家。厚厚的防盗门关闭时发出"咔嗒"声，蜷卧在布艺沙发靠背上的花花头都没有扭转，只简简单单微抬了下头，随后又埋入前臂窝内，同时省略的是一只猫惯常发出的猫叫。它似乎知道回来的不是它的正牌主人，便懒得搭理，也懒得奉承。她将手包恐吓似的扔在它身下不远处。老猫岿然不动。她又无名火起。屋内静极。同样热。一定是李冬生又没舍得开空调。"好蓑，那会跳多少字。"一向安静的李冬生，偏偏对她的钱看得很重，对她平时用惯的日常开销斤斤计较。当真是老来性情大变。李冬生对生活看得如此之重，也是导致谭西林多心，最终坐卧不宁、卷铺盖走人诱因之一。老娘地下有知，肯定笑得花枝乱颤。

"咪——"，那只黄色花斑老猫突然叫了，声音里有某种抗议、不满或者是警告的意味，那是一个人对另外一个人不喜欢时的态度。她瞅了它一眼。老猫依旧盘在沙发背上，姿势和之前没有什么不同。黄色毛茸茸的身子下是柠檬色青翠绒布，两种拼色撞到一起，看上去有着静态的协调，像极前年和前男友在博物馆参观油画展时所见的一幅俄罗斯人画的油画。那幅画取名《午后》，画框里充斥着大团色泽艳丽的色块。整个参观过程，搞美术的前男友不断驻足点头，而她却没看出所以然，只觉得大量浓艳的色彩元素突兀地鼓出平面，冲击着视觉。她说不上喜欢，只觉得不自在，她喜欢中国水墨画的素淡舒展。前男友对此嗤之以鼻。所以最终他们散了伙，风轻云淡的，自然而然，也记不起谁先不再联系的，总之对自己压根不喜欢的东西，谁也挡不住走向疏离。也不是厌恶，只是再也亲近不起来。至今地下室仍留着前男友几幅画和一块色迹斑斑的画板，她偶然翻腾东西时看到，依旧毫无感觉。母亲在世时，明令禁止任何动物进家。她同样。但现在这只大模大样躺在她家沙发上的外来者，不但毫无惧意，而且公然对她表示藐视。这可是谭西林百般劝说才被她同意赞助的布艺沙发，谭西林说，住在这里，眼睛所到之处没有一件属于他购置的家具，他很没有感觉。感觉，瞧，又是感觉，这年头人人和李冬生一样，分外重视自己的"感觉"。

黄斑大猫无声无息，她知道它没睡，放松时它的肚子里会发出舒舒服服的"唔噜，唔噜"声，此时听不到。它在她这个人类前面假寐。从进门第一天起，它就在装，人五人六，一副凛然高贵派头。她看不得，从冰箱拿出半块西瓜，坐在对面，一边用勺慢慢挖着吃，一边仔细观察。这猫头耳尖，白色的粗壮毛发直立，露在外面的左耳灵敏警惕，随着她的移动偷偷调整方向。它的焦点始终对准着她，好像她随时会发出攻击。这猫见到李冬生时，在腿边偎来绕去，一副柔弱无骨娇滴滴的猫形猫状，对她，那颗猫心时时防备。来家三个月，仍是喂不熟。她不知道它的习性，也没兴趣，一如对李冬生后娶的那个新娘。她领回李冬生时，只有一人一猫，李冬生对那女人只字未提，也没提他那几年的生活情况，她没问，没兴趣。父女之间因显而易见的冷淡而产生各自退守一步的默契。这样挺好。这些年过去，仿佛她这个人一眨眼就变成了现在这样，她没想再能从李冬生那里指望什么。

半个瓜吃完，李冬生还没有回来。在她目不转睛的注视下，老猫强做出的镇定已是岌岌可危，一颗浑圆的黄猫头心思不定地晃来晃去，像是不断重新对焦，又像是想摆脱某种束缚。动物毕竟是动物，天生的敏感，却也是低端本能的敏感，敌不过人类成心使坏。趁李冬生不在，她故意逗弄这头总是一副傲慢脾气、分人下菜的小怪物，觉得蛮有意思。暑天空调屋里，切开的西瓜散发出一股甜生生的果味清香，她贴着瓜皮刮下一大勺瓜瓤，伸向它，嘴里像李冬生那样"啧啧"召唤。老猫一愣，全身僵直。她用瓜碰碰白色猫须，再次"啧啧"。老猫突然就暴怒了，弓身跃起，嗓子眼儿"呜——哇——"地叫，一爪拍来，瓜块跌在地上。老猫袭击成功后，迅速逃离现场，远远跳下沙发，弓身，长嚎，尾巴起立，毛发炸起。这番动作发生在眨眼之间。她惊叫一声，空着的左手下意识扯了张纸巾擦拭，随后感到右手腕疼痛，低头瞅去，一长道抓痕正向外渗出血珠。

　　她气急败坏将手中的勺子扔去，老猫迅速缩起身子，贴着地板，一道飞雾似的逃向李冬生卧室。她追上前去，沿途将可以抓在手里的轻软东西不断袭向老猫。老猫躲进床缝，她够不到，气急败坏从阳台拿来衣竿，向里捅，"哇——"，一声恐惧愤怒的惨叫，她忙停手。听不到声音，轻轻试探着拨拉，碰到一件软体，但里面不再发出一丝声响，像消失了一样寂静。而这寂静却是紧张的，紧得空气嘣嘣作响。看来老猫选择了抵死沉默，以沉默对抗她的暴力。这沉默是有力量的，在她一怔当口狠狠击中了它。什么嘛。她干吗和一只猫较劲？她知道她不恨这只猫，尽管它时常表现出人类的表情特征，比如藐视，比如不屑，比如盘踞在李冬生膝盖上，转着圈踩踏出一块平整之地时那种傲慢的依恋，好像一个屈尊降贵的贵妇。这些都不是。不过是一只猫而已，这只猫却不能被她看到，她一看到就不由火气大发。那种娇滴滴的猫样，像极李冬生房间照片里那个女人。那女人老得像是没有骨头支撑，依偎在李冬生胸前。李冬生怀里抱着的黄猫，猫眼半眯，长尾耷拉半卷出一个弯儿，猫与人皆给人慵懒的感觉，全然一副姊妹相。这哪里是一人一猫，分明是两只下到凡间蛊惑人的妖精。她的骄傲阻止她询问那个女人是不是叫美英。她是最恨这张照片的，李冬生实在过分，居然将照片公然摆进她家，与桌子正中央母亲的遗照平起平坐。她看见就冒火。

　　一下子，她松懈了，软软坐在地板上，伸起胳膊将母亲的照片从桌上拿下来。母亲一脸宁静，站在时间的窗口凝视着她，眼睛明亮而平和。这张照片是母亲很久之前办居民卡需要一张两寸照片时在照相馆顺便拍的，一向万事急躁的母亲在这张照片里居然十分从容，十分庄重，十分像一个大气的母亲和妻子。她不知道母亲当时在想着什么，摄影师竟然捕捉到这一瞬间。两年后这间照相馆在城市改造中被拆迁了，如今矗立在原址上的是一座小区，当年挂着红字国营招牌的老店、店内那股多年沉积的端正森凉之气都荡然无存。母亲静止在秋风宜人的那一天，既通透又豁达。她痴痴端详。

　　李冬生就在这时候走近门口。她没有听到防盗门响，抬起头，与李冬生讶然相对。还未容他们彼此回神，躲在床底的老猫嗖地窜了出来，一声凄惨长叫，扑向李冬生脚边，伸出爪子快速钩住裤管，向上爬去。她很清楚猫爪尖利，怕抓伤李冬生，忙起身驱赶，下意识用母亲相框挥去。

"别！"李冬生喊。

还是慢了，砰地一下，老猫被狠狠拍出半米，嗷地嚎叫一声，翻出几个滚儿。她这时才后悔起来，捡起相框左右翻看，嘴里念叨："老娘没事，老娘没事，吓着你了吧？对不起，对不起……"母亲的相框结结实实毫发无损，她心虚地举起来，冲李冬生讨乖："没事，没……"

李冬生根本没有看她，径直走向墙角蜷缩成一团的老猫，老猫示威地发出呜叫，抬爪拍开李冬生伸出的手。李冬生像个绝望的情人，蹲下身子，向猫敞开双手，不停"啧啧"，保持一个姿势不停唤着。老猫继续在嗓子里发出"呜呜"拒绝声，慢慢那股愤怒减弱，变成委屈的嘤咛，终于身子塌下来，任由李冬生一把抱起。李冬生看也不看她一眼，走进房间，将房门在她眼前轻轻关闭，并插上插销。

李冬生因为一只猫，生了她的气。这还是李冬生吗？她低头打量，镜框里的母亲依旧端庄得体。

李冬生不再和她说话，她在家的时候，他几乎总是蛰伏在自己屋内，偶然碰到她在家，总是躲躲闪闪，办完事又匆匆回屋。那老猫更是不见踪迹，不出声，不出现，食盒与大小便用的猫盆全不见了，大概被李冬生拿进卧室。她恨恨不已，并且愤愤不平：总归是她的房子吧，总归是她在外打拼多年，没用你李冬生一个子儿自己买的房子吧，总该至少对她表示一下关心吧。忽然之间，多年对李冬生的怨恨、鄙视、疏远全部浮现，她又像多年前父母争吵（或者说是李冬生被母亲痛骂抱头鼠窜）而家里围了一堆劝架以及看热闹的人时，那个躲进湿淋淋的雨地里独自哭泣、倍感孤单的小女孩。大家都沉浸在自己受伤的情绪里，没有人顾惜她的感觉。

天越发地热，热得人发昏，进入八月中旬了。谭西林电话渐稀，每有应答都匆匆忙忙的，他最近在忙出国的事。李冬生继续与她冷战，她又无奈又窝火。近几日家中开始出现异味，起先是酸腐，后来是让人无法容忍的刺鼻味。她趁李冬生不在家，决定进他房间看看。拉开门，一股恶臭直撞出来，逼得她忙重重地关上。那味道像是什么东西死在里面，不会是那老猫吧？再怎么糊涂，李冬生总不至于将死猫留在屋里吧。她从卫生间拿块毛巾掩鼻，再次进入李冬生房间。屋里没有多大变化，让人不安的是，老猫躺在床上，像人一样伸开四肢直直地侧卧，双眼紧闭，连尾巴都是直直放在身后。她咳嗽一声，老猫一动不动。不会是真的死了吧？她不敢用手碰它，走出去，拿起晾衣架，忍着恶心再次进来，走近床边，又愣了；老猫没了踪影。那说明老猫还活着，刚才是装死。她放下心来。用不着仔细寻找，她找到了恶臭来源，李冬生将猫盆放在窗台上，大概是为了老猫从床上跳进去方便。"真是变态。"她骂一声，放下毛巾、衣架，搬起猫盆，连盆带里面的沙土扔进楼道自家垃圾桶，将黑色垃圾袋紧紧扎口。这会儿她才敢顺畅呼吸一口气。楼道里空气是热的，黏糊糊的，不清不楚，仿佛让人脑子时不时短路，但总算是干净的。她进屋时，眼角余光似乎看到安全通道口有什么东西一闪，转头时，又什么也没有看到。

后来，她知道她晃到的是什么，是那只和她八字相克的老猫。

李冬生回来后，看到里外房门大开，来不及脱掉另外一只鞋，扑进卧室，看到床上空无一物，当即脸色大变，他嘴里"啧啧"叫着，在屋内四处寻找，随后慌慌张张跑了出去。

"爸，爸，鞋带，鞋带！"她喊。

电梯大开，李冬生毫不犹豫踏了进去。轿厢内的李冬生全身绷得直直的，个头显得高了很多，扭曲的皱纹使整张脸充满生气，与往常谦卑的形象大不相同。那是被侵犯了的凛然。头顶白炽灯光线凝固在电梯里，反射着冷光。他目光平视，不含带任何情绪和倾向，冷峻严肃地看向她，仿佛在看一个陌生人。她睁大眼睛，停在电梯门外：这不是李冬生。

或者说，这才是一直被李冬生关押在内心监狱里的李冬生。

20分钟后，打着手电，她在小区灯光黯淡的围墙边找到李冬生。他坐在花坛水泥沿儿上，低垂着头，浑身松懈。身边没有老猫。

　　她咳了一声，喊："爸。"

　　李冬生抬起头，眼神无力虚浮，刚刚在电梯里还是那么富有穿透力、生机勃勃的表情，在20分钟的时间里融解了，挥发了。那个突然爆发、显出的"真身"消失了，重新又自我封闭，恢复成任人摆布、可圆可扁的可怜邋遢老头儿。

　　她应该走过去，轻拍他的背，然后拉他起来，或者以母亲的嗓门和气势逼迫他振作精神。事实上，她只想像李冬生年轻时无数次做过的那样，站起来，仓皇逃走。

病　房

　　电梯间空空荡荡，温暖得犹如一具胃囊。他按下 15 楼层圆形标志。红灯毫不迟疑地亮了，食指尖沾上暧昧的黏液。他腾出左手，从手包搜到裤袋，寻出一张纸巾仔仔细细擦拭。电梯员小罗不在，也许去了洗手间。那是个喜眉喜眼的胖姑娘，今晚是她值班。他做完手术下来的时候正遇上她接班。电梯门合拢之后，不锈钢四壁离开他的身体，分别飞向远处。独自一人时，电梯间比平日更觉空旷。

　　他闭上眼，想着 15 楼，那是他的楼层，那里有二十间相同气味的病房，每一间病房里都有一张或者多张正被痛苦折磨或者沉睡了的病脸，偶尔，会有哪间病房被轻轻推开，走出一位疲惫憔悴的家属。他在不受约束的短暂想象游离中，穿过同样空空荡荡的护士站。值班护士这会儿或者在静悄悄地查房，或者趴在药柜旁打盹。他曾见过打针技术最好、长得最漂亮的张丽躺在两条并在一起的椅子上睡觉，他问怎么不拿条褥子，张丽说这样既不会太累，也不会睡得太死而听不到警铃。警铃挂在墙上，每个房间连着一盏红灯，重重叠叠的红灯像竖起来的沙盘，每次亮起，都是一场生命的奋斗。当然也有因为不起眼儿的小事亮过。护士站蓝色的标志像是站牌，早晨这里摆满各种化验的试管，杂而不乱，从没出现病人拿错单子的情况。三尺站台被护士长管理得干干净净、井井有条。

　　他想象着护士长的自信，嘴角不自觉就温暖了，有时候她的自信就是他的自信。有时候，有时候是很多时候。现在，他就感受到了护士长甜梦中的自信。这促使他略过刚刚看到堆在医院大门口的那几个极端不体面的劣质花圈。它们会继续停放在那里，在经受一整夜干风蹂躏后，明早再配上一条粗灰白布，癫头癫脑横在门口。他深闭上眼，又睁开，能量恢复，一瞬走思仿佛睡过一觉。在德国进修时，同行曾猜测他闭目养神即在练功，向他行贿慕尼黑啤酒讨教。那位友好的同行有着宽大的鼻子和极好的胃口。提示音响，15楼到了。红灯熄灭，他踏进走廊，电梯门在他身后悄无声息关上后，迅速沉了下去。也许那个胖胖的姑娘回来了。

走廊一如他想象中那般静谧，淡淡的明亮，空气中浮荡着温暖而沉闷的来苏水味道。其实这里的每个人身上都沾染着这样的味道，无论是病人、家属、医生还是护士，都是一样的味道。二十间病房，多数房门玻璃是微微有亮光的，偶尔从哪里传出陪床家属喃喃问询和病人低低的呻吟声。这样的深静夜晚，似乎以折磨人为职业的病魔也睡着了，但这是个假想，他知道，在这片干净得空空荡荡的白色空间里，没准哪一处就隐藏着险恶的陷阱。

他去看老王。他不想去，却由不得自己，老王的状态总让他狠狠地想起另外一个人。老王住在1520，左面走廊最里的那一间。这间是全楼层最好位置的高间，阳面、安静，一般安排有特殊要求的病人，或者重症患者。他透过玻璃窗户观察病房，室内吸顶灯只开了一盏，昏暗，却足够看得清楚屋内的一切。屋内两张床位，靠窗户的那张床没有安排其他病人。依旧是老王的太太守夜，老王的太太蜷在那张空闲的病床上，脸朝外，双臂互抱，压在被子外面，轻声打着鼾，平静得像是有着一张衰老面孔的婴儿。惨淡的光线平平刷在病房内，整洁、规范、俨然，一切物品的放置亦如另外的19间病房，可是，独独缺少了一味叫"活力"的东西。这件"东西"通常无色无味，是从出入病房的病人、家属、探访者以及医生、护士的人体毛孔散发于空气中的物质，它们往往通过情绪又相互影响：增加，或者减少。老王的病房这味物质基本为无。他可以隔着房门听到老王的太太在睡梦中唉声叹气。

他打开房门，凑近老王床头的仪器，自从老王进门，那些仪器从没离开过老王的身体。各项生命指数平稳。他皱起了眉头。下午给一个结肠病人手术前，护士长打电话告诉他说老王不太好，闹。他的助手小田依他的嘱咐看过了，说没什么异常。他借淡淡的灯光久久望着老王熟睡的脸。这张脸因为进入梦乡，暂时遗忘了一直以来困扰它的惊惧和担心。人一旦被某种负能量的念头控制，面相是真的很难看。护士长说，今天老王又在病房里闹腾，惊恐不安，像是进到到处是鬼的屋子。有些意外，老王突然睁开了双眼，目光清澈，像是料到他的到来，直接对视上他的眼睛，角度也分毫不差。他反而吃了一惊，担心吓到老王。

"我值班，过来看看，你感觉怎么样？"他特意用轻松的语调问道。

老王吃力地咳了一下，大肚子像没有根的球，顺着滑道颤动。他尽力不去注意。

"现在挺好。"

"护士长说你今天吐了。"

"护士长给我吃东西，不想吃，就吐了。"

"能吃就吃点儿，让身体动起来，主动吸收营养。"他指指吊针架："光靠输液，不行。"

老王咳嗽起来，咳完，肺里又透气了。"不想吃。"老王摇摇头，认真地辩白："护士长让我吃长蓝牙的活鱼，不吃。"

他黯然无语。

老王三个月前刚进来时，和所有病人一样，求生欲望特别强烈，神志很清醒，常常粗暴打断太太的陈述，自己说。老王忍着疼，绽出讨好的笑脸："何主任，我一定配合，一定配合。"老王是从另外一家医院转过来的，那是一家皮肤专科，一甲医院，老王在那里住了一个月的院。老王开始时的症状是便秘，向下不通气，老王体瘦如柴，肚子却肥胖，敲起来"嘭嘭"响。躺在床上的老王像两头被憋了气的气芯，细细的两端瘦进床铺里，像一个大大的"D"字呈现在人前。

他初步检查后，叫人把老王的太太请来办公室。老王的太太细弱的身子瑟缩进桌前沙发里，和老王摊在病床上的巨大形态形成巨大反差。老王太太手里绞着一块布。后来他经常见到这块拿来当手帕的布，她用它给自己擦汗，给老王擦汗，偶尔也擦擦桌子和茶杯。

他咳一声，放慢腔调对她说："病人的病很严重，我怀疑最要命的是肠组织坏死，可能还有其他毛病，需要马上检查。"他开了几张检查单。

送老王来的人中有人问："这得多少钱？"

他生气了，反问："人命重要还是钱重要？"

老王的太太忙解释："这是帮忙的邻居，是邻居。"

下午检查结果出来了，他又请来老王的太太以及在医院的家属。他皱着眉头，老王的几处硬伤已经脱离常理，相互攻讦又各自占山为王。他将检查结果复述后，通知准备手术，说需要马上进行。老王的太太似乎吓坏了，她哆哆嗦嗦从兜里拿手帕时，几张纸币飘了出来。屋里人的眼睛都盯在那几张纸币上，静默着，纸币飘啊飘，打着旋，她在空中抓了几把，都没有抓到。一个邻居趁纸币低落，像踩臭虫似的，一脚踩了下去。她索性哭了起来。她不敢签字，不停地问："有那么严重吗？有那么严重吗？"

他耐心解释："老王的病很严重，已经耽误了一个月，最好快下决定。即便是这样，也不能保证结果一定会好。"

老王的太太眼里又渗出一包泪："怎么不好了？老王现在不是好好的吗？"

他告诉她："目前只是一个假象，这就好比一个已经体力不支的长跑运动员，一直因为惯性撑足了劲在跑，哪天跑不动了，身体各个器官很快就衰竭。老王长时间营养不良，怕他顶不住。"

她瞟了眼一旁冷着脸的孩子姑姑，叫起来："我天天给他吃饭，现在还输营养液，怎么就营养不良了？"

一旁的实习大夫小田接口："不是吃不吃饭的问题，是病人身体不吸收，肠子，懂吗？"小田两手环起来，拉长，比了一根管子样，然后左手往里一歪："坏了，不工作了。"王太太遽然变色。

他本意不想吓到老太太，有些不忍心："你们家属自己决定，最好找来其他直属亲属商量。"

再没有新的面孔出现，老王只有一个儿子，据说在外地。手术如期进行。只是老王的病很怪，手术很成功，一个月了，早应该好的，却不见好，这样的病，不见好就是好不了了。老王的病情成了护士站最大的梦魇。测量生命体征的测量仪成了没准的东西，有时半夜突然跳起了舞，血压脉搏，要么就是呼吸。每次都搞得护士站一阵大乱。值班大夫没办法控制，他只好开车跑过来，没一会儿，老王又稳定下来。望着老王大汗淋漓的脸，他百思不得其解。术后一个月，老王不再怎么说话了，查房时，老王总是一副漠然的表情，对实习医生的问询不予理睬，他只注目他一个人，眼神流露的表情像小狗，又像对人无限信任的孩子。其实老王对谁也不爱理睬，即便是护士们，他只在米护士长来时有点儿表情。一天，米护士长担忧地对他讲："老王可能精神上有点儿问题，今天他突然抓住我的手，说床底下的炸弹就要爆炸了。"我找人扶着他看了床下，他才安静下来。

那时老王还没搬进现在的单间，但病房里已经不再安排其他病人，其实已是实际意义上的单间。老王躺在靠窗的位置。十二月的阳光薄淡而纷飞如雨，正午时分，透过窗户，白烈的光密集地扑打在病床上，光线里的微尘，用尽生命的翅膀上下飞舞。

老王躺在阳光遍布的病床上，身上插了若干管子，接着大大小小的仪器，像是试验室里的外星人。他身上不着一缕，只搭着一条蓝花儿毛巾被。在毛巾被鼓起的中央，他不用掀开也知道，那里打着结结实实的腹带，腹带咬合在一起，互相穿插，一个细胞融合进另一个细胞，血管里的血流入另外一道血管，直到变成一个整体。他无数次寄托希望于明天，希望第二天打开重重包裹的纱布时，能看到哪怕一丝粉红粘连的迹象。外面的表皮已经大面积开始发黑了，里面的肌肉又是缺血性发白，并且不断有渗液。他常常查完房后，再次独自转回这间病房。他挡下王太太的客气，仔细查看自己亲笔写下的每张医嘱单。老王从昏睡中醒来，看到他，眼神倏然一亮，灰白的脸上牵出几丝微笑。"你能救我，你能救我。"老王的嘴巴发不出声音，老王的嘴巴像一口深不见底的黑井。那天他从病房出来，关进医务室，狠狠给了自己一个耳光。

　　他决定和老王的家属谈谈，他建议老王转院，转到省医院，医院他可以联系。一向不多话的王太太突然开口："这是撵俺们咧，看着救不活怕死在医院咧。"老太太又哭又喊。

　　"不是，你听我好好说，一级有一级的水平和设备，也可能是我们水平跟不上，也可能是我们设备查不出毛病。建议转院也是为你们好，已经花了那么多钱，不就是要人好起来吗？其实我们也不愿意病号走啊，少个病号就少了收入，对我们的声誉也不好啊，对不对？"他说得很诚恳，但老太太死活不转院。米护士长私下分析，可能老太太怕在外地治不好原地火化，到时候人财两空。他长叹一声。

　　全院会诊。这是医院自筹建以来绝无仅有的事，还是由院长视若宝物的"物理外三科"当家人的他提出申请。他本身就是综合科室的，他的诊断通常已经是最后的诊断了，现在竟然还有他无法确认的病例？几个科专家们相互交换不言而喻的眼神，他们看到他的溃败。米护士长立在老王床头。他感激地望了一眼她。戴着蓝色口罩的米护士长冲他点点头。

　　昨天米护士长和他谈话："小何，这阵你可憔悴多了。老王的事生死由命吧。你当大夫这么多年，什么病人没见过？又不是没见过人死，许多病不是治疗的事，而是病不留人。如果什么病都能治，阎王还不干了呢。"

　　他摇摇头。"你不懂，米大姐，老王这种情况是不应该出现的。情况明明白白放在那里，可就是没有转机，肯定是哪里不对。"

　　"大姐，你相信鬼神吗？"

　　"咳，你白当医生了。"

　　"大姐，我每天看着老王可怜巴巴地躺在那儿，就好像看到我自己躺在那儿，等死。除了等死，什么也做不了。"

　　米护士长走过来，拍拍他的肩膀。"不要压力那么大，尽人事，听天命，医生治病不治命。我一直有种感觉，觉得你对老王的处理很不一样，没有一个大夫应该有的冷静。"

　　他再次摇摇头。"道理我懂，只是老王这个例子太明白、太简单了，我真不服气。"是真的不服气，六年前那个重要的人多像现在的老王。六年前他远在德国，没能阻止那个人离他而去，至今心里那个洞还在疼。老王与那个人有着相似的眼睛，相似的暴躁脾气。他决定亲自给老王的儿子打个电话。

根据王太太讲述，老王的儿子现在武汉某家企业上班。"我儿子一个月挣六千，老板很倚重他咧，重要的事都交给他办。"他发现，王太太只要提起儿子，就会变得无比的兴奋与骄傲，一直暗淡无光的眼角闪闪发亮，似乎那金晃晃的六千是按月飞进她的口袋，她和只剩下肉身的老王，在儿子的带领下会昂首阔步成为体面而且富有的人。"你的儿子为什么从来没来医院看望过？"他不忍心问。

老王的儿子也许真的很忙，白天电话无人接听，晚上八点的时候回复了过来。

"喂，哪位？"一个粗鲁的男声，他似乎能嗅到一股不卫生的臭蒜味。

"您是王喜明的儿子吗？"

"他怎么了？"男声没有否认，停顿了一下反问。

"这么说没有找错人。"他斟酌字句："你父亲现在住院了，你知道吗？"

对方没有反应，沉默着。

这是他没有想到的："我是你父亲的主治医生，一直没见到过你，想和你交流下你父亲的病情。"

沉默。还好没有挂掉。

"咳。"他咳了一下，嗓子里剌麻麻的。也许老王家庭并不如王太太描绘得那样幸福。事到如今，他也只有继续说下去。

"是这样的，你父亲现在情况很不好，医院已经下了病危通知书，建议转入上级医院，你母亲不同意。"他倾听对方的气息，而让他失望的是他什么也没有听到。"当然，选择继续留下也是对我们医院的信任，我们也会不遗余力地挽救，但是，"他眼前浮出老王毫无生机和起色的躯体，一下子泄气了，"唉，您知道作为医生肯定是想治好每个病人，并不是所有的医生都像报纸媒体报道的那样黑心肠，没有职业操守，眼里只有钱而对病人无情无义，大多数医生只要有可能都会尽力的……"

他觉得他内心并不是想说这些，这些东西其实很苍白，他真正想表达的是什么？然后他激动起来，他其实真正想告诉从没见过面的这个陌生人，六年前的那个遗憾，一个儿子如何因为远出国门学习，而没有见到自己父亲的最后一面。那个儿子想对这个陌生人忏悔，倾吐一直困扰自己的疑惑，并且找到答案：那个父亲是不是在蚀心啮骨的苦苦等待后，终于失望了，所以才放弃了生的欲望？

他还有许多话想说，拥堵在咽喉处，颤抖着想要跳出来。

"我没空听你废话。"听筒那头突然开口，"我爸如果死在你手里，你要给我当心！"老王儿子平静，却又恶狠狠地。"我可不是好哄的，你们骗了我家十几万，现在说人要死，没门！"

他冷冷地打了个寒战。

会诊结果很不理想，与他原先所设想的判断一致，老王这次真的是没有机会了。参加会诊的专家里有退休又返聘的老院长潘天乐——大名鼎鼎的心血管专家。老院长找他谈，病人不是单纯的肠坏死，心脏、脑、肝、肾、肺各个器官早在此次入院前已经存在问题，精神控制也不稳定，长期无法正常吸收营养是个诱因，死亡只是早晚的事而已。潘天乐问："这种情况可以征求家属意见，继续治疗还是中止治疗，或者转院。"他摇摇头："谈过，家属不转院，要治疗。""小何啊，"潘天乐顿了顿，"你可要做好心理准备。"

什么准备？如何准备？他茫然，又恍然，明白了潘天乐指的是什么。前些日子，医院出事了。18楼一个女病人在深夜打开水房窗户，跳了楼。这个女病人他有印象，很年轻，一脸病容却是美得惊人，曾是他们科的病人，是从妇科转来的。经过确诊，病人来前肚子里已长满黄豆大的瘤子，扩散得很厉害。家属想瞒住女孩，曾哀求住进他们这里，但病情不容置疑，还是转入肿瘤科。没想到几天后女孩就跳了楼。家属指责医院，纠集一帮人，在正门摆上花圈和白布横幅，隔天又弄来一具白皮棺材停在医院入口，还添加了几把唢呐，在门口吹打起丧乐来。白天那几个劣质花圈草草串在一起，竖在自动栅栏门上，横幅的两头绑着竹竿撑在门口。长长的横幅用墨汁大书着！"庸医害人，医院黑心，还我性命！"几个白衣孝帽的人围在一起，他们旁若无人地说着笑话，抽烟，往地上吐痰。他站在15楼窗口向下望去，花圈瘦弱无助地立在寒风中，风从上面扯下来几朵白花，又抛远了。现在那女孩儿的遗体还无可奈何地停在医院的冰柜里。没人来接她，也没有人为她哭一把。几个所谓的亲戚努力在医院门口制造着热闹。这已经是第三天了。医院的门面也是一幅无可奈何的表情，挺着高高大大建筑的架子，同样立在寒风中，比那女孩儿还要无可奈何。

他平时总在上班十分钟后开始查房，领着科里一班医生以及实习生们。他们这个科在新病房楼15层，占据了东半层。普通外科被安排在四五层，他们科高高在上，名字也叫得和其他外科不同，他们叫"物理外三科"，以示有别于其他外科。这是医院特别为他专门开设的科室。医院有医院的打算，当年高价挖来他就是想在这家市级三甲医院打造一张"名片"：打造一个内科与外科完美结合的综合科室。也就是说他手里的这个科可以收治一切与外科有关的疑难病症。当然，他们也不是所有的都收，为了和其他科室保持和谐，单纯的外科手术他们不收，纯内科或心胸脑血管病人他们不收，还有许多不收视情况而定。医院是救死扶伤的天堂，也是人心拥挤的大坑。别的科是拉病号，他们科是往外推病号，即便是这样，仍有推不出去的，有些门路的病人入院点名要他。

在这座城市凡入了这个圈子的，谁不知道他啊？全省第一例心肺搭桥手术在他手下成功，省里一位领导突发急病，半夜召去他会诊，更传奇的是，前年冬天本市发生重大交通事故，他正巧路过，所有伤者都得到了及时救助。那天在场的还有一个记者，记者拍下了当时的场面。有一张照片上了第二天报纸头条：寒冷的室外，他穿着一件毛衫蹲在一名浑身血迹的伤者面前，正做伤口处理，他脸部是个大大的特写，画面上还有一只女人的手，在为他擦汗。米护士长拿着报纸在值班室说："看看我家小何多帅啊。就是照相时应该戴一顶帽子，头顶那块儿光辉全'春光乍泄'了。"护士们哄笑："那是聪明'绝顶'，何主任的智慧全在里面呢。"米护士长咯咯笑着。她干护士长干了十六年，也经历了十六年医院里的烟云。昨天下班时，米护士长提醒他："小何，今年是你本命年，穿个红裤衩吧。"他笑笑。

坐进医务室，他想不出要做些什么。所有的程序都是提前设置好了的，打破任何一项，都需要相关的调整。他坐在安静的办公室里，希望这时有病人来"打扰"他。没人敲门，也就表示一切正常，正常就表示一切都在掌握之中，这不好吗？他无聊地操起一只签字笔，在手中把玩。白天的时候他听说米护士长家里有点儿事，拿起电话想问问处理得怎么样了，猛然醒悟现在是深夜，又放下。今天的值班护士他不知道是谁，所有的护士在他眼里都是差不多的，温和、平静、轻手轻脚，无处不在又毫不碍事，像小时候看过的卡通片里的蓝精灵，只是她们是粉色的。四十六岁的米护士长是"粉精灵"的老大，豁达，有魄力，又是一条宽广的大河，她有本事把最难缠的病人引进她的河道，把他们变得顺从、安静下来。米护士长在正式场合才喊他"何主任"，其他场合一律叫他"小何"，有时像他姐姐，有时像他妈。他这会儿特想和米护士长聊聊，不管是什么。值班室静得像一间灵房。

他躺在床上，盯着对面银灰色的铁皮柜，里面是医学书籍和一些杂物。值班时他一般觉很少，白天再多事这个点儿也不困。他的嗅觉和听力在寂静中空前灵敏。

他在朦胧中听到老王急促的呼吸声，桌上的仪器发出嘀嘀声报警，他迅速起身，赶在护士惊醒之前跑进老王病房。

老王在病床上用力挥舞双臂，低吼着，像是与什么人搏斗或者争辩。他走得更近些，发现老王却是紧闭双眼。那张脸神色激动狰狞，没有了双睛点缀，显得滑稽又可怕。

他听说过，梦游的人不能被强制叫醒，他站在床前，注意老王别伤害到自己。

"你们这些王八蛋，迫害老子，阴谋，全是阴谋。老子到十八层地狱也不放过你们！有本事咱就走着瞧！把我逼到这个地步，我×你祖宗……"老王发出一连串咒骂。

他站在他的角度，几乎是有点儿厌恶地俯瞰着半疯狂状态中的老王。这个老男人，年轻时一定一度春风得意，马踏轻蹄，晚境凄凉，不肯接受现实。从这些泄露心声的怨恨中，他大致了解了老王的病根，说到底，是心病。他叹息。

他记得那个人曾经也这样过。刚刚从领导岗位退下来，特别不甘心，像失去理性的暴君，最初的日子把家里搞得大乱，生活没有了秩序。母亲不敢大声，在各个屋子里躲来躲去，暗暗悲伤。四岁的儿子成了倒霉鬼，不许叫喊，不许吵闹。小孩子淘气，无所适从，每天在他们回家后趴进怀里哭哭啼啼。在妻子的威胁下，他搬了出来。那时候他无可奈何，又多少是有怨恨的。后来那个人情绪稳定下来，发出召集令，他却没再搬回去。他是个孝子，却不想太过于温顺。他在医院见多了以爱的名义捆绑子女的父母。

他这么为自己解释，但他后来还是后悔了。瞧瞧他现在，把感情寄托在一个不相干的病人身上。

那些天他没在。他远在天边。他忙。他以为又是那个人为了召见他耍的把戏。那个人的死选在了一个雨天。久旱的天空一大早浓云密布，先是有一阵风，接着一阵豆粒似的雨摔在窗户玻璃上。那个人大口呕着黄色的胆汁，他抓紧床帮用力摇动，喊："医生，太疼了，太疼了，让我死吧，让我死吧。"喊了一上午，他的儿子最终也没有露面。下午三点二十八分，那个人平静下来，脸上绽出最后一丝微笑，冲守护在周围的人点点头，闭上了眼。那个人一定在临终时放下了对生活的所有失望与伤痛，也不再企求和盼望。他听别人告诉他，老爷子走前目光清澈如水。

"出生是扛起，死亡是放下。"大概是这个意思，作家史铁生说的。当死亡来临，还有什么放不下？他似乎看到不久后老王彻底放下的情景，所以不忍阻止老王积聚多年的抑郁爆发。人生如斯，美好或者痛楚轮回往复，爱与不爱全在过程中。惶惶然他望向窗外，窗外是平滑晶莹的晴蓝。他看到那个人了，正站在窗外向内窥视，眼神清澈如水。他心跳如鼓：难道遇到老王是早有安排？是为了让他体味未解开的心结？看到别人的苦，其实是完成自己的苦，而之前他早已经麻木。那张脸冲他微笑致意，像个孩子，一脸恶作剧成功般的得意。

输液支架"咣当"巨响，老王扯下仪器线，跳出病房。

他追着老王来到楼顶。十二月的冷空气兜头浇个透心凉。高远的天空像大海一样，波澜壮阔，一轮半月和几枚星宿供奉在那深蓝里，像孤独的神祇。

楼顶反射着天空的亮光。他站在无数根管子间。这些粗大的管道包着一层层橘黄的保温锡纸，夏天会散发出沥青的气息。他找不到老王。锡纸明亮的反光刺激得他的眼睛发花，想流泪。

他转身走向楼梯间，那个女孩突然出现，在靠近边缘的管道上直直站立。白色的衣袂飞飞扬扬，她张开着双臂，风吹动着她的长裙，使她像一只做着临飞翔前鼓翼的巨大的鸟。

"喂，你要做什么？"他低呼一声，下意识地向她靠近。

"我想飞。"白衣女孩转过脸，凄然微笑，那笑凉冰冰，有动人心弦的美。"你听说过这样搞笑的事情吗？有人做了一个小手术，竟然被切掉子宫，然后莫名其妙肚子里又长出瘤子。"女孩脸上慢慢换成着了魔的痴笑，用手比画着："一个接一个，一个接一个，像很会生孩子的女人，一眨眼生出许多许多的孩子。"她向他递过一张纸来，他失手没有抓住，空气中的寒流卷走了它。孤苦的纸面上画着宽宽窄窄的格线，黑色的格线框定了一个叫龙美美未婚女子的状况，这种状况既是现在时也是未来时，现在与未来对这个叫龙美美的人来说是永远走不出的结果。纸片轻得像得了失心疯，没心没肺，任由空气把它当玩意儿旋走了。

"你、你是十八楼那个女孩……"眼前的女孩本该让他发抖，但他内心却像烧了个洞，那么美好的事物被破坏掉，他痛惜不止。

女孩忧愁地将身子转开，像那被扯走的纸片一样飘忽起来，轻得像风里的一声叹息。十八层高楼的风轻而易举拖走这声叹息，吸入半空的腹中，只是一经沾唇，又觉察出不合胃口，便用力向下吐去。女孩双眼亮晶晶地望着何家明，脸上是凄苦的神情，他下意识伸出手。什么也没有抓到。

楼底道路上灯光灿烂，像在平原上直直展开的坐标，纵横交错，一盏一盏，来来往往的车辆拖着红色尾灯摇曳在这灯河里。既温暖又复杂。那么近，那么远。

　　有什么东西从他的口腔涌出，缓缓滑过脸颊，流到耳际。他居然睡着了。似幻似醒中，隐隐听到电梯在向上运行。他知道这是场梦境，没有白衣女孩，也没有让人费解的隐喻，所有人都活得浅白而又来路不明。似乎有人在门外叫他的名字。他不愿意醒来。

风筝与世界

1

四月十九日，李徽拿着画板去滏阳河写生，再也没有回来。

他的女儿梅梅拿着他留给她的一幅画，终日以泪洗面。梅梅说，爸爸就藏在墨迹纵横的画里。她将画放在阳光下，放在柔软的月光下，深情呼唤。透过日复一日轻薄或者炽烈的光线，宣纸一步步在时间中倒退，从被打浆，一直到还原成万亩丛林中的一棵树。而父亲从未出现。

许多年后，梅梅被岁月打磨成有些忧郁的女子。她关上失去了笑声的房门，带着那幅画，踏上了寻父之路。她始终相信父亲仍活在滏阳河畔的某个地方。

她沿着滏阳河畔溯游而上，且行且寻。无论是滔滔滚滚的白日，还是沉静寂寞的夜晚，她没有一日不在观摩那幅画。天长日久，她在心里已经能够临摹，并且在那一刻觉得她就是父亲，画中也有一条大河，河心平静如一面镜子，映出两岸长柳和天上的云朵。梅梅从未见过那样的云，与真的云相比，既不神似，也不形似，更像是画者某种痛苦万状的情绪。梅梅百思不得其解。

她来到一个叫柳林桥的村子，并且住了下来。不仅因为这一处河面与父亲的画卷惊人相似，另外一个原因，是她爱上一个爱她的年轻人。

年轻人从上一个停驻地就跟随着她，不远也不近，保持着那个著名的情僧诗里的距离。年轻人跟随着她，默默爱着她，凝视着她，关注着她，他知道她为丢失的一样东西坐卧不安，却不知她在寻找什么。他因为她的神秘而越发地爱她。有一天，梅梅在岸边停下，眼睛斜睨他，年轻人受到鼓励，第一次走到很近的距离，害羞地问："你愿意嫁给我吗？"

梅梅答应嫁给年轻人。幸福的年轻人在柳林桥村子里买下一块地，盖了很大一座别墅，做他们的婚房。结婚那天，年轻人的亲戚朋友从四面八方赶来，像无数道湍急的小河，最后汇聚在柳林桥这块洼地。柳林桥这条有着一条河的村子，因为这场婚礼，热闹了整整七七四十九天。

温柔的新郎拥着他的新娘，像含着一粒珍宝，她尚未表达出来的丝微不快都惹得他心痛不已。新郎吻着新娘，问："你还想要什么？天上的月亮我也会为你摘下来。亲爱的，如果你不喜欢这个地方，我们去欧洲好不好？你一定会喜欢恬静的小镇，历史悠久的古堡，即便已经成为废墟也是建筑上的珍宝。或者我们买下一座小岛，像亚当和夏娃那样生活，活在我们自己建立并且做主的伊甸园。我带你去坐一眨眼就到达天堂的摩天轮，去游览建在陆地上的海洋，池子里游着稀奇古怪的鱼。那里所有的街道笔直，珍奇树种遍地都是，树上长着金色的树叶。"

新郎畅想在他描述的世界中，没有听到新娘轻轻低语："我对世界没有兴趣，我只想找到我的父亲。"

父亲？新郎依稀听到这个词。"我从没见过我的父亲，也没见过我的母亲，人们发现我时我正躺在庙宇廊下的襁褓里。族长收养了我。"

新娘心疼地握住他的手。"你比我可怜。"

"可怜？"新郎笑了，笑声穿过夜空，惊动了滏阳河上低垂的柳丝。"我从没有想过这些啊。"他纳闷地望向新娘："我每天只想如何赚钱，如何赚到更多的钱，开工厂，开更多的工厂，哪里有空想可怜不可怜？再说，谁是我的父母又有什么关系呢？我就是我自己啊。小傻瓜。"新郎吻了吻新娘的耳垂，望望窗外乌沉沉的夜空，打了个哈欠："天晚了，我们睡觉吧。"

新娘保持着彬彬有礼的微笑，心上开出一朵寒冬才会结出的冰花。她摸摸衣袖里父亲的画，终于没有再拿出来。原本，她还想在这个让人沉醉的傍晚，和他谈谈父亲，谈谈父亲神秘的画。谈谈父亲去后，她从未向外人道过却如影相随留在心上的疼痛。她不恨，她只是疼。心里的某个地方被剜过一刀，而且从没有结疤长好，伤口始终裸露在那里，触目惊心，疼痛如初。只是，月亮偏了，鸟声稀了，新郎困了。而且今天谈这些扫兴的事，又是多么不合时宜。

新郎结完婚后，就开始忙碌，他不停奔走于一个又一个城市。有时回来，偶尔也会再谈起欧洲，更多时候他什么也顾不上说，他太累了，刚一坐下就睡着了。

梅梅在第十一个月产下一个女婴。那一夜，柳林桥狂风暴雨，因为道路阻隔，女婴不是出生在医院而是家里。陪伴她的邻居打着哆嗦从外面回来，说滏阳河里的水涨过了桥面。

那一夜，梅梅在剧烈的疼痛后，恍恍惚惚迷糊过去，她做了一个昏暗不明的梦。梦见一个男人坐在床边，湿漉漉的发际散发着浓重的油彩味，那男人默不作声，犹如很多年前的每一天，坐在院子里的小板凳上，隔着一块画板，忧郁而关切地望着她。

"爸爸！"梅梅失声喊道。

暴风雨打开冥界，滏阳河咆哮着，发了疯地肆虐。爸爸像一条安静的大鱼，镇守在屋子里，编织出一道强大而光芒四射的结界。床上一直发抖虚弱的梅梅，望着父亲，温暖起来，不再感到寒冷。

梅梅对日日想念的父亲微笑："爸爸，你有了一个外孙。"

倏尔，她皱起眉，抱怨道："爸爸，为什么这么久你才回来？你知道我们吃了多少苦吗？"她嘟嘟囔囔地数落，像母亲当年一样。

父亲静静听着，一声不吭。雨声渐小时，天要亮了，父亲看看窗外，冲梅梅点点头，起身离去。

"爸爸，别走。"

梅梅焦急地呼唤。

父亲提起画板，在门口顿了顿，还是拉开了房门。

"爸爸，别走……"

一声女婴啼哭，"哇——"，喊冤似的，惊醒了梅梅。梅梅睁开困倦的眼睛，第一眼看到的不是身旁粉色的小生命，而是自己，她看到镜子里一张布满苍老皱纹的脸。

惊恐中她把手伸向枕底：画不见了。

2

雨还在下，平稳而有节奏，像又重新回到妈妈的摇篮里的婴儿。李梅轻轻拍着身旁的婴儿，直到安抚下来，她在安安静静的雨声里做了一个梦。她梦到国王巡行天下时，走到某个海滨城市，驻扎下来，晚上，趁着无边月色，国王独自悄悄离开了营地。从那天起，国王的卫队再也没有见到国王。小婴儿微微有些不安，李梅醒了，又没有真正醒来。她继续做着她那个梦。她将自己的想象无限放大，想象国王隐遁时所走过的路线，和那片神秘的海域。

几个月前，她在父亲李徽的旧物里发现一张海图，图纸已经发黄，铅笔标注的线条若隐若现，手写的文字亦不太清晰了。似乎图纸的使用者是个性格粗糙的人，不仅将图纸当作坐标，而且也当成了笔记本。父亲李徽之前除了画画，还是镇上一位谨小慎微的公务员，平时极少踏出家门，也没听说过有当海员的亲属。关于这张海图，李梅第一次见到，她猜测，也许是父亲某天逛旧书市时，在某个不甚热闹的摊位发现了这张图纸，他一时心血来潮买下，而过后又遗忘在角落里。

随着孕期日日增长，李梅越发觉得身体负累。这样的日子似乎无休无止、遥遥无期。她卷起父亲留给她的那幅画，不想悲伤也不想怀念，肉身的沉重与对未来的担心使她总是沉浸在淡淡的忧伤里。大海图的发现使李梅找到一份乐趣，她不再每天将自己关在卧室里，慵懒地躺在床上。她买上许多书和资料，废寝忘食研究这张大海图。

乡间的夜晚人声静寂，街上空荡荡的，没有灯火，没有酒店，没有通宵达旦的车水马龙，而在如水的月光下，一场喧嚣上演，虫鸣唧唧哝哝、卿卿我我，在穿村而过滏阳河水温柔的伴奏中，宛如天籁。那是大自然从史前便保留下来的节目。刚在柳林桥落户时，李梅很不习惯这里的寂静，像突然被人蒙蔽了双眼和双耳。几天后，从每一寸空气中弥散出的泥腥气唤起她某种回忆，她沉淀下来，并在院子梧桐树下摆上了茶几。画家李徽的女儿渐渐占据这具躯体。她开始透过艺术的眼光，长久沉醉神迷于天空儿童肌肤般细腻的蓝和屋角薰衣草让人心疼的紫中。她抚摸着肚子里的孩子，眼睛时常不知不觉离开让她入迷的大海图，远眺夜空，目光迷离温柔。

李梅发现大海图的第三个月，也就是她临产前半个月，她在父亲早年一本日记里，发现记载这张图纸的蛛丝马迹。日记里面提到"马狗狗"这个名字，父亲写道：

"今天马狗狗从家里偷出一支新铅笔，2B，中华牌的，我们终于有了一支真正的绘图铅笔。这支笔得来很不容易，我们一定要像爱护自己的眼睛一样珍惜。小刀削下来的木屑我们舍不得扔，用红布包了个小包，埋在院子的梧桐树下，怕忘记，我们在上面压了一块瓦，瓦上刻着我和马狗狗的生辰八字……"

李梅匆忙找来铁锹，小心不碰到肚子，围绕梧桐树进行挖掘。第四天，距家里那口老井七步远处，挖到一块瓦，瓦上果然有字，只是模糊不清了，瓦下一无所获。是不断生长的树根将它移动到远离梧桐树的地方。

马狗狗是谁？

李梅翻遍日记，关于马狗狗的记录极为有限。从只言片语中大略得知，马狗狗似乎是从天而降，某一天突然到此。他从不让父亲找他，每次都是他主动来找父亲，有时翻墙而来，有时在河边，有时在父亲午睡的突然惊醒中。那张海图就是马狗狗带来的，并且一直是俩人研究的核心。而马狗狗又是从哪里带来的海图，父亲日记里没有记载。李梅通过比较发现，那张图纸是标准的海军军事海图，绘制年代大致在许多年前那场旷日持久的战争时期。

马狗狗究竟是什么人？

父亲日记的最后一页字迹模糊，像是被雨淋过，上面只写着一行话："马狗狗走了。"整页日记像小孩子发脾气似的，混乱地画着无数道横线。

马狗狗去了哪里？

从父亲的日记中，李梅感觉得出，父亲很崇拜马狗狗。在寥寥无几的描述中，马狗狗的出现总伴随着出其不意的奇迹。比如一场卷着旋儿的怪风，头顶掉落的鸟窝，闪烁的磷光……在种种怪诞的说法中，李梅似乎幻见到年幼好奇的父亲和神秘的鬼怪一样的马狗狗。

马狗狗的年龄让人无法捉摸，好像与父亲同龄，可从见识上又似乎大很多。父亲提到，图纸上的字迹是马狗狗所写。他们似乎争论过什么问题，而对这个问题，日记里语焉不详。

李梅从没听父亲说起过这段奇特的经历和曾经那么重要的朋友马狗狗。她以女性的直觉认为"马狗狗"这个名字是假名，不管马狗狗是什么人，真实的情况是，他确实曾经点亮过父亲的童年。她一次又一次审视那张海图，希望从那些圈圈点点中穿越进去，探明真相。

天际寥落，星垂四野，在李梅的思想中，大海图大得像一座方舟，承载着许多秘密，凸浮于四季尘世之外。那一夜，她打开父亲留下的那幅画，与大海图一起挂在墙上，久久凝视。随后她拿出丈夫从另外一个国家给她带回的颜料和画棒，开始画画了。第一幅，她画了一张从未见过的人的脸……

3

李梅的父亲李徽在离家前，有过许多动作，包括把书架上一大半图书以及心爱的鱼缸都送了人。他犹如一心冲向黑夜的鸟，动力十足而毫无眷顾，他走那天，选择在李梅上学时候。

李梅在回忆时想，母亲石茵当时一定是心知肚明的，故而一直冷眼旁观，故作不知。当李徽拎着画板和背包笨拙地撒谎说他要出去写生时，她还在厨房擦地板，闻言身子僵了片刻，随后默不作声点点头，直至防盗门响过一阵，才扑向窗口。李徽正走出小区，暮色光影一闪，就不见了。很多年后，母亲石茵仍在向她复述，当年她以为他又是因为心里郁闷气恼，装装样子，而不是真的要离家出走。

李梅想念那个沉默寡言的瘦弱男人，唯有她敢在母亲不分场合大发雷霆吵嚷他时挺身而出，她像一头年幼暴怒的狮子，将他紧紧保护在身后，与母亲面对面对峙。她看不起她的家庭以及周围许多人的家庭，所有大人都像吃了火药，男人吵女人，或者女人吵男人，每时每刻都在吵，毫无道理的小事也要吵得鸡飞狗跳。她家优于别人家的，是她作为唯一的孩子被允许发怒，她可以在她愿意的任何时候吵任何人。而她极少这么做。很多时候，她只是将自己藏在桌子后面，或者床下面，静悄悄地看。

父亲与母亲终于解除了物理捆绑，李梅在寂寞的伤痛中，又多少对母亲有些幸灾乐祸。

她瞒过母亲，一直偷藏着父亲一张照片。照片里的父亲年轻得像她的哥哥，身后是波涛澎湃的大海，身上是一览无遗的青春灿烂，神色间是睥睨一切的自负，他们那一代人，肩负着去指点江山的使命。

根据母亲石茵的陈述可知，李徽的离开是因为另外一个女人。他从没有爱过自己的妻子，婚后始终冷冷淡淡，家只是一间旅店，柴米油盐很能将就，里里外外一切琐事都与他不相干。父亲心中另有所爱的事，尽管没有任何蛛丝马迹作为证据，母亲却是言之凿凿，并且至死深信，她临终前仍在与想象中的那个女人撕扯搏斗，诅咒那个夺走她孩子父亲的女人。父亲的离开令母亲大受打击，心性也大变，她禁止李梅会见所有来自父亲家族的一切成员。每月初一、十五供上香后，母亲都要在神台前打小人。

李梅记得父亲离开前回了趟老家。他走了很多天，回来后便有些不太对。他常常突然怔住，打断别人说话，侧耳倾听，似乎在期待什么东西的出现。那东西发出的声音从某个地方传来，穿过无数斜风细雨的阻挡，急急切切又是寻寻觅觅，像一团细索，也在搜寻着她的父亲李徵。

李梅在记事后，在长久的寂寞中发现自己有一种能力，只要她双眸紧紧盯牢一件物体，就能够将一些无形的非物质幻见成实体，使那些存在从隐处走向显处。所有陌生人初见她不打折弯的清澈眼神总会吃上一惊。她能感觉出李徵的不安。母亲石茵曾问他回去干吗，他说迁坟。李梅不懂迁坟是什么意思，但她看到母亲听到这个词时轻蔑撇撇嘴，调转过头。

她只记得老家有过一个奶奶，在爷爷去打仗那年，产下她的父亲，得了产褥热早早就不在了，享年二十六岁。她从没回过老家，老家对她来讲是个很荒凉的地方。由于母亲的阻隔，她没有见过家乡的任何人，户口本上只是模糊地写着母亲的籍贯，她不知道她从哪里来，在哪一座村镇，父母两方还有什么亲人，有没有叔叔、伯伯之类的亲属。这些年，她没有和家乡任何人有过联系。她这一支，从祖宗的家谱根系上被硬生生掰了下来。午夜的梦中，她是一个没有家的人。对此，她无能为力。

4

小婴儿占据了李梅大部分心神，但她仍念念不忘破解大海图。她直觉并固执地认定，大海图和她的有着莫大的关系。在一个静谧的月圆之夜，她再次做起那个梦，梦到了李徵，并且梦到那个马狗狗。

一只小船从滏阳河上游驶来，在秋夜的月光下，犹如一条性子温暾的大鱼悄悄游入港口。尖尖的鱼嘴触碰到河岸石墩时，发出金属划擦声。年轻的李徵猛然惊醒，起身倾听，随后将熟睡中的李梅轻轻塞回温暖的被窝，独自轻手轻脚跑向岸边。

河畔长柳苍秀，曲曲折折的阴影下站着一个人。

李徽低唤："马狗狗，是你吗？"

那人动了下，从树荫中走出，在清白的光照下，露出他的模样。来人显然是常年跑路的外地人，一件粗布外套已经很旧了，并且是多年前置办的衣衫，穿在消瘦的身体上有些肥大，风过，吹起裤脚飘飘摆摆。

李徽见到来人面容，激动不已："马狗狗，你真的来接我了吗？"

马狗狗面无表情，一双眼睛亮晶晶望着。

"难道不是来接我出去见世面的？"李徽有些迟疑。

"你放得下吗？"马狗狗终于说话了，声音像瞬间急雨敲过船板，经受过海风的熏陶和冲洗，如果加上灵敏的嗅觉，还能闻到大海的腥气和暴躁。"我知道，你有一个年幼的女儿。"

李徽一阵黯淡。

"上船。"马狗狗跳上小船，李徽毫不犹疑，紧随其后。

小船在滏阳河心缓缓滑行，从船舷两侧分开一道水路，身后的涟漪犹如巨大的鱼尾，在波光中摇曳摆动。

蓦然，马狗狗吟道："人攀明月不可得，月行却与人相随。"

李徽接句："春去秋来不相待，水中月色长不改。"

马狗狗点点头："夜深静卧百虫绝，清月出岭光入扉。"

李徽："一夜梦游千里月，五更霜落万家钟。"

马狗狗喟叹："不错，我们年少时的功课你没有落下。"

"你也不错，后来游历四海也没有让你忘却这些。"李徽同时赞道。

小船在静寂的河道中游弋，穿行于掩映的垂柳丛间。沿河小村名曰柳林桥，因这些柳树和横亘东西的石桥而得名。柳枝喂养了一代又一代柳林桥村人，又将他们送进广漠的坟茔。滏阳河是他们的父亲，而浓密繁茂柳林是他们的母亲。

马狗狗沉默良久，告诉李徽："尽管我们有约，等我找到大海会来接你一起游历，但现在我却不能遵守诺言将你带走。"

李徽脸色惨然。

"当年我父亲逃亡，将我扔在柳林里，如果没有你家人发现，我势必成为一具被野狗咬得支离破碎的尸体。你现在也有了自己的孩子，我不能让她莫名其妙失去父亲。"

"我早知会是这种结果。"李徽喃喃自语，"可是你又回来做什么？"

"回来告诉你，我找到了大海，就为这句话。"

"一句话，万里而来，却什么用也没有，更增添我不能远行的惆怅。"

马狗狗无语。

"很多年后，我也会像我的父辈一样，一生安分守己，清晨时早早出门工作，黄昏后回来一家人围在桌子旁吃饭闲谈，生儿育女，繁衍后代，最后白发苍苍地死在床上，安安静静地被人抬进坟墓。"李徽落寞地望向马狗狗："这，就是你为我指定的生活吗？"

马狗狗摇摇头："不是我指定，是你必定，安分守己，儿孙兴旺平安一生，是你的福气。"

李徽转过头，赌气不再理马狗狗。当年马狗狗神秘地出现在柳林桥，与他一起度过童年，随后又神秘失踪，不知所踪，他以为再也见不到马狗狗了，没想到居然又回来了。他揩揩鼻子，隐约有一股硫黄的气味钻进鼻腔，他打了个喷嚏。那是几里外一家制革厂。

"马上这里就会起变化，村子不再安宁，一家一家企业在周围马不停蹄地建设，滏阳河水不再像现在这么清澈，村子里的人一个个奔赴工厂，人们不再吃窝头咸菜，外面的世界在最初试探性的喧嚣后蜂拥而来，你也会变，有一天你会庆幸今天的选择。"马狗狗望着天上明月，说出一段预言。

"再后来呢？"李徽忍不住发问。

"再后来也许你会怨恨，抱怨今天没有狠心出走。"马狗狗笑了，露出被海风刮白的森森牙床："不过那时你已经老了，战战兢兢躺在床上，老弱多病，日日夜夜望着屋顶，害怕它哪天被风吹塌，被雷电击垮。还有你的儿孙们，或许孝顺，或者忤逆，你为他们费尽心血，也许你老时却唤不到他们往床前端一碗热水……"

"别说了。"李徽像女人一样惊叫，"你真恶毒。"

马狗狗扬扬眉。小船在月色中折回村子，船尾艄公蹲在一角，无声无息。

　　重新回到岸上时，马狗狗递给李徵一卷旧纸，他打开，看到是当年他们沉迷于其中的大海图。这张海图的来历像马狗狗的身世一样神秘，没人能够破解，包括马狗狗自己。

　　"我走了，保重。"

　　马狗狗挥手上船，再也没有回头。桥上李徵手握大海图，痴痴望着自己身体的另一半远离，摘心摘肺地痛，却又无可奈何。

　　小船逆行而上，在宁静河弯冲出一条水道，扑向世界的另一端。

　　第二天醒后，李梅将这个梦记录下来。

5

　　2013 年 7 月以后柳林桥不再是一座桥，也不再是一座村庄。城市改造横扫而至，在它身畔将另起一座横贯东西的交通大桥。李梅带着女儿婷婷来到这里。她手里捏着一张发黄的大海图。

　　她在一个毫无预警的秋日，突然接到父亲李徵的一封书信和包裹，包裹里还有几幅画以及一本手写书稿。信封是简单的古典版式，现在市面上已经很少见到了。信封上毛笔字写道："吾儿梅梅亲启。"

　　她读罢信，紧紧搂住那个包裹，仿佛那里面有一盆温暖的火炉。

　　母女俩站在桥中央，两岸绿柳依依，从柳梢到树身却蒙着乌黑的厚尘，九百多户的村子几乎搬空，方圆几公里目之所及一片废墟。在这片高高低低荒丘一样的废墟上，突然就多了许多被搬走的主人丢下的野狗，它们三五结队在周围流浪，晚上就回到破败的旧家的某个角落蜷缩着卧下。柳林桥的柳寂寞了，连滏阳河的水也失了往日的神采。李梅一家明天也将离开这里，今天是最后一次凭吊。

　　"妈妈。"婷婷望着前方，在那里，河道急转而去，不见了。

　　昨晚，婷婷读完那封信和李梅的日记。"妈妈，我们家挺奇怪的。"

"为什么这样讲？"李梅在阳光金色的余威中发怔。眼前是滔滔滚滚的河水，她仿佛又看到许多年前她曾拥有却最终丢失的那幅画，在画中也有这么一条大河，河心平静如一面镜子，映出两岸长柳和天上的云朵。

"姥爷还活着，关心着你，却从不肯见你。我不明白为什么。"当年的小婴儿已经是十三岁的少女，有着一双让人隐约有些不安的黑色大眼睛。"我还不明白，姥爷一再提到的那个马狗狗其实是他的父亲，为什么姥爷要称呼成另外一个名字？我还不明白，老姥爷不是去打仗了吗？为什么回来后隐姓埋名，对自己的儿子都不说明？姥爷离开家的真正原因是去寻找老姥爷，可老姥爷又是谁？"

"这里本来就是我们的老家，可每代人总是走了又回，回来又走，包括我们，像魔咒似的。"婷婷补充，"却从没有人提起过。"

"现在村子不见了，以后连再回来的可能也没有了。"

"我不知道啊。"

李梅痴痴望向湍湍静流的滏阳河，那水波匍匐荡漾，相互簇拥着结伴前行，没有在河岸留下一点痕迹。

月光曲

　　预订好房间，拿到房卡，才十一点二十三分，离火车到站还有四十八分钟。出站口大门紧闭。他看看表，决定坐在车里等。已是十月份了，秋意如潮，充沛的月光漫卷而来，宁静得像汪在池子里的水。停车场昼夜营业的报亭聚着一撮人，在昏蒙蒙的灯光下抽着烟低声说话，那是些等待拉活儿的出租车司机们。广场上是没有闲人的，偶尔晃动出几个被月光拉细身影的旅客，也仿佛是从水的影子里趟过。他坐在车里把车窗打开，夜晚的风就拂了进来，湿润润地，飘动的烟圈凝滞在车里也被这月光同化了。要接的人是大学同学阿媛。出差或者旅游路过他的城市，阿媛没有细说。

　　刚才阿媛发来短信，说火车上的饭粗糙得太不像话，没胃口，十二个小时没动谷米要饿死了。他回复："下车先请你吃饭。"其实他特别想请阿媛吃一次自己亲手做的红烧鱼。工作之外，他还是个挺不错的厨师，尤其是做鱼，红烧鱼。大多数人做鱼是挑一斤左右的新鲜鲤鱼，他不，他只需要鱼越大越好，做鱼的炊具也是那种特大号的大锅。他做过一回最大的鱼宴，二十五斤，是县里刚从水库逮着的，县局办公室王主任打来电话，快活地在那头儿喊："快来，水库放水，捞来不少，这可是最大的大家伙，晚了可被人抢走了。"王局长司机老刘专门开车去带了回来，几个人吊着鱼鳃把它拎起来，有一人多高，胖得像个没腿的娘娘。大家伙甩着尾巴用力折腾，浑身细鳞在阳光底下闪着珍珠一样的亮光。有人往它身上浇水，那斑斓水光与粼光碰撞在一起，混合成耀眼的光晕，将周围包裹成亮闪闪的一团，数人组成的杀戮反而像是在举行某种神秘的图腾仪式。他在楼底远远站着，望得出神。他给局里这些人做业余厨师有一个原则：只管烧鱼，不管杀鱼。

　　儿子小丰也喜欢吃他做的鱼，在家没有专用工具，只能做小鱼，一两斤的鱼几乎全吃进小丰的肚子里。吃尽鱼肉，还要他剥出鱼脑来吃，整个一个小"食鱼狂"。他老婆李娜却不喜欢吃鱼，说鱼腥气，活着腥，死了也腥。他就急，说："哎，李娜，你怎么说话的，红烧鱼就是红烧鱼，一道菜而已，什么死呀活的，感觉好像在吃人似的。"李娜从面膜里硬睃出一眼砸过来，继续仰在沙发上。李娜没有继续发声，他也松口气，吵到底反正服输的还是他。最近李娜因为单位的事心情不好，气场里弥漫着火药味儿，少惹为妙。如果不是因为家里气氛不对，他也许会邀请阿媛去家里吃个饭。不过也许这个主意并不好。依素常李娜的脾气，似乎确实不是个好主意，他叹口气。为了接阿媛，中午时他对李娜撒了谎，他说单位加班，之后还要应酬，可能很晚才回家。下午李娜没让他开车，说现在查酒驾正当风口，万一搁不住劝喝上一杯，哪怕是啤酒也坏事。他听话地放下车钥匙，嘴里夸老婆体贴，李娜白他一眼："突然会说话了。"没车也有办法，下班时他找司机老孙借了何助调的车。何助调快退休了，不常来上班，用车也不多，老孙年龄也大了，单位也很少派他的车用，何助调的车闲得车轱辘疼。老孙交钥匙时，暧昧地挤巴挤巴眼："弟妹那儿可搂好了底。"好像算准了他是去做那等事。他笑笑，哈拉两句也就算了，解释啥，越解释越说不清。

　　他扔掉烟蒂，探出车窗。窗外水洗般明净，皓月当空，朗朗嵌在墨晶色的天空里，越发显得清逸俊俏。他想起似乎刚刚过罢八月十五。八月十五那天下雨，十六依旧阴天，一直到十八号天才算告晴。不过八月十五那天看不成月亮又有什么呢？他这般年龄，那些端着架子才寻得到的情趣早就被生活消磨殆尽了。他又望一眼天空，月亮真明，安静得像个姑娘。

　　关于阿媛，大学四年他最深刻的记忆是她的"傻"。第一次见到阿媛，是新生报到那天。他们宿舍下午很晚才安顿下来，各路英雄纷纷赶来，相互热络地介绍，未来四年他们八个陌生人将是患难与共的兄弟，每个人都很激动，年龄最长的戴文责无旁贷地当上了舍长，并且很痛快地请客，为他们这个团队接风。走时大概忘记锁门，八个人被泛沫的啤酒和就在脚下的远大前程弄得情绪激昂，他们在宿舍大楼要关门前赶回来，推门便愣了，宿舍的地上堆着一包行李、宣腾腾裹在塑料布里的被子、一个大条纹旅行包和网兜勒在一起的不锈钢盆子和碗，还有一些不大清楚是什么的东西。那不锈钢盆子在月光照映下，反射着簇新的冷光。挨着窗户的下铺躺着一个和衣而睡的女孩。月光静静覆盖在她的身上，像天使怜爱地为她披上一层纯洁的柔纱，女孩干净又安稳，在这守护中轻轻发出鼾声。八个新结识的兄弟面面相觑，戴文扭头跑了出去，转眼又跑了回来，嘴里嘟囔："没错，是这层，是咱们的宿舍。"而另外七个兄弟还在呆望"白雪公主"。戴文一人拍了一巴掌。那女孩就是阿媛。据她讲，她独自走了三天两夜，倒了两次火车、三次汽车才从她们那个山村辗转到学校，累坏了，饭都没吃，眼一眯，上错了楼层。他当时就觉得阿媛挺"傻"，之后四年继续印证了她的"傻"——是和周围环境不很搭调的"傻"，倒不是格格不入。反正阿媛那种"傻"说不清，是带有亲切的亲情、温暖而又有点儿距离的那种"傻"，对，像邻家小妹，亲到可以喝一个杯子里的水，做"坏事"不怕她知道，她会骂你"坏"，却永远不会告发你，可又因为到底不是你的亲姐妹，不可以随意发脾气。他们宿舍八个和阿媛很投缘，名副其实的"8+1"组合。他们一路晃晃荡荡共同走完了四年大学生活，谁和谁也没发生故事，或者叫阿媛和谁也没发生故事，包括他们八个，包括学校各年级其他男生，尽管阿媛长得真是不错。他现在只有两张照片可以证明有阿媛这个人的存在，一张是班级合影，一张是"8+1"的合影，在这张里，阿媛站在他们八个人中间，笑得很甜美，清清爽爽，心无城府的"傻"。大学毕业后八兄弟和阿媛各奔东西，虽然时有联系，但更多的时间与心思都围绕着自己的命运在转动。曾经，是美好的，但曾经不会代替现在和不得不背着各种重负奔跑的明天。他希望不管经过多少年，阿媛仍像照片里的阿媛那样永远那么开心，永远那么坦然放松，永远那么"傻"。

出站口的大门开了，没有大开，只开了半扇。他一激灵，居然没有听到火车将要到站的报时。他急忙锁上车跑过去，跑了两步，又慢下来，换成紧走。一个睡眼惺忪的检票员手拿打孔机站在检票口一侧，似乎是个男人，也似乎是个女人，深蓝色制服隐没在月光之外。深邃的出站通道像一条长长的舌头，在莹莹的光晕中一直通向深不可测的地底。十月的夜有些凉。

那条舌头终于开始吐人，像噎了很久，从那条老化的通道里，将半梦半醒、恍恍惚惚的旅客一个一个从底部呕了出来。没有阿媛。他又等了很久，直至那舌头再不可能吐出东西，出门口的大门重新关闭。他挤住大门，大声叫住检票员："喂，同志，我还有个朋友没有出来呢。"检票员在门缝月光中露出半张清晰的脸："不可能，早没人了，是不是下一趟车？您可以到咨询处问一下。"挺客气的，声音也温和，是个女人。短信响了："喂，兄台，辛苦了，等到要等的人没？哈，开个玩笑，阿媛只是火车路过你的城市，不能下车相见，好久不见，十分想念。问好，有机会一定要到我的城市，一定要下车相聚，请你吃饭。"

好你个阿媛！

生活真是太需要意外了。意外是拯救平庸的火花，是闪电，是天上无意中掉下来不知什么馅的馅饼。这馅饼是不是已经变了质，事先就没人预料得到了，只有砸到头上，拿到手里，放到鼻子下面嗅一嗅，如果需要，还得放进嘴巴里尝一尝，才能认真确定。阿媛这手，他真是无话可说，哭笑不得。回来的路上，月光昏昏，朦朦胧胧有些老了，照在地上是菜花儿黄的颜色，落上车窗，车窗玻璃也像荡了一层土，显得无精打采。阿媛后来打来过电话，是在第二天上午十一点多。这天是双休日，他还在床上，李娜从他衬衣口袋拿过来电话。李娜的眼神带着针芒，从他身上一遍遍碾过。他心不在焉地和那头的阿媛搭讪，连声说："没事，没事。"当恶作剧后的阿媛终于从兴奋的潮水中退走，李娜的目光已经将他的神经戳得千疮百孔。他有些恼，光裸的上半身露在被子外面，凉飕飕的，他扬扬手机，重重地重复"同学，大学同学。"李娜仍直勾勾盯着他，一脸阴寒。"啪"，她将一样东西甩在地板上。啊，是没有派上用场的房卡！

任他怎么解释，李娜始终阴郁着一张脸，不说话。起初他追着李娜表明清白，李娜不理，我行我素，照旧正眼也不看他一眼，搭着脸子把他关在心门之外。一向大大咧咧的儿子小丰也嗅出家里的紧张气氛。吃饭时小丰趁李娜没在，胳膊肘戳他一下，神秘兮兮地问："老爸，和老妈吵架了？"

"没有啊，吃饭，瞎想什么。"他顺手往小丰碗里夹了根莜麦。油莜炒得有些老，油汪汪的，小丰饭碗里的白粥转眼浮上一层油腻。他一向喜欢清淡些的蔬菜，看着那片油花儿，胃口全无。

"切，别骗我了，你看我妈看你时鼻子不是鼻子，脸不是脸的。"

"嗨，我说你这孩子怎么这么多事呢，什么叫'看我时'？你妈这阵不都这样么？单位搞测评，要评副教授了。"

"也是，我妈不容易啊，偌大年纪了也该弄个副教授当当了，难怪妈心烦。"小丰望着厨房里的李娜，理解地点点头："爸你可悠着点儿，别惹我妈生气，小心我和我妈一起扁你哟。"

他"啪"一筷子敲小丰手上："儿子敢打老子，我看谁扁谁。"爷俩儿叽叽嘎嘎闹作一团，李娜坐回饭桌，像什么也没看到，依旧沉着脸，看不出一丝风雨。

现在他有些怕李娜了，女人一旦发威真是可怕，这种精神上的冷暴力的杀伤力远胜于吵闹。他真希望李娜和他大吵一通。他小心翼翼观望着李娜。他与李娜是在工作后认识的，很老土，是亲戚介绍的。当时他已参加工作三年，交过五个女朋友，认真来往的有两个，最后一个是土地局的打字员，本来已经谈婚论嫁的，谁知临门一脚打字员变卦，为了提干嫁给了某领导的公子。可想而知这对他打击有多大，他自认也是年华正茂、风流倜傥、一表人才，而且是名校毕业的潜力股，可怎么就是不敌现实的功利呢？介绍人介绍他和李娜见面那天，他是抹不开情面，十二分的不情愿，所以故意迟到十五分钟。没想到李娜没走，仍老老实实等在那里。那天李娜穿着一件淡绿色的套头衫，外面搭着一件银灰色风衣，高高的个子，亭亭玉立地站在湖边一棵垂柳之下。她斜身侧朝着湖面，五月的湖面波光粼粼，万丛金光点点映上她的秀颜，使她整个人说不出的生动与明艳。他眼前一亮。然后就这么成了。李娜是比较有个性的女人，但个性归个性，都是拿到外面施展，对他却是千依百顺。过去的李娜多温婉啊，袅袅走过时，连脚下卷起的尘都轻飘飘，软得像一团烟，淡淡的，在尘埃落定时，让人想跟着那尘落掉眼泪。结婚十余载多少有些变化，可谁没有变化呢？谁的日子不是那么过下去的？但李娜和他耍脾气还是第一次。他很不习惯，也很委屈，他又没有做什么。

何助调已经办了退休手续，据传何助调下一个接任者将是现在的办公室主任。马上就要民主测评了，办公室主任这些天春风得意，这样，办公室主任就腾出一个正科的位置，那么谁是这个正科位置的接任者呢？传言很多，他也是传言接任者之一，主管他的副局长薛局暗暗有过提示，提示归提示，到底没有确定，他只有在工作时间和工作之余更加尽心。明天薛局长要去邻省参加一个全国性的业务会议，可临时省厅有个会议冲突了，业务处的江处长也请假了，按说应该副处长或其他业务处室的科员代为参加，可薛局长点名要他代为参加。去财务借款时，他和老孙走了个迎面，老孙笑得脸上直抽筋，大巴掌拍得他肩膀疼。他问老孙要带啥不，老孙说不用，把他自己安然无恙地带回来就好。"那是自然。"他打着哈哈。没想到一起去的另外一个人是老孙，也不知老孙使了啥把戏，不过那是领导意图，机关里不该问的不能问。这次换他把老孙拍得直咧嘴。

"明天我出差。"这是他第 N 次告诉李娜，小丰没在家，他收拾着行李。李娜依旧无声无息。他终于按捺不住火气，扔下手里的衣服，猝然扭身站在李娜面前，瞪视着她吼："我说，我明天要出差！"

李娜站定，眼望着别处，只打嗓子眼儿里"哼"了一声。

"我说，我明天要出差！"

"老子受够了，李娜你这样要到什么时候？我又没做什么。"

"做没做你自己最清楚，你问谁？"李娜突然爆发了："这么多年我像个老妈子一样伺候着你们一家子，里里外外管头管脚，哪一样事我没操到心？就是你老家七大姑八大姨来，哪一个不是照应得周周到到？你可好，就是这样报答我的？你说没事，那房卡是天上掉到你兜里的？你说加班，到哪里加班了？我告诉你周应杰，一次撒谎可以看出一个人的品质，这么多年，你究竟撒了多少次谎？如果没事，你为什么不敢告诉我？半夜才回来，电话都打到家里来了，当着我的面含含糊糊，你当我是傻子？就是当傻子，这么多年，我也当够了！"李娜怒视着他，脸上每一个汗毛孔都往外喷着怒气。他回视着李娜，看着那张变形的脸，心里突然感到无限悲凉。

"李娜，你真这样看我的？"

李娜转头不语。

"李娜，我们什么时候成了这样子。"

"这要问你自己，这么多年，你只是心安理得接受照顾，你管过我多少呢？这个家你又管过多少呢？小丰从小到大，生病住院、和同学打架、开家长会、接送上学、辅导作业，你管过多少呢？你是个自私鬼，只顾你自己。你在外面应酬，哪一次喝醉不是我开车接你？你洗过几次衣服？你什么事情不是我事先为你考虑到？你知道每月煤气费是多少吗？一个月水电费又是多少？你的手机为什么从来没有欠费过？而我穿的衣、穿的鞋，你知道是什么牌子吗？你陪我逛过几次街，回过几次老家？你……"

他像望着一个陌生人，盯着李娜的嘴巴一张一合吐出那些刺心的话。他再也听不下去了，铁青着脸扑过去，一把拖住李娜，不顾她的反抗走向卧室……

小丰什么时候回来的，他不知道，小丰晚上要上晚自习，十点才结束，也不知道吃饭没。等他终于理好衣服出来，已经很晚了，家里依旧安安静静，像什么也没发生一样。他的脑子空空荡荡。刚才的激愤像退却的潮汐，重新退回生活的另一个边岸。他从不知晓李娜心里埋着如此多的怨恨与愤懑。生活像一把锉刀，慢慢磨平了生之初的敏感与激情。李娜仍躺在床上，脸朝窗户裹在被子里。今晚没有月亮，李娜隐没在阴影里，遥不可及。他知道她肯定没有睡着。卧室里弥漫着他们的味道，很浓烈。刚刚他们像两军对垒，谁也宁死不降，初时李娜还坚决拒绝，后来便横下心来，像仇人似的追命。他们很久没有这么激烈了。他苦笑一下。他知道李娜心里的结仍没有解开。什么也不想说，离约好的时间还有七八个小时，他不知接下来如何面对李娜，逃离似的，他打开房门，提起了行李。

似乎要下雨了，空气中温润润地含着潮意。雨气中的凉和温暖把他重新带回多年前一个午后。一对夫妻在吵架。

"有本事你就死到外面！"做丈夫的骂。

"死就死，你别后悔！"妻子大怒，摔门而去。

"不后悔，有多远你就死多远，你死了我去庙里烧高香！"

很多年以后这个丈夫都活在这句狠话的后悔中，无论是醒着还是梦着，他常绞着一双手，嘴里喋喋不休地念叨。在别人不注意的时候，他常常抬手狠狠抽自己一个耳光。这个丈夫是他的父亲，那个妻子是他的母亲，脾气暴躁的母亲那夜就再也没有回来。有人说她跳了河，但从来没有打捞到过尸体；有人说她和相好的跑了，但一直持续很多年，父亲也没有追寻到一点儿所谓"母亲的相好"的一点儿蛛丝马迹。父亲在他结婚时，当着新媳妇对他说："要对你的女人好，一辈子也别让她失望。"他以为他做得比父亲好，其实同样地失败。如此孤独！

时间还早，他想不出去哪儿。路过一个广场，在搞什么聚会似的，很热闹。他被脚拉着走近。是一些年轻人，像是市内某大学的学生，他们佩戴着相同的校徽。这些年轻人正热火朝天地跳舞呐喊，光滑或者长着痘痘的脸洋溢着一种叫青春的东西。他也被这种叫青春的东西点燃了，把箱子塞在他们东西之间加入进来，刚开始还有人诧异，但马上融合了他，一起狂欢。一堆学生中只有他一人西装革履。在众手齐合的嚎叫中，他重新找回大学时代那种无知无畏、勇往直前的狂傲，雄心勃勃、睥视天下、激情四射的感觉。这圈人围成一团，像一面鼓，他也变成了一张鼓，嘣嘣跳跃着，击打着，打着众人，也被众人击打着，完全袒露。他撕去隐私的屏障，与这些年轻人面对面，公开袒露在众人眼前，任无数双汗津津的手敲打，高音或者低音。他的手心与他们的手心相向，发出有节奏的巨响。"青春万岁！

自由万岁！"有人高呼。

聚会持续到凌晨三点，天空已撕去浓浓的墨色，即将到来的晨旭陡然扑来扛不住的寒意。这些年轻人终于累了，散了。他和其中一个聊天，原来他们是一群毕业生，就要各奔东西了。"您是老师吗？"那学生敬佩地问。他笑了，反问："你看我像吗？"学生笑了，忽而又惆怅起来，叹息道："今夜恐怕是我们此生最后一次相聚。"他拍拍小伙子的肩。

看看表，还有时间，现在去单位还早。他和老孙约好在单位见。老孙本来说开车接他的，他说反正离单位近，走两步就到，老孙便作罢了。到底是好些年没有这么剧烈运动了，他有点儿累，便坐在台阶上点上一根烟，慢慢让烟在身体里游走氤氲。街上的灯如此华美，广场上只剩下他一个人。李娜愤怒的脸庞重新浮上他眼前。唉，为什么亲近的人，走着走着就远了，心与心早在不知不觉间失去心有灵犀的默契与感应，任何一个风浪都经受不起。他想思考些什么，但什么也想不起来。这一坐不知过了多久，直到老孙的电话打了过来："喂，领导，我已经在单位等半天了，要不我接你去吧。"他说不用，拖着行李，向单位走去。

会议地在邻省，在国道附近，路途很方便。老孙开着车，一路闲话不断，颇不寂寞。老孙说，这次办公室主任的位置非他莫属，瞧瞧领导这次对他的重视程度。他忙打住老孙，说不过是代领导开个会，怎么联想那么多？老孙不理会，继续发表高论。"你没看现在单位的形式？这是咱哥俩私下说，说过就算啊，何助调这一走，五个局长只剩下四个局长，老大郑局不提，余下的副局长们也只老王局长和薛局长两个人能说得起话，一个管办公室，一个管财务，都是郑局左膀右臂，可这两个人明合，暗里较着劲呢，这提了一个办公室主任，肯定另一个也要提一个。你啊，是天上掉下个枕头，不管你想不想，都是你的喽。""咳，别瞎说，不过真如你吉言，我请客，你说去哪儿我奉陪到底。""哈，我老孙在机关这么多年，哪个犄角旮旯儿长什么草看不出来？只要跟对人，一直跟下去，只要被跟的人不翻跟头，跟的人肯定鸡犬升天。咳，你看我这嘴，我可不是骂你，意思你明白，你明白。"他笑笑，忽然想起个问题，问老孙："我说，你为什么肯定我一定要去办公室呢？办公室又不是薛局长主管。"老孙撇撇嘴。"你逗我呢？真不明白还是假不明白？这么好的机会，敌中有我，我中有敌么。"他笑了出来，可咂巴咂巴滋味又开始犯愁，如果真如老孙所言，以后的日子也挺艰巨的。

会期三天，最后一天是自由活动时间，也可以返程，有些人就结伴去爬山。老孙撺掇他一起去，他摇头拒绝，实在是哪儿也不想动。大概是在广场那夜吹到冷风，三天来他一直昏昏沉沉，脑子里像有一柄沙锤不停捶打着两个太阳穴。老孙看他确实恹恹地，不再深劝，体贴地跑到外面给他买了点儿治感冒的药，随后跟团走了。

他躺在房间，迷迷糊糊一时醒一时睡，做着乱七八糟的梦，等到彻底醒时，出了一身的汗，看看表，已经下午四点，中午饭也省了。出出汗身子反而轻松许多，他静躺在床上发怔。回忆回忆梦境，竟然梦到了阿嫒。说来现在的家庭风波是阿嫒挑起的，可实在对阿嫒也无可指摘，她对此一无所知。他相信如果她真事先知道会造成现在局面，打死她也不会发无聊的短信，打无聊的电话，而且一打那么久，在电话那头得意忘形地大鸣大放。这个阿嫒啊，真像第一次见她那样，不鸣则已，一鸣惊人。不知她有没有给其他七兄弟开这样的玩笑。说起阿嫒，还真有点儿惦记她了。左右无聊，不如给她打个电话吧。

电话一接就通，阿嫒听说他在这里开会，连声说怎么不早打招呼，她那里离这里不远，一个多小时就到。"等着，我马上就到。"阿嫒不由分说挂了电话，没给他说"不"的机会。他瞪着电话发愣，怀疑打错了电话。什么时候阿嫒这么风风火火，十几年时光的锤炼竟然把她打造成另外一种性格？

老孙回来时正值阿嫒再次打来电话，说她已经到宾馆外面，让他出来在外面吃饭。老孙疑惑地偷听，听他解释后，暧昧地把他往外推："去吧，去吧，老同学好不容易见一面。"他知道老孙想什么，便邀请他一起去以示清白。老孙哪里肯去，说他爬山累了，想早点儿休息。

同阿媛一起在车上的还有阿媛的先生，阿媛没改变多少，还是一副缺心眼儿的傻样。只是驾车的那位先生一看就不是省油的灯，一双鬼眼闪亮，一打眼就把他照得像个透明人。生意人，果然厉害。阿媛嘻嘻哈哈，说她老公怕她和人私奔，一定要当车夫兼保镖。他有些感动，阿媛还是那么个性情，大老远的，硬是跑来看他。他和她先生握手，祝贺阿媛拾了个好老公，这么关心她。"嗨，是跟踪我好不好。"阿媛没心没肺地哈哈傻笑。一刹那，他恍惚看到怒目而视的李娜，与阿媛比，李娜真是太不幸了。那夜他们三人喝了一瓶红酒，餐厅的灯光绮丽，阿媛喝多了，越发地无羁，最后缠磨在她老公膝上就是不下来。

他不由喊起来："喂，死丫头，当我不存在啊，回到家再秀恩爱好呗？"

阿媛的老公话不多，也喝了不少，却毫无醉意，始终保持着微笑，也表现出对阿媛很强势的占有欲。看得出他很宠阿媛。唉，怪不得阿媛这么些年不但没有半点儿长进，而且越来越"傻"。他苦涩地再次想起李娜不开心的脸，举杯敬这对夫妻，一仰脖，一口喝干。

什么时候回宾馆的他不记得了。服务员很费力地帮他查到房号，半天才敲开老孙的房门。他趔趔歪歪揍了老孙一拳："再不开门打110了啊，是不是屋里藏着人啊？我找找。"他转着圈圈在屋里找，又推开卫生间的门。"哇，没有啊，藏哪里了，说，老孙你藏哪里了？"老孙睡意蒙眬地拉他："哪儿有什么人啊。还以为你不回来了，睡过去了。"

"谁说我不回来了？我说我不回来了吗？老孙你别造谣，造谣可不是好同志。"他大着舌头教训老孙。

"好好好，我不造谣，是我误会了，没领会领导精神行了吧。"老孙把他扶到床上，给他解开鞋，又去倒水。天旋地转，没容老孙端水过来，他一头扎进枕头里睡着了。

第二天醒来，他摸摸脑袋，记不清是怎么回事了，依稀是阿媛被老公关在车里又叫又喊，而自己嚷嚷着后会有期被阿媛老公架上了楼。真是丢人。在阿媛老公那样精明的男人面前丢人，那真是丢人丢到家了。吃过早饭他便催老孙赶快走。老孙眨眨眼，促狭地问："你干了？""什么？"他回味回味老孙的话，郑重地摇摇头："没有。"

路上，阿媛和老公腻腻歪歪的情景不断刺激着他的神经。他冲动之下，很诚恳地给李娜发了个短信："老婆，对不起，以后我会好好珍惜你的。"

一会儿短信回复："我有时也反省自己是不是对你不够好，自以为毫无保留，尽己所有，其实不够委婉体贴，没有女人味儿。对不起，让我们重新开始吧。"

老孙吹起口哨，讲声风凉话："好浪漫啊，难分难舍啊。"

"别瞎说，是李娜，我老婆。"

"哎哟哟，更不得了，啧啧啧，厉害啊，里外都坚挺啊。"

"去你的，狗嘴里吐不出象牙来。"他笑骂，扬起手中的报纸扔向老孙后脑勺。

晚上十一点他回到小区。小区淌在清洌的月光中。两旁的低矮灌木丛里，绿叶反照着幽幽光亮，月季花儿绽放着，红白交错比走前开得更加热闹。巡逻的保安认出他后，敬个礼又走开了。小区里很安静。

儿子小丰已经睡觉。李娜穿了件性感的睡衣，宽宽的衣摆半透明，裹在身上，里面的裸体若隐若现。李娜还是没有许多话，打开门便进了卧室。这分明是个邀请。他在卫生间精心洗漱一番也进了卧室。"周应杰，告诉你一件事，我的副教授评下来了。"在他们开始前，李娜说。

"祝贺。"他吻她。

李娜闭上眼，心满意足地笑了。没由来的，望着月光下李娜这张暂时得到幸福的脸，他又想起阿媛。阿媛好像还停留在当年，而同年龄的他与李娜早已不是原来的他们。如果记得没错，李娜是应该比阿媛小一岁的。

他望着月光下沉睡中仍蹙眉不安的李娜，心不由软了。他低下头，想吻吻她，可这个动作太久没有操练，腰背和心里积压很久的某些东西生硬得嘎嘎作响。最后，他只伸出拇指轻轻拂过她的唇，这样，李娜在梦中就不会梦到。这么一想，他又觉得和李娜隔了千山万水，刚刚的理解倏忽远了。

他可以想见他与李娜以后的日子。后来。多好啊，后来。后来他们一起动作，他们一起留存，像生活了很多年的老夫妻那样做爱，一个慢慢有节奏的俯卧，一个静闭着双眼、仰面迎接。他离开床边走进寂静的阳台，天空苍远辽阔得不可捉摸，只有亘古不变的明月垂挂于半空。月色如潮，不动声色又沉稳地打湿了人世间所有的角落。他念头里闪过一位作家写的一首《月光曲》，那诗句澎湃作响，竟与此时的心境如此相合：

仿佛一股潮水涌到门口之后又缓缓退去，留下了痕迹。
仿佛两个人在昆德拉小说里的精心相遇，他们由于自身的种种原因，谈论了缺少味蕾的蘑菇，然后折回各自的方向。
音乐是我的蘑菇，月亮是一朵蘑菇……

最后一双水晶鞋

活到他这个年龄，有许多事他已经不甚在意，也不屑去做。

他的办公室在四楼，窗户正对着机关大门。每天早晨他都泡上一杯茶站在那里，望着那些进出办公楼的科级、副科级干部们鲜活的身影。那些奔走的身影就像他当年那样行色匆匆，他们裹在羽绒服或者最近几年才流行起来的卡其棉服里。偶尔有几道艳丽的颜色，要么是女同志飘扬的风衣、裙裾，要么是外来的人员。他发现，即便是新来的办事员，还没光鲜两天，就迅速融入这个规矩严整的集体中。他喜欢这么观望，不带一丝倾向和情绪，恰到好处的距离。他现在这个年龄，50 岁，就像他的官阶，说高不高，说低不低，比上不足，比下有余，恰巧卡在中间。恰巧却不是恰好，所以他也就只能待在他高不高、低不低的位置上。老娘在世时找人算过卦，说他洪福在天，官星昌隆，52 岁还有更上一层楼的机会，他一笑置之。现在政府部门官员们都在知识化、年轻化，30 来岁做到正处级已不是个别现象，凭什么非要用姜太公？好在多年前他于此就不是很用心，颠簸到如今，上面管他的没几个，下面他管的有几个，能日日有闲情站在高处看着来来往往的同事，多少有些遗世得道的心理。

站在高处可以看到平视时望不到的角度，比如门岗刘佳，从上方看竟然是个 O 形腿，一身灰色制服穿在他身上很难看。一个男人如果站相不好，整个人的形象就坏了。腿型最漂亮的要数综合处的小米，女，三十多岁，个子高挑，一年四季长裙短裙，裸出舞蹈家般的

陌生人

美腿。这让他常想起小时候有过的一个八音盒，一拧发条就发出叮叮咚咚的响声，然后从盒子里面转出两个细长腿的跳舞小人儿，伸臂曲着一条腿的是公主，身穿燕尾服的王子站在旁边手里捧着一只水晶鞋。冬天他最希望能下一场大雪，这样就可以站在窗户前欣赏大雪过境的场面，兴致浓时，就取出文件柜里的宣纸和毛笔来当场泼墨挥毫。去年下雪时，正写着"兰室馨香"四个字，齐书记推门而入，站在旁边一直等他写完，然后按住纸强要他题款盖章，硬给索了去，听说办公室专门派人出去装裱一新。反正后来他再没见到这幅字，也许齐书记拿回家了。其实，他因为写字认识一个书画店的老板，交情不浅，时不时去店里坐坐喝喝茶，只是他不屑因为自己一幅写着玩的破字找朋友帮忙。

天阴着，低沉沉压着絮状物，天气预报说今天有雪，等了一天也没下起来。处理完公务，他离开了办公楼，刘佳冲他点头招呼，笑呵呵打开大门。今天他有点事，私事，就没叫司机小王。他自己开车。

迎宾路36号开元小区，他在那儿有一宗房产。早些时候下属单位分房子时，给了机关几套，不大，70平方米，从来没有住过。像这样的房子还有两处。"买房置地"的传统观念在他思想里根深蒂固，参加工作这么多年，只要有房子他就要，至于以后如何处置就不关他事了。开元小区这套他同样没有管过，开始时当仓库放一些闲置家什，近几年老婆拿到手里租了出去，赚点小钱儿做体己。有时候给儿子一个数儿，有时候把自己捯饬捯饬做做美容，换件衣服，买买保健品什么的。具体每月房租多少，怎么签订合同，对这些细枝末节的小事他从不屑打听，任老婆折腾。现在他正开车驰向开元小区，那套房子新换了个房客，他受老婆委托前去签订合同，并收取第一季度的房租。合同放在他副驾车座上的手包里，A4纸，上面像模像样列着一、二、三款注意事项及甲、乙双方应尽的义务。最下面是签字人，甲方已经签好老婆的大名：刘秀芳。一个不算很土、也不算洋气的名字。这个名字与他的名字并列出席在户口本上、房产证上，以及他所不知道的任何地方。两个名字磕磕绊绊、相互纠结，一起生活了30年。

以前这类事情是不会找上他的，现在老婆办了提前退休手续，在乱了几个月后，老婆的生活突然缤纷多姿起来。以前上班时，和他一样有份稳定工作的老婆活动区域不外乎在几个点上，现在要么跟团各地旅游，要么动辄数周住在天津的孩子姥姥家。"你也不怕我有外遇？"他在床上搂着第二天要走的老婆，酸溜溜地说。"怕，当然怕过，当年你正年轻顺风顺水，那时候是真怕过，怕你转了性跟人跑了，怕自己没了老公，怕孩子没了爹。可现在你都这么大年龄了，早经不起折腾了，要是有人喜欢你这个大老头子，我鼓掌还来不及咧。"老婆嘻嘻笑着。也好，老婆能自我调解至少免去更年期反应。他想。

开元小区是片老家属楼，人员比较杂，逼仄的胡同拐角将将能掉转车身，他把车停在了楼下。冬天的寒气扑面而来，冷风像小锤子砸在脸上，把身上在车内暖风烘起来的热气一扫而空。楼前还算干净，可坑坑洼洼的水泥地面破损得厉害，几块半截砖头横卧在凹地里，想是雨天时人们用来垫脚的。头顶支架上是粗大的暖气管道，白塑料布包着黄色的石棉隔热层，有几处塑料布松了，飘在外面，风一吹哗啦哗啦脆响。垃圾道上的铁门把儿断了焊口，一些青绿的冻菜叶子涌出闸门。他皱着眉，对这个环境心里说不出好，也说不出不好，全是些多年前熟悉的场景，很久之前。

四楼，东户，这间屋子的房产在他的名下，可他从没有来过。

敲敲门，防盗铁门咚咚声在阴暗的楼道里回响，一股发霉潮湿的尘土味，和在冷冰冰的空气中让鼻腔十分不受用。门内没有声音。他再次敲响，这次稍稍用了用力。仍没有人声。上午他给新房客拨打过电话，约好下午4点面谈。他从手包里拿出手机，翻出电话簿再次拨出那个电话。

"对不起，您拨打的用户暂时无法接通。"

这个结果出乎他的意料，他呆了呆，从裤袋里摸出一把钥匙。老婆走前交代过，一定要留一把备用钥匙，以防房客将钥匙带走。

他打开房门，室内一团冰冷的漆黑，一股怪味蹿了出来。这种味道他再熟悉不过，是那种混合了酒精的酸臭气。他试探着迈进，左手伸向墙面寻找开关，脚下一滑，一个趔趄几乎将他滑倒。他喘息着扶住墙，无意中碰到一个摁钮，咔嗒一声，灯亮了。他低头一看，大吃一惊。再没见过这么恶心的东西，青绿红黄夺目地混杂在一起，像是一堆精心调配的颜料，滔滔不绝，一路蜿蜒着通向客厅。它们是如此曲折又理直气壮，在走廊拐弯处竟然泼溅在木质墙围上。他的脸黑了。小心绕开这些呕吐物，他把客厅里的灯逐一打开，这是老式的二室一厅，玄关左是厨房，右是卫生间，穿过去就是客厅，夹在两间卧室之间，当然，也可以将其中一间称之为书房。家具都是目熟的，应该是这几年逐渐从家里淘汰下来的。这更增加了他的厌烦与恼怒。

他顺着踪迹来到里面那间卧室，一个红色巨型旅行箱横亘在门口，他向内张望，一个衣裙零乱的女人躺在地上。他几乎来不及惊讶。

她躺在地上，像一片羽毛，轻盈地旋转、飞舞、飘荡，悠悠地，像小时候站在椅子上往下扔着玩的纸蜻蜓。昨天她喝得有些多，她知道，昨天销售部老马有意人前显摆，向她套近乎，给她招来不少杯酒，大家都兴致勃勃地频频举杯。这一喝就到了下午二三点，她记起和房东的约定，就走了出来。北方的冬天如此寒冷，她记得将自己深缩进羽绒服后，招手叫了一辆的士。

羽毛还在飘，头昏目眩，在她大脑里分裂成无数的丝线、纤维，银色的，金色的，五彩斑斓的，像大学里音乐系那个高个子才子傍晚吹出的萨克斯风。这位男士在毕业许多年后打来电话（不知从哪儿得知她一直没有结婚），他在电话里激动得语无伦次。后来又通过几次话，絮絮叨叨回忆家长里短，她问："你怎么不来看我。"男生沉默会儿，略带伤感地说："想去，可见了怕打破现在，仅停在过去不是挺好吗？每个月你能想我一分钟，就很知足了。"以后这联系也渐少了。对外她只说离婚，是个单身。这些年她没来得及把自己嫁出去，其中一个主要原因是她很忙，开始是不断地试新，心高气傲不肯让自己受委屈，像试新鞋子一样，有一丁点儿不合脚就扔掉，重试另外一双新的。度过几年这样的浮躁期，她开始学会忍耐，直到彻头彻尾将自己交给生活。她对自己现在的生存状态还算满意，一步步全是自己打拼出来的，只是累，不敢松劲，后面有许多虎视眈眈的替补者。她悬浮在意识的半空做梦，以高高在上俯视的姿态观望尘嚣，这让她获得极大的心理满足感。她以前体验过这种感觉，是醉得微微有些过，但还不至于人事不知的状态，这种境遇只可偶得，更多时候她即便醉也醉得清醒，场合上的事多是应酬，犯不着为了业务赔上自己，或者面子，或者身体。无所用心的醉是恰到好处的醉，在安全的状态下，是身与心极致的放松，就像现在这样，趴在凉冰冰的地板上动也不想动。她觉得周身发烫，需要有东西给自己降降温。

她梦到自己被人抱了起来，扔在床上，床很硬，硌得尾椎骨疼，她来看房子时发现是棕床垫，新褥子和被子还没来得及铺上。她抓了一把，没有抓住那双粗暴的手。床躺下后并不觉得那么硬，身上盖了些什么东西，她蠕动蠕动，蹭着寻找最舒服的地方，也不再感觉那么热，世界在她耳朵边渐渐安静下来，之前的轰鸣跑远了。她时醒时梦，很久没有什么再来打扰她，她就完全地睡着了。

第二天早晨她才醒来，一睁眼，不知自己身在何方。胳膊腿僵直难受，打眼一看，羽绒服紧紧裹在身上揉成了一团。她口渴得厉害，望向床头柜，却发现一张纸安静地摆在上面，是租房合同。

他们就这么认识了，挺老套的。

"算你有良心，知道清醒后打电话请我吃饭。"

"嘿嘿，你一定很少见过女人醉酒吧。"

"有过，但长得很好看的美女醉酒没见过。"

于是约好凯莱大酒店，七点。他没什么事，近几年都是按部就班正点上下班，她手头有些活儿要了结。他有些期待再见到这个新房客，挺新鲜的感觉。昨天他如果拂袖而去，那就太不人道了，大冬天的再出什么事。他把她放到床上，端详了她半天。这个花枝招展的女人在 30 岁左右，从她职业化的打扮上看应该是什么公司的白领一类，他相信自己的眼光。

预订的位置是 22 号桌，卡座，靠近窗子，比较安静，挺好，这女子比较细心。

准七点，一张生动的脸出现在他面前，整齐的直发，亮晶晶的眼睛，谨慎的微笑，带着不好意思的神情。

"您是苏先生？"

"你好，江萌。"他们握手。

局促了一阵，他们相互揣测着对方。好吧，85分，人品中上等，整洁、有节制、有涵养，是那种不使人发闷的中年男人，从他的言谈气派看，应该是事业有成，或者在单位掌着一些权的人，她注意到他很熟稔地打开布餐巾一角搭在衣服下摆，并为她倒上一杯茶。茶是安溪铁观音，在他茶杯边儿有一个墨绿色小茶筒，上面写着"观音王"。她嗅了嗅，香气纯正，忍不住称赞："好茶。"几近透明的白瓷茶杯里，汤色橙黄，他微笑不语。这样的茶他有好几罐，来前还犹豫碰到的会不会是个茶盲，那就可惜了。不过他喜欢在心情舒畅时来这么一口。

她拿出合同，上面已经签好她的大名，同房费一并推到他面前，"按合同预交三个月房费，一共是1200元，另300元是水电费的押金，还有200元押金在订房时给了中介公司，您可以到那里收。"

"好，年纪轻轻的挺干练，直奔主题。"他不经意地放进手包，数都不数。

"家是哪儿的？怎么在这里租房住啊？"

"呵，苏先生查户口啊。"她呷了口茶，笑着避而不谈。

"是啊，把房子租给了你，我得了解我租给了什么人啊。"

"反正我不会利用您的房子做违法乱纪的事。"

"难说。"他故意皱起了眉头。

无酒不成席，点的是啤酒，几杯下肚后不再拘谨，除了一些他私下的怪癖，其他场合他是个极随和、容易让人产生依赖感的人，他端起杯子："这次不怕喝醉？"

"不怕，您可不是坏人。"

"哦？好人坏人脸上写着字吗？"

"没有，不过我知道您不是坏人，你和一个人长得很像，很亲切。"她回忆着毕业前那些忧伤的萨克斯风。

"你的初恋情人，还是你父亲？"他哈哈笑着。

她瞪着亮晶晶的眼睛，瞄他一眼："都像吧，满足下你的虚荣心。"

"昨天我醉得要死，根本没有反抗力，你为什么不趁机下手？"

"小看我，我可是有身份、有修养的优雅男人，那天你邋遢得不成样子，搞不好是个风尘女子。"他大笑起来，越想越有趣，眼泪都笑了出来。餐厅里的服务员悄悄走到这边张望了下，桃红色的旗袍下摆在他们这个卡间门口一闪即逝。

她白了一眼，嘟起嘴，半使憨半撒娇的模样："原来我这么差劲。"也许是因为幽静，也许是餐厅里漫漫洒洒播放的萨克斯音乐，也许是久别家人，心里生出的寂寞，没来由的，她把他认做了可以依赖的亲人。

"给你讲个笑话吧。"他提议。"有个老太太在公园里唱戏，旁边有个小伙子看了她半天，突然抱住她的头猛亲她的嘴，然后掉头就跑。老太太在后面一边追一边喊：'抓小偷，抓小偷！'有人很奇怪，问她：'你为什么不喊抓流氓，而喊抓小偷？'老太太用颤抖的声音说：'那人亲走了我的金牙。'"

"好笑。我也给你讲一个。"她笑不可支："唐僧赶走悟空后又遭不测，生死关头他想起了紧箍咒，于是默念咒语。过了好一会儿，空中传来一个温柔的女声：'对不起，您呼叫的用户不在服务区……'"

"还有一个。一个职员两天没上班，第三天出现在公司时，老板抱怨：'你这两天干什么去了？'职员回答：'我不小心从三楼窗口跌到大街上去了。'老板一听，怒气冲冲地责问：'从三楼跌下来要两天时间吗？'"

这回她没笑，脸上的笑意一点点收缩，叹息一声："唉，不打工不知打工的艰难啊。"

他饮了一大口啤酒，定定地望着她，在她的叹息中沉思。

时间像沙漏，半个月一转眼就晃过去了，其间他出了趟闲差。那个邻家小妹式的新房客偶尔也会飘到他眼前，但仅止于此，那个年轻的女士还不足以惹他胡思乱想，她像一只乖巧可爱的猫闯进他的生活，让他心生怜爱，多加了关注，但也就仅止于此而已了吧。从那次吃饭后，再见她是他回来后的星期六上午11点，她打来了电话，说屋里跑水，她不知道找谁好。

屋里发了大水，木地板泡在水里，纸托、杯垫、抹布、饼干盒等等一些小物件漂在水里浮来荡去，像一个个冤魂。她穿着长靴，不知所措地站在水里，开门时手里拿着一个抽水的撮子，一见到他像见到了救星，抓住他的手拉着他往里扯："快来看看，快来看看。"她的手很凉，像冰块。

水龙头冻了，本来用开水浇一会儿就能化开，结果她等不及硬拿扳手别，结果就水漫金山。他出去买了个龙头，顺便在街上找了个打短工的安好。

水很多，一簸箕一簸箕地往下水道里撮，她跟在他后面用拖把拖着，一副很对不住的表情。当一屋子的水清理干净后，他瞅着她，终于绷不住大笑了起来："丫头，你真太有才了，和你在一起总能惹我发笑。"她因为干活脸颊通红，头发乱七八糟纠结成一团，这让他想起小时候给儿子讲的童话中的那个灰姑娘。他伸出指尖，捻下她头发上的一丝蛛网。

"吓死我了，以为这水再也停不了了。"她拍着胸口呼气，像个刚刚定下来神的小母鸡。

"怎么会，这不是轻易就停了了嘛。"突然之间他觉得自己很男人。有多久他没管过这些事情了，老婆很能干，家里没有她摆布不开的事物，包括他。他心里生出一丝晦暗。

屋里照样很冷，他摸摸暖气片，冰凉，他走向卫生间，刚才他处理积水时见到暖气阀门，一拧，"嘶嘶嘶"，管道发出急不可待的声响。他不可思议地问："你不会这些天根本没开暖气吧。"

"我不知道是各家有阀门的，以为暖气公司没有供暖啊。"

"那你这些天干冻着？"

"我买回来个电暖气。"她无辜地嚷："你总不至于心疼电费吧。"

他冲她翻了一阵白眼，气得无可奈何。这丫头，真没把自己当外人，这么理直气壮。

在水里奋斗了两个多小时，他们都累了，也饿了，不想出去。她拿出两包泡面请客，他夺了过来，走进厨房。再出来时端出两碗热气腾腾的煮面。

"就是方便面，泡着吃和煮着吃有什么不同。"她很不服气。

"泡着吃对胃不好，煮着吃美容。"他没好气地回答。

"真的?"她惊讶地反问。他再次笑了，发现这个小自己十五岁的女士真不是一般的可爱。

"你妈妈没教过你做饭?"

"我妈去世得早，我爸一直没有再找。"

"哦。"他小心翼翼地应道。

肚子里有了汤水，人就暖和起来，屋里的温度也上来了，现在是下午一点，他习惯中午小睡一会儿："我得走了。"

"今天还上班吗?"她惊异地问，有点儿不舍。

"不上，我回家睡会儿，老了，习惯成自然，不睡，一下午就没精神。"他感叹道。

"那你就在这儿睡吧。"

他吃了一惊，认真打量着她，她有些害羞，隔着桌子仓促地连连摇手："我可不是那个意思，不是那个意思。"

他笑了，逗她："哪个意思啊?"

她低下头红了脸："你知道我不是那个意思。"

他后来真的没有走，躺在她的香衾中，嗅到隐隐的幽香，心头乱了乱，强按下心神告诫自己："都这么大年龄了。再说了，小丫头说她没那个意思。"他淡淡笑着裹了裹被子，像拥着她，慢慢睡着了。有些事不说比说出来好，不做比做在心里留下的更深沉。他没有忘记，自己已经是五十岁的老男人。

他在心里放着一双水晶鞋，在一个角落，上面落满尘埃，但始终好好地安放在那里。憋闷时他就拿出来看看，渴望能将这双水晶鞋送出去。这是一份弥足珍贵的礼物，他宁愿等待也不想亵渎。自然他也曾是有过艳遇的，都是出类拔萃的优秀女性，在他送出他的水晶鞋时，总在过后发现有些微瑕疵，要么是对方的问题，要么是他的问题。在一次次悄悄地送出又收回中，他手里的除了满把的岁月，也只剩下这最后一双水晶鞋。江萌给他的感觉像一汪清洁的水，如果可以，他希望他能等待。

　　三个月说过就过去了，江萌走时只给他发了个短信，说要回去过年了。等他赶到，人去楼空，他环顾四壁，和他最后一次离开时一样，只是那时是寒冷的冬季，现在已经要到春天了。他走进卧室，除了那个红色的大旅行箱不见了，似乎和江萌在时没有什么分别。他拉开衣柜，里面空无一物。床上用品江萌没有带走，潦潦草草铺在床上。这丫头。他坐在床边儿，待了一会儿，然后一把撩起被子。一件粉色蕾丝胸衣静静平放在被窝里，后面扣着挂钩，再往下，是一条同色内裤。他伏上去，轻轻抚摸，光滑舒展，像她。啊，丫头。

我在你身边

她睁开眼时，白昼灰暗的光还伏在断了脚的蜈蚣背上慢慢移动。天空在上，浓缩进壳子里只露出一条眼线，半藏着那张阴郁的脸，裹着逆转风在对面楼顶卷起白亮亮的风哨，冷空气长着尖利的指甲和四处窥探不怀好意的眼睛，对面六楼空调上的灰蓬防护雨罩在寒风中岌岌可危地颤动。

变天了，她想。

"是的，变天了。"一个声音应和。

她惊讶地寻找，然后发现了那株绿萝，它站在向阳窗台的矿泉水瓶子里，枝柯修长，绿叶半卷，伸展着身子调整到让自己舒服的位置，像是弓着身子寻找阳光的蛹。此时，它俯身向下望着她。

"你怎么会说话？"她问。

"我一直会说话，只是以前我从未被允许开口。"绿萝清清嗓子。看得出它是一株健谈的植物，她高兴它是一株健谈的植物。

"我叫爱玛，你好。"

她点点头，纳闷植物也有这么时尚而人性化的名字。

"当然，爱玛这个名字是我给自己起的，算是我自己给自己的庆生礼物。"绿萝爱玛矜持地接着说。"十几分钟前，我还是阳台三盆藤茎植物母株上众多枝权中的一枝，一把剪刀挑中了我，在最终的'咔吧'声中，于是我诞生了，有了自己的生命。"

"哦。"她明了地点点头。"你从老枝上被剪掉时疼吗？"

"不疼。"爱玛摇摇头。"我离开时，母亲困窘地挤不出多余的奶汁欢送，因为常年缺乏阳光和水分，母亲的经络有些干瘪僵硬，对我的离开，她只有能力象征性地泛出一点点微白来挥手作别。"

"你是个很有诗意的小家伙。"她称赞道。

"谢谢。"爱玛礼貌地道谢，沉默一下，它说："您能让那只猫停止嚎叫吗？它的叫声让我心慌。"

"嘘，花丫头，小声点儿，你惊到新朋友了。"她冲那只双眼狭长、皮毛黑灰相间的大猫呵斥，这只大猫脸上布满对称的花纹，那些花纹一律是精细的白边，像抽象画派别有用心的工笔，将这只大猫的整个脸型勾勒得凹凸有致，使它看起来像不真实的艺术品。它围着她一边嗷嗷低嚎，一边在屋子里上蹿下跳。她抱歉地冲爱玛笑笑："花丫头平时是个很好的孩子。"

"哦。"爱玛答应一声，又问："您以这么怪异的姿势躺在地上这么久，不打算起来了吗？"

"呵呵，我是想起，可我起不来啊。"她羞涩地泛红了脸。

那株叫爱玛的植物沉默起来，也许它在调整开始独立生活的不适。她也沉默起来，她也在渐渐适应地上的温度，后背停止了战栗，地板已经接纳了她。天在上，以她这个角度向上仰望，屋子里的摆设显得非常不可思议，俨然全部一副倨傲的面孔。除了花丫头，这个屋子很安静，像一洼清澈的水滩，她又看了一眼水瓶中的绿萝，那株植物像是完全睡着了，一片嫩绿的椭圆小叶子可爱地探出在水瓶口处。她觉得自己也像一株水生植物，绿叶绽开，枝条舒展摊开固定在这片水域。那个绿萝自称叫什么来着？爱玛。那我叫什么呢？唐亚敏，对，许多年前我就叫唐亚敏。地板越来越体现了它的包容与豁达，那株叫唐亚敏的植物在地板体贴的拥抱中也快睡着了。

在惺忪中，花丫头的叫声听起来很朦胧遥远，她觉得自己宛如开始缓缓沉浸入幽冥的河水，一道道水草像一根根飘扬的绿色绸带，媚惑地引诱她游过去，在这些水草之下，河底的沙滩上尽是季节留下的碎骨。

"别睡。"有人叫她。她费力地试图张开眼睛，却没有做到，但她听出是老伴的声音。尽管闭着眼，可她能看到老伴苍老的眼睛正关切地盯在她脸上。"别睡。"老伴说。

每天早晨六点老伴准时起床，站在穿衣镜前将自己打扮严整，细心地不放过一个皱褶，好像是参加重要会晤，而他将自己收拾得这么一丝不苟，其实只不过是跑到小区门口的菜市场去买早点，数年如一日，即使后来退了休也旧习不改。每天的早点也数年如一日，除了豆浆油条，还是油条豆浆。豆浆是白家老店自己磨的，乳白色的浓汁溅在衣服上就是一块污渍，赶着擦也擦不去，只有用水洗。白家老店的豆腐豆浆全城闻名，招牌竖在那儿有几十年了吧，白家老店是夫妻档，早上经营豆浆、油条、米粥，中午晚上供应豆浆及家常小炒，生意一直很火。天天店门还没开张，早早就有人在门口排队，老头、老太太、大姑娘、小媳妇亮晃晃地等着。路过的司机不知就里，以为是一家什么新近火起来的餐厅，一打听原来不过是一家卖豆浆的，忍不住就"切"上一声，"切"是"切"过，白家老店门前早起排队的人仍是见增不见减。前头的老白掌柜为人持重，坚守着这一方土地，人再多，豆浆豆腐再供不应求，也不过是忙不过来时叫出儿子帮忙。叫儿子帮忙一般都是在大早晨，正是犯困的时候，小白就不是很高兴，小脸庞吊着。有人就逗小白："是不是做梦媳妇还没娶到家啊？"小白就横人家一眼。

老伴伺候豆浆时总是脱下外套，穿上围裙，小心翼翼倒进锅里，守着文火，看着锅里的白色液体起来又伏下煮过几个滚儿后，吹开蒸气慢慢倒进蓝瓷汤盆里。老伴那碗豆浆不加糖，她这碗放半勺，老伴在她碗边儿转上半圈儿把糖均匀地抖下来，然后顺时针搅动，最后端在她面前。老伴的每一个步骤都做得分秒不差，像定了点儿的钟。现在，老伴的大照片占住了墙中央，像一面停摆的钟。

"别睡。"老伴再次轻轻喊她。

"哦，你回来了。"她费力地想睁开眼睛。

"应该找人帮忙。"老伴沉思着。

"可是，我们无儿无女，找谁呢？"老伴彻底沉默了。

无儿无女一直是她的心病，嫁给老伴时她三十岁，一个老姑娘，流过两次产后再没有怀孕。她一直心有芥蒂。虽然老伴是有孩子的，但那个孩子跟着他的前妻，前妻很凶悍，很看不起前夫温吞水一样的性格，她不许孩子叫爸爸，也不许爸爸去看孩子。老伴尽管早晨买豆浆的习惯不变，可一年年步履蹒跚，眼睛里慢慢罩起一层浓烟水雾，雾气大得让她找不到出路，他常是面带微笑的，因为他是个谦和的人。

她眼前显出一个孩子。那孩子是她班上的学生，坐在第五排，个子在同年龄孩子间中等偏下，瘦瘦的窄脸总是带着暴风雨前的阴郁。她头一次带上这个班，第一件事就是去教导处领回这个孩子，教导主任沉着脸，手中的签字笔"咔咔"磕着桌面："回去严加注意，严加看管。"教导主任用了"看管"这个词，她觉得由一个老师用到一个十二岁的孩子身上多少有些滑稽。

"你爸爸呢？"她温和地问。

"死了。"那孩子恶声恶气地回答，不过后来还是给了她一张纸片，上面写着一行数字。

依那个数字拨去电话，没多久一个四十岁左右的男人出现在她面前。他气喘吁吁，一进办公室，屋里的暖气一下子糊白了他的眼镜，他忙不迭摘下眼镜，放在手套上擦拭，两眼睃向屋里模糊一片的人影，嘴里不住说着"对不起"。这就是那个孩子的爸爸，与前妻离婚两年，前妻霸住孩子不放，不让孩子认这个爸爸，以此报复自己白白失去的青春。"当年她挺温和的，是我没能力，对不起她。"这个老实人老老实实地认罪。

"孩子小名儿叫壮壮，我母亲起的名字。"那个男人微笑着望着教室方向告诉她。今天他又来了，坐在她办公室等第三堂课下课，带着一袋子水果和两张电影票，"是美国动漫巨片《人猿泰山》"。那个孩子在她的帮助下得以时常与爸爸见面，心里的戾气消弭很多，不再怎么惹祸。那个男人忧郁的脸上也显出知足的表情，像三月犹有春寒的枝梢爆出的绿芽。

她今天有些慌乱，心怀忐忑，手里的作业本从桌子东面移到桌子西面，怎么放也不合适。

"您，有什么事吗？"那个男人问。

"壮壮的妈妈今天来学校办理了转学手续……"她细声细气地告诉他。

"哦。"良久那个男人才发出声音。她抬头望着他，为她只是学生的老师实在无能为力很是抱歉。那男人冲她惨然一笑，"唐老师，您有时间吗？别让电影票浪费掉。"

后来这个男人在电影院里震耳的动漫音乐中泪眼滂沱，哭得像个孩子。也许就是那转眼望到这一刻的一瞬，她爱上了他。这个男人就是她的老伴。

"你总记得那么多。"老伴温和地笑了，攥紧了她的手。

"疯女人，凶女人。"那株绿萝不知什么时候醒了，大声尖叫。它意识到自己的失态，连忙红着脸道歉："我是说那个小男孩的母亲。"

老伴含蓄地微笑不语，像照片上的那个表情，一切云烟都已从眼角淡了出去，最后那几年他已经不是很忧郁。屋里家具开始投下一块块阴影，窗外模糊不定，天就要黑了。花丫头孤零零地凄喊。她安慰它，"别怕花丫头。"

"你们当年就没想过领养一个孩子吗？"爱玛问。

"有过。"她沉吟着答道，说完叹口气。"命里有时终须有，命里无时莫强求，强求一场空。"

那是个很漂亮的女孩儿，裹在蓝花花襁褓中，粉扑扑的小脸蛋挂着逗人的喜气，在甜甜的酣睡中像是做了个美梦，小嘴儿一咧，弯弯地笑了。她一眼就喜欢上了这个女孩儿。老伴付给来人3000元。那人说是农村亲戚的孩子，嫌是女儿不要了。"放心，绝不会有麻烦的。"那人再三保证。

"可是后来有麻烦了，是不是？那个小女孩儿的父母来找她了，对不？"没有人回答爱玛。

漂亮女孩儿叫豆豆，像一只不知疲倦的小麻雀，叽叽喳喳栖在他们两个人的树上，在他们怀里拱来拱去，拱出一汪又一汪的温泉，整个世界都浸泡在温泉四季氤氲的恒常里。豆豆尚四五岁，小人儿已出落得清秀动人，两只眼睛甜甜的，宛如两只翩翩飞舞的蝴蝶，只是她偶尔是很专注沉思的模样，也不知道在想些什么，小小年龄就有自己的偏执的审美标准。这种审美标准不是任何人教的，也许是天生的吧，这也在很早为她赢来第一个"敌人"。

豆豆和他们一样喜欢喝白家老店的豆浆，许是豆浆从外观上容易让人联想成乳汁。豆豆每天不喝水，只喝白家老店的豆浆。好在白家老店只要没事便日日开门，那对夫妻是实在人，知道她家豆豆爱喝豆浆，怕老伴一早买回去不好保鲜，就主动提出要他一次少买些随时来取："只要我们家磨盘转着，你就来，你家闺女喜欢喝这一口也是个缘分。"老伴十分感谢，心里总为打扰了人家不安，就不时在给豆豆买零食时，送小白一些。

豆豆五岁半时，莫名其妙出了一种恶疮，碗底大小，黑紫黑紫长在腿关节处。那一阵他们两人带着豆豆四处求医问药，大小医院开出的药吃个遍却总不见起效。豆豆总是哭，天天醒了望见自己的腿就哭，不肯穿裙子，大热天只穿裤子，怎么劝也拗不过她。没办法，做了一条棉布的短宽腿裤子给她套上。每两三天都要把脓疮弄破了皮，用药棉挤出里面的脏血，然后再撒上新的药面。怎么会不疼呢？她不敢下手，逼着老伴来，她搂着豆豆的头不往下看，被她抱在怀里的豆豆一阵抽搐，像一团火炭，把她的心都烤焦了。豆豆哭，她也哭，问豆豆疼吗？豆豆含着泪摇摇头。后来老白给了老伴一个偏方：把豆腐渣在砂锅内焙热，根据红肿处的大小，将焙热的豆腐渣做成饼子贴在患处，冷后即更换。说反正豆腐渣有的是，不妨试一试。豆腐渣有时候是老伴取，有时候老白就打发小白送来，也可能是其他药物，也可能是老伴坚持不懈使用豆腐渣疗法，两个月后恶疮真的消下去了。豆豆天天吵着要下地，那时候是秋天了，风高气爽，万物皆怡，两口子带着豆豆去拜谢老白，没想到刚一拐进白家老店，豆豆清晰地指着裹着一身油污围裙的老白喊"脏"。小白很凶狠地回瞪她："白眼狼。"小白一直不喜欢豆豆，小孩子的成见一旦形成很难改变。

豆豆离开家那年十八岁。她低着头，踢着马路沿儿上方砖的棱角，不停地踢，轻轻地，一拂而过地，一下，一下，左脚那只纯白的旅游鞋像一叶小舟在棱角的边界荡来漾去。当它停止后，就游向了远方，再也没有回来。

"她死了吗？"爱玛问。

"咳，你说什么啊？豆豆只是去上大学，她考上了全国一流的大学。"

"可你说她再也没有回来。"爱玛不服气地顶嘴。

"是的，她再也没有回来过。"她忧伤地重复。

豆豆离开时给我和老伴鞠了个躬，她说她感激我们这么多年的养育之恩，她记得，等有一天，她会回来报答的。豆豆说得很认真。豆豆很小就知道自己是领养来的孩子。豆豆走那天穿着淡绿色的风衣，短款，下面是一条黑色铅笔裤，正在流行的时尚少女装，是自己用最后一个假期给小学生补习功课赚到的钱买的。很早豆豆就知道给别人补习功课能赚到钱，这在她们这个老师行当不是一个秘密，尽管不公开，但私下大家共同遵守着契约，老师、家长、学生、同事以及知道内情的人。她在以后的日子一直责备自己没有树立好的榜样。豆豆走时没有一滴泪，尽管豆豆说得很诚恳，很老实。

"你相信她会回来吗？"爱玛轻声问。

"我相信！"

花丫头的叫声一声比一声惨烈，像是不同意她的意见。

"花丫头是什么时候在这个家的？"爱玛皱着眉头问。"花丫头身上有一股难闻的腥臊气，我不能看它的脸，它花里胡哨的灰色毛发让我眩晕。"

"嗨，要搞好团结啊，花丫头可是比你更早的家庭成员。"她笑着教育爱玛，一边不安地寻找老伴的声音：刚才他还在身边，听得到他沉重又缓长的呼吸。这让她想起多年以前一个又一个没有灯光的夜晚，在寂静的房间里回荡着的一波又一波让人面红心跳的喘息声。年逾六十岁的老伴身躯依旧年轻有力，像一艘鼓起风帆的船，她是那船头飘扬的旗子，在江风中饱满鼓着一路滑行。

"你还在吗？"她轻声问。老伴似乎已经离去，没有人回应。她叹息。豆豆走后老伴一度卧床不起。医生说是老年人肺上的病，不严重，静卧休息一阵就会好。老伴起不了床，他不说，但她知道他想喝白家老店的豆浆，于是她天天拿着小锅早起排队。白家老店仍在原来那个位置，老白夫妻还是开店，一如既往，只是店里雇了两个人。小白已经长成了三十多岁的大人，有了自己的家、自己的房子、自己的生活，平时很少能碰见他。偶尔见到，她就心里像划了一下，不是很痛，类似于揭开伤口的那种刺痛。她没有忘记多年前那个怒气冲冲的少年。也许，少年人自有不为人解的智慧。

花丫头不知什么时候不叫了，蹲在她身边，微颤着身子、泪眼汪汪地望着她，油彩一样的猫脸充满悲天悯人的忧伤，像老伴后来几年里不变的表情。那副神情总好像有话要对她说，但什么也没有说。不过她知道。

老伴从没断过和儿子的来往，先是偷偷地，背着前妻，儿子成家后，这种来往就半公开化了，但那儿子从不来这里，似乎这里有她，他以前生活过的地方就是她家，而不是他家。以前当他老师时那短暂的默契早就烟消云散，也许是因为她最终嫁给了他的爸爸，他的爸爸不再单纯是他的爸爸。但他们父子关系看来不错。豆豆离开后，老伴消沉了几个月，能起床溜达后就时常离开家，有时是几个小时，有时是一天。她知道他去了那里，只是不说。老伴前妻再婚后又独身，现在老了，老得不成样子，脾气也完全地变了。前妻打来过电话，给她，在电话那头痛哭流涕。

她一直知道老伴有时去了那里，只是她不说。

后来老伴就抱回一只猫，刚出满月，两只小豆一样的圆眼儿清澈，睁得溜圆。她把它抓起，握在怀里，它柔软地"喵"了一声。这就是花丫头。花丫头一陪就陪了她六年，这在猫的年龄讲也算是高龄了。花丫头每到一个季节也外出，一去就是几天，其他时间却是安分守己地待在她身边，像一个忠实的朋友。"爱玛，我也希望你把花丫头当成朋友。"她严肃地强调。

"花丫头是个女孩儿吗？"爱玛不服气地问。

"不，男孩。可我喜欢女孩儿。"她笑了。

"好吧，如果它不来惹我的话，我就选择和它当朋友。"小资情调的爱玛妥协地放下架子，假装不耐烦地同意。

花丫头一直在听，却没有搭理爱玛的等待，它忧伤地望着地上的她，用嘴轻触过来，舔着她的脸，带刺儿的舌头像浴室里的软毛刷子，一会儿工夫脸上那个部位就湿润润的。她躲闪着："嗨，花丫头，你舔得我的脸直发痒。"

她费力地从口袋里捏出一串钥匙。"哐当当。"冰冷的金属从几毫米的空间响亮地跌在地板上。

花丫头的眼睛亮了，瞳仁显出夺目的光华，一张花斑脸刹那生动起来。

"啊，真美。"爱玛轻声呻吟道。"妈妈，我爱上他了。"

花丫头用嘴探向那把钥匙，胡须将钥匙蹭向另一边，花丫头扭动脖颈一口叼住钥匙，居然不差分毫卡住了钥匙凹凸不平的锯齿，它嗓子里发出一声低吼，一纵身，向窗台跃去。这吓了爱玛一跳，爱玛下意识地躲避。窗户紧闭，花丫头蹬开双腿用双前爪奋力推开，一股冷风从窗外涌入，爱玛打了个寒战，它像看到鬼一样看着花丫头如鬼魅一般的身影蹿向黑暗，灰色的长尾巴在黑夜的微莹中闪闪发光，爱玛只看到它划出一道弧线就消失不见了。"它可真美啊。"爱玛再次叹气。

她躺在那汪水里，浮在上面，像一朵白莲，在微波里摇曳。她睁开了眼睛，老伴还是没有出现。对了，现在他正静静站在另外一个屋子的墙上，幸福而忧郁地俯视着。是的，只有这个位置他才会俯视着别人，在他生时他总是仰视着别人，小心翼翼地仰视，包括她、前妻、儿子、豆豆、花丫头以及所有跟他发生关系的事物。他总闷声不响地承接，认定一切都是他的责任。后几年她为此是有怨恨的，这他知道，所以在最后那一天他是急着赶回来的。

那是 1999 年农历年的最后一天，大年二十九，除夕夜，这一年没有三十。他一定是在前妻那里吃完最后一个饺子，陪着前妻捏好最后一个大年初一的饺子，然后帮前妻收拾完面板上最后一线白面，接着帮前妻洗碗、刷锅、擦好地板。前妻这时一定是佝偻着患脑血栓不能动的左臂坐在床边儿哭泣。他默默无言地从外面帮前妻轻轻碰上防盗门，走出楼道，他必是在声控灯下重重地跺了一下脚，灯亮了。他就着灯光从手腕上翻出手表（那还是他与前妻结婚时买的），他看到时间有十点了，联欢晚会已经进行了大半，再不赶回家这个除夕就要过去了，那个守岁到一辈子的承诺就要有中断的危险。他一边焦急地往回赶，一边拨打手机，只是恰巧手机没有电了，他蹒跚着脚步来到街上，大街空寂无人，橘色的街灯温文尔雅地执行自己的职责。大地都是静悄悄的，这是午夜十二点剧烈狂欢前的沉寂，一切都在等待中，跃跃欲试的等待中，老天都是不安分的深邃湛蓝。清冷的风打着卷儿，要剜出1999年留在外面的最后一丝温度，打算把旧年里的一切旧东西一扫而光。

街上一辆的士也碰不到，老伴只有裹紧羽绒大衣顶风前行。整个大街上只听得到他呼呼沉重的喘气声，像狠狠拉动的风箱——风箱那头一定是卡进了什么东西，老也推不到顶头，风箱的回力又是那么大，每一次拉动都是迫不及待的，一下一下，一下一下，风箱在不堪重负的轰鸣中倒塌……

"啊。"爱玛泣不成声。"妈妈。"

"是你吗？豆豆。"她分明听到一声"妈妈"。

"不，是我。我是爱玛。"

"哦，我一定是老糊涂了。"她抱歉地说。"所以老伴一天天不愿面对我。我让他更加想起已经离开的豆豆。"

"我好像听到一个声音。"爱玛屏气细听。

"我也听到了，是老伴在唤我，不要忘记早上到'白家老店'打豆浆，自从他走后我总忘记这回事。"

"不，是开门的声音。"

哐当。一个高个子中年男人快步走向她。她模糊的双眼望不清他的面目，隐隐约约只晃到他有一张熟悉的脸。像谁呢？她发散的脑子想啊想，终于她从那汪水域里挣脱出来，清醒了，对了，原来这个中年男人是年轻时的老伴。

"对，是我。"老伴在墙上幸福而忧郁地微笑。

"妈妈，你快点儿回来，我等着你。"那株叫爱玛的绿萝深情地望着她。

荷塘无月

　　荷塘门前的月季每个月总有几天开得很艳。别处花坛的花叶开过新后就日行见老，一丛丛站在路边，早早地就失了水灵灵的仙气儿，绿仍是绿，却是熟透浸到骨子里的油绿，带着曾经沧海的世故，而来往车辆带起的尘飞飞扬扬，更使花瓣受了一重打击。荷塘门前的月季却总是干干净净，一派新鲜，枝枝蔓蔓开得眉清目秀又妖娆天真。朱文回忆时想到，应该首先是这些月季引起他注意，之后才是荷塘。

　　荷塘是一间茶铺。门面开在离火车站不是很远的街区拐角，是老式旧楼，也不知早先怎么设计的，一楼探出楼上很多。荷塘外墙包着竹木装饰，映入眼睛里是很新雅的绿，安插在周围的热闹里，多少有些出世的安静。路人经过总扭头望上一望。荷塘左右红漆门柱上刻着一副对联："荷与茶相得益彰，花同人并一壶冰。"听说是本市某位知名秀才所作，联里藏头嵌着"荷花"二字，既是招牌，又是茶娘子的芳名。女老板确实是叫"荷花"的。

　　荷塘铺子不大，除一台藏茶的小冰柜外，只摆下两件玻璃橱柜，五层，各色茶样琳琅满目，数来怎么也得有三四十种。懂行的眼睛一扫，就发现绿、白、红、黑、青、黄茶六大茶类悉数不少，这在茶行里算是不小的规模了。这些茶样多是带包装的，散茶盛在几个大玻璃桶里，桶盖由铭黄缎子扎结，长长的带子，取茶时，那黄色的带子便一撩而起，颇有几分气派。门面小归小，可荷塘确是喝茶的好去处，茶室在二楼，拐角便闻到一股幽幽淡香，这香气浮在走廊的空气里，待要细细琢磨却又找不到来路。沿街的宽大玻璃窗挂着两层垂着流苏的纯白落地长帘，将外面的声音阻在世外，偶尔几声传来，也像是隔着万重山、万重水。五月末下午的阳光透过来，像被滤过一样，变成某种静态的稀薄物质，悬浮在半空，斜斜地扑在对面墙上。一溜排着的六个单间，以清风、明月、松吟、竹韵、梅开、雪霁命名。

从混杂喧闹的车站来到荷塘，好像进了另一个天地，朱文只觉得神清气爽，他径直走向最里面那间松吟。自从朱文第一次进入荷塘，就把荷塘当成他在邯郸的落脚点，包括在这里谈生意，他称荷塘是他的驻邯办事处。他喜欢这里环境的清雅、不俗，当然，不俗的还有荷花。荷花右肩背着朱文的背包，跟在他身后，走得轻轻巧巧。朱文经商前在行政机关，写得一笔好字，同时嗜茶如命，后来生意越做越好，这喝茶的功夫也越发讲究。行家饮茶讲究四季有别：春饮花茶，夏饮绿茶，秋饮青茶，冬饮红茶。他不，他只喝安溪铁观音，随身自备，每到一处必先寻茶楼。他无意中撞进荷塘，荷花露了一手娴熟的正宗安溪式泡法，当场就征服了他。

不谈生意时朱文也不外出，睡足了觉，他就从旁边的金悦宾馆出来，一路溜达着来到荷塘，在松吟泡上一壶铁观音慢慢品尝，有时候是半天，有时候是一天。只要他来，松吟是不接待其他客人的。荷花没事时就陪他坐着。茶几上总是那套青花茶具，白瓷是半透明的，清冽得似乎能渗出水来，杯子比普通市面上出售的要小许多，大小正在虎口处满满一握，这是朱文专用的茶具。荷花也不多话，自管摆好杯子洗杯、落茶。茶自然是朱文带来的精品，从叶身"当当"落进壶里发出的脆响声就能听出来。茶泡上一两分钟后，两个杯子一齐置在朱文面前，品茗杯在下，闻香杯在上，杯内汤色金黄，浓艳清澈。朱文最赞赏的是荷花抖壶的功夫，每泡之间，以布包壶用力三摇，姿势优雅、刚柔相济。朱文就瞅着荷花微微地笑。荷花抬头望见，不追问，也回一笑。楼下有客人时，楼下的服务员会喊，荷花起身再笑笑，就风摆杨柳走了。

朱文至今也不清楚荷花有多少岁，没问过，他推测荷花要在四十二岁左右，只是从她沉静舒展的面相上，要比实际年龄小许多。喝过茶，朱文起身来到走廊，撩起沉甸甸的窗帘朝外望去。那丛月季鲜亮地迎着阳光灿烂，开着数十朵红艳艳碗大的花，将细细的枝条点缀得疏落有致，一看就知是受过人为的精心照顾。花是好花，只是花坛护栏碎了几块石砖，花坛土壤里有几道深深的车辙印，这一会儿工夫，又有装了建筑垃圾的大车再次轧进去。朱文知道邯郸这三年一直在搞城建，力度挺大。

他站在走廊活动了几下腰身，一路火车确实也有些累人。他这次来不是生意上的事，荷花说有事要和他商量。他二话没说就来了。吸引是相互的，俩人很默契，从不互盘根问底。朱文就像一辆城际列车，无论行驶得快慢，总会在这个叫荷花的小站停上一停。

荷花再上来时脸色有些不对。朱文问怎么了。

"没什么，是房东。"荷花笑笑。

"哦。"朱文应了一声，没有继续问下去。他转身拉开自己的旅行箱，从内侧取出一只手掌大小的红柚木盒，从边侧抽开面板，露了一块玉。朱文把玉捻起放进荷花的手心。"啊？这是什么？"荷花惊讶地问。"玉佩蝉。"朱文答。

荷花将玉佩服蝉举到明亮些的光线下仔细观赏，看它形状果然像蝉，寥寥几笔却形神兼备，刀笔生动，立体感十足，尤其那蝉须，栩栩如生。蝉头有孔，孔应该是用来穿链儿的。透过光线的投影，这只玉蝉散发出淡淡的白晕，荷花看得入神，恍惚这只静止的蝉里孕育着活的生命。"太美了。"她赞叹道。

"玉是好玉，可惜不是羊脂玉。"朱文惋惜地说。

"怎么讲？"

"上次去陕西无意中碰到一个民间玉雕大师，六十多岁，也不知道他有什么奇遇，竟然会'汉八刀'。'汉八刀'是汉代一种玉雕工艺风格，刀法简练，雕出来的玉器极有神韵，在中国玉器史上那是巅峰之作。至于玉蝉，是汉代常见的佩物，古人迷信，求仙问道，人人想长生不老，他们把具有三态变化的蝉寓意了生生不息的意思。我见它可爱，就买回来送你玩，雅物送雅人嘛。"荷花沉吟了下，说声谢谢。接着又补了一句，"真美。""你喜欢就好。"朱文笑笑。朱文笑起来很有魅力，一张北方人的脸型，棱角分明，每道线条都像是刀刻上去的，嘴角向后平抻，也是严肃的，给人很是挑剔也不容别人对他有所质疑的印象。只有在他笑时，才淡化这种紧张感。

"有什么事要找我商量？"朱文问。荷花张张嘴，还没发腔，她的手机响了，荷花看看，让朱文等下，说是远在福建的一个大茶商，荷花的老乡，接通后，荷花讲的是一种朱文听不懂的方言。朱文避开，走向茶几。他端起面前的青瓷杯，咽了一口茶，有些凉了。他听着荷花哇里哇啦的通话声，觉得很陌生，像一曲一直长期平缓弹奏的曲子，在应该出现徵音的地方突然变调弹成了商音。这种陌生感从心里涌出，打破了这一路诗情画意的憧憬，他好像偷窥到什么他不应该看到的东西，有几分不适应。他咳了下嗓子。

一双胳膊轻轻揽住他的腰，是荷花。她贴在他的身后，轻得像一团纱。朱文任这团纱落在他的身上。这团纱长长叹了一口气。"好累。"这团纱说。朱文还没有开口，手机又响了，是他的。是留在家里的业务员，说市政的那个项目批了下来，需要朱文马上回来做工作。"嗯，知道了。"他哼了一声。鬼日子，今天是怎么了？来时预计近期不会有什么急事的，怎么急事偏偏选在今天。今天好像哪里很不对劲儿。

"你要走了吗？"荷花松开他。"嗯。市政那件事挺急。"早在半年前他就盯着这个项目。他得回去。楼下又在喊荷花了，荷花抬头自嘲："嗨，平时大把大把的时间总也没事，刚见到你，还没来得及说话，就事情不断。"朱文也笑了。荷花下去，一会儿又匆忙上来，告诉朱文，有点儿要紧事，得马上出去。她沉吟了下，眼波流转望着朱文，似有无限的话。她叮嘱朱文，"先在松吟歇歇，累了就去金悦。回来我就去找你。"荷花对朱文抱歉地笑笑。朱文点点头，发现荷花盘在头顶的头发掉下来一缕，他细心地帮她捋进去，轻轻揽了揽荷花的右肩："别急，办你的事要紧。"

朱文独自站在松吟，陌生感再次袭来，他打量这个不知来过多少次的房间。所有单间的大小、摆设都是一样的。松吟有五六平方米，一张布艺的贵妃榻与三人沙发组合在一起，沙发前是一款明清造型的仿红木宽大茶几。左墙开着一扇假窗，右墙装裱着一桢六尺宽的水墨山水，是一幅松涛踏雪图，松岭、云阁、小径、游人，或清晰，或隐约，错落有致，画作笔力健朗，颇见功底。这是所有茶室中他最喜欢的一间。不单因为这间靠里，还因为墙上这幅画。现在，随着荷花的离开，这个房充斥着填也填不满的空旷和陌生。也许梦境就是填不满的，看着是到了尽头，走到尽头才发现还有更远的尽头。

他把茶举到嘴边儿，才发觉刚才就凉了。看看表，他重新拎起行李箱。走出荷塘时，太阳还没有完全落尽。

开车前，荷花回拨了个电话。IP 地址显示：新疆。四年前老公杨立志就随同乡到新疆了，几经折腾，后来自己组建了个工程队在伊犁搞基建。"家里没事吧？""没事。""拆迁的事怎么样了？""近日就动工到门市了。""不搬，小舅子的，动门市一根汗毛试试。"荷花忙把手机离耳朵远点儿，心里重重叹口气。什么风花雪月，雾里看花，揭开生活那层皮还不就是那样。她坐在车里，摸着自己的丰田，比较以前的日子，现在真是在天上了，有房子，有车子，银行有票子，而且票子还在源源不断地增加，可为什么她心里始终没有根呢？几年前杨立志说："没孩子不要紧，我不会休你的，只要你不是很管我。"所谓的"管"，自然是他那些花花草草的事，杨立志在伊犁那点儿事荷花都知道，只是她真就不管了，拘得心疼，不如守着心空。

"房子要不就别卖了，你回来也有个落脚地儿。"荷花和杨立志商量。"不，卖了吧，房款你都留着，我好说，这几年在这里也算有了根基，你一个女人家不容易。"听完杨立志的话，荷花突然想哭，杨立志尽管从没让她产生爱情，佀他确实是个男人。"好了，没照顾好你，以后看准点儿，趁还没老，找个好男人把自己嫁了，我也就放心了。"荷花伏在方向盘上，放声大哭。上个月他们正式办了离婚。"其实，这样对谁都好。"杨立志在那头儿声音也有些哽咽。

前些日子荷花为好几件事忙得焦头烂额，一个就是和杨立志离婚。两人分居已久，彼此的心都淡了，于是有一点儿动静心里就觉得累，与其累着，不如分开。上个月杨立志回来几天，两个人商量具体细节。别人家夫妻离婚都在争财产，他们却在让，结果把公证处的人都感动了。相处的那几天，俩人像刚新婚时一样甜蜜和多情。好是好，婚却是一定要离的。拿到离婚书那天，杨立志请荷花到金都吃饭，谈起以前俩人在一起时的事情时，杨立志情绪激动，摔了酒杯，骂："小舅子的，当初那么好，怎么日子好过了，却过成这样了。"

还有一件事，是市里拆迁规划到了这里，荷塘突出的一楼门面属违章建筑，要拆。荷塘尽管投资有限，可毕竟也养了很久的人脉，拆掉门面这对房东来讲无大碍，对荷塘却至关重要。房东就是看中这点，逼租户自己想办法。门市的事拆迁办不让步，说上面下了死命令，五日之内片内一律清除。"没人敢为你网开一面的妹妹。拆迁的活儿也不好干啊。"荷花失望地给房东打了个电话，房东说那就没办法了。"不如，你和隔壁'鑫鑫'的小丁谈一谈?"房东小心翼翼地建议。荷花猛地变了脸。

鑫鑫洗浴中心在荷塘的隔壁，生意做得颇有一套，门前熙熙攘攘，来往主顾似乎也没有什么定位，三教九流的什么人都有，有的进出车辆不注意，倒车时轮胎会轧进荷花细心侍弄的月季花坛。这年月，只要能做成生意，管他是什么出身。荷花看他热闹，忍不住在心里既有二分佩服，又有三分嘲笑的。这二分和三分合起来恰恰是五分，另外的五分是针对老板小丁这个人，却是五分之五的嫌恶。一些是因为生意：因为地理位置好，经营的手段高明，说不准日进斗金。这鑫鑫也算是日渐昌隆，小丁这边就一直想扩大地盘。早先连吃下两家北邻——一家没什么气候的音像店和一家水暖建材店，本来他先是打荷塘的主意的，只因为荷塘这块牌子比较有名气，来往皆是有些地位和品位的，他一时不敢轻动，暗地里却让房东给荷花带过几次话，说是想与荷塘合伙，各自为政，但名义上挂鑫鑫洗浴的牌子，分红时大家一起分红。听小丁意思还是荷花占了他的便宜，荷花听完房东的传话就有些恼。荷花对小丁印象不佳的原因，更大一部分是因为小丁这人不老实，每回与荷花走个碰面，那双不安分的眼总让荷花不舒服。

一直拖到最近，到底是把荷塘盘给了小丁。是荷花自己不想做了。她只有两个要求：保留荷塘茶室的原貌，尤其是松吟，绝对不许改变；还有一个，原来店里的两个人如果想留下就要留下，毕竟一起好几年也有了感情。"都是本分孩子，而且我把我的茶艺都教给了她们，老顾客也喝惯了她们泡的茶。你不会吃亏的。"荷花一双杏眼狠瞪着小丁。

这次让朱文过来就是要告诉他荷塘转让的事。事先想得好好的，最后再让朱文品尝下她的安溪式泡茶。以前，她的事从没和他提起过，与其两人说啊说，说到最后无话可说，不如能不说的就不说。她懂。福建同乡茶商孟姐说她是个聪明的女人。"聪明的女人其实就是装傻。"孟姐说。刚才她来电话，说她们那里刚到了一批茶，价位低得离谱，几家大批发商争着进货，她总觉得一分价钱一分货，就没进，结果几天后批发商们发现上了当，货色远没承诺的好。"还好孟姐为人实在，做生意讲原则。"荷花说。"是哟，人欺天，天不欺人啊。"孟姐感慨。"你快来哟，你来我就没这么累喽。"孟姐呵呵笑着。一把房子卖掉荷花就去福建孟姐那里。除了荷塘，在这里她一无所有。或者，还有不定期会来的朱文。

晚上十点多，荷花没回家去了荷塘，左右在哪里也是一个人，不如守店安心。晚饭是和老主顾王姐在一起吃的，王姐喜欢荷塘的茶，去得多了就成了朋友，王姐有些人脉，房子的事还是王姐帮忙找的。"能不用中介就别用，还要收手续费的。"王姐说。"可惜了，荷花，以后喝不到你亲手泡的茶了。""没事的，王姐，那两个小姑娘都得我亲传，她们泡得也很好啊，如果王姐想我，以后到福建，或者我回来，一定亲自给你泡壶好茶。"

荷花给朱文打电话，打不通，语音提示对方不在服务区。荷花觉得挺累，心累，尽管和朱文有着不一样的关系，但平素并没有谈过这些琐事，担心自己唠叨起来惹人烦。朱文之所以喜欢她到现在，是因为他们之间的距离始终没有突破，朱文由此觉得她与其他女人不同。而一旦两人之间无所遮掩，美好的也就不美好，一切与平常无异。对这份意外之缘，因为难得，荷花总是格外小心，害怕哪一天朱文发现她不过是假发票、假名牌。

她躺在松吟的贵妃榻上，身下是厚厚的棉毯。五月的天毕竟不是夏季，白天太阳热得嚣张，晚上还是有些凉。月光照过通透的玻璃窗户，屋里北墙明得无所遁形。荷花看到天花板东北角竟然有一片蜘蛛网。看着看着，她就把那蛛网看出无限的大来，结实的银丝像捞鱼一样，扑面向她罩来。远远一个人影，荷梗当篙，撑着荷叶舟飘然而来。他来到她身边，俯身望向她。那张脸一会儿透着朱文温和的关心，一会儿透着杨立志暴躁的愤怒，一会儿又透着房东的陌然，一会儿又透着洗浴中心小丁的色眯眯。她绝望地向朱文伸出手去，朱文就在她眼前放大，虚空里满是他心疼又客气的微笑。折腾了一夜，荷花还梦到去世多年的父母，他们戴着草帽，荷花还没来得及看清他们的脸，他们就一眨眼淹没在那漫天漫地的白色棉花地里。荷花记得她家的祖坟最早是在空出的一片棉花地里。

早晨六点荷花醒了，沏了一壶茶，从柜台里拿了几样小点心。等到七点，她又给朱文打电话，约他一起吃早餐。电话响了两声就断了，一会儿发来一条短信，说他已经到家。再接着又发来一条，说他有急事需要处理，空下来后他会去找她。荷花一头栽进椅子里。生活就是这么乱花纷纭，你说它是点缀，它就是点缀，你说它是虱子，它就是虱子。九点时，来上班的服务员打开荷塘大门，挨屋收拾房间时，发现女老板荷花坐在松吟茶室，握着一只玉蝉，望着屋顶干干净净的东北角一个劲儿地傻笑。

拆迁这天，一辆超重的建筑垃圾清运车在荷塘门口经过时，与一辆标致错车，竟然翻了车。整整一车的建筑废弃物压住了月季花坛。早先那一派水灵灵招人眼的月季花瞬时没了踪影，乌荡荡的烟尘飞扑着占领了整条街。五月末下午的阳光斜斜地打在西墙上，二楼窗户里站着的是鑫鑫洗浴的老板小丁，叼着牙签儿专注地望着。

荷塘的招牌已经取下，红漆门柱还在，只是没有了茶娘子荷花的身影，那副"荷与茶其相得益，花同人并一壶冰"的对联终究让人觉得寂寞了。寂寞只能是个寂寞。荷花远遁，自此，荷塘无存矣。也或者，因了在世间的无存，真正的荷塘才会更深邃地活在心坎儿里。只要你相信。只要我相信。

城　堡

　　秋天突然来了，一头撞在老杨树身子上，眨眼工夫老杨树枝叶变了颜色，喧哗了一夏天的泼墨树冠开始疏淡起来，透过叶子的缝隙，蓝天高高地在远方跳跃。单小琳仰头望了一眼，鼻子里面一阵刺痒，努力了下却没能打出喷嚏，此时她正蹬着自行车在去报社的路上。多年以后，她仍在想姑姑当时为什么固执地坚持，一定要找到李一凡。

　　姑姑躺在床上，胳膊露在被子外面，手背上插着输液管。长长的输液管像一条蛇，在枕头上盘横两个小小的圈子，然后扎进床头吊起的液体瓶子里。单小琳每次坐在姑姑床边，呆呆数着液体在小壶里滴落，一滴、两滴、三滴……盯着盯着她就心悸起来，慌张望望静躺着的姑姑，试试她还有没有声息。姑姑的脸是苍白的，久不见阳光和长期输液使她的脸有些浮肿，双目总是倦怠紧闭，一旦睁开又亮晶晶的，有些吓人，她常常盯住一个目标，不错眼珠地随之移动，而被她盯牢的，一般是单小琳。单小琳去取水了，姑姑盯紧她；单小琳接电话了，姑姑盯紧她，并努力想听电话里说些什么；单小琳去别的屋子超过3分钟，姑姑另一只还能动的手就大力拍打床帮。家里雇着保姆，可自姑姑躺在床上不能动后，单小琳仍天天忙得焦头烂额。姑姑一生没有结过婚，从没对家里人解释为什么，被单小琳的父亲骂作怪物，姑姑就这一个哥哥，关系不多亲近，相比较来说，姑姑与单小琳相处还算得宜。"你随我，你出产房后是我第一个抱的你。"姑姑常这么说，不知其他弟妹姑姑抱过不？单小琳没问，姑姑没说，自她初中时父母离异后，大弟跟了父亲，二妹跟了母亲，单小琳一直和姑姑住在一起。曾经单小琳拿着姑姑的照片，在卫生间努力照镜子，观察自己的鼻子、眉毛、耳朵，比较照片里的姑姑，再比较比较自己，真的发现自己与姑姑很像，薄薄的嘴唇有着乳晕般的嫣红，宽宽的额头、秀气的耳朵，最像的是亮晶晶的眼睛，单小琳望着照片，照片里的姑姑冷冷投射出两道寒光。

单小琳真的很随姑姑，最受不了她这一点的是妈妈。妈妈是个懦弱的女人，莫名其妙，妈妈不恨抛弃了她的父亲，却自始至终仇视姑姑，妈妈觉得姑姑看不起她。关于看不起的种种事例，单小琳从记事起听到初中，直到完全住进姑姑家。每当妈妈开口，单小琳不是臭着一张脸自顾自做作业，就是不打声招呼离开，妈妈在身后指着她痛骂："和你姑一个模子倒出来的，姑子命。"单小琳与姑姑如此相像，也只有马清河忍受得了这两个冷冷的女人，而且一忍就是三年。他在等待单小琳嫁给他，比一头沉默的骆驼还要有耐心。单小琳问姑姑怎么办，姑姑眯起寒冽冽的眼睛，不屑一顾，说："愿意等就随他，走也随他，是你的就不会离开。"单小琳认可这句话，可单小琳父亲却不认可，他得知单小琳不肯结婚后，来姑姑家闹了一场，严格来讲，是父亲和自己闹了一场，姑姑只是司空见惯地默坐一旁，兀自织着毛衣。父亲惊天动地地吵得口干舌燥，后来回自己家喝水润嗓子去了，单小琳离开沙发，拍拍衣角的皱褶，也回了自己屋。她不得不佩服姑姑，别看父亲气势汹汹，似乎要吃掉她们两个弱女子，其实姑姑总是胜方，父亲射出的箭弩，在它离开箭囊之前，就已经折断在父亲自己的脚下。赶走父亲，单小琳幸灾乐祸，觉得很高兴。

日子一天天地过，没有男人的家并不寂寞。

白天，姑姑离开家去公司，单小琳离开家去单位；中午她们有时回家，有时各自在外面解决自己的民生问题。两个人的话都不多，距离保持得刚刚好，这么多年了，俩人更像合住在一个出租屋的搭档。俩人走到一起，被同事朋友们看到时，会引来一声惊呼："小单，原来你还有这么一个漂亮姐姐。"单小琳今年33岁，她觉得她从来没有年轻过，也没有成长过，从初中起身上衣服就以冷灰色调为主。日子在走，岁月在走，却都没能改变她这块混沌之初的顽石。而40出头的姑姑保养得当，细腻的皮肤比单小琳还要白些，化一点点淡妆，确实更像只有30岁。每逢这时候，姑姑的脸上都难得露出一丝笑容，含笑向人点头致意。姑姑笑起来竟然很好看。虚荣。单小琳鄙视姑姑的虚伪，却也喜欢被人夸有个漂亮姐姐的感觉，仿佛她真有一个姐姐。她挺起腰，一改休闲装束，试着变换自己的穿衣风格，有时干脆耍赖，当着姑姑的面打开姑姑的衣橱，找到相中的衣服就直接穿在自己身上。开初她偷偷窥测姑姑的反应，而姑姑的脸上、眼里就像什么也没发生一样，依旧是风轻云淡的漠然。她既松了一口气，又多少有些遗憾。

公司统一组织体检时，查出姑姑得了癌，有个瘤子长在动脉间，听医生说，如果要切除就得扎住那条动脉，然后用支架扩张旁边其他小动脉，让血液从小动脉流动。手术不是不能做，可问题有两点：一是扎住那条动脉后，造成其他地方的梗阻；二是小动脉过多，需用很多支架，病人身体受得了吗？单小琳望着医生蠕动的嘴巴，耳朵怎么也捕捉不到他滔滔不绝的音浪。姑姑的病恶化快，从不舒服到一躺不起不足一周，两个女人被打得措手不及。单小琳拿起片子跑到北京，请专家诊断有没有别的办法，专家们摇摇头，说这种病有遗传可能，病理上手术可以解决，因为它好确诊，可实际并不能保证术后的病人活下来，因为瘤子生长的位置相当蹊跷。单小琳绝望地回到家，姑姑见她进门，猛然支起身子，骇人的目光直瞪着单小琳："我是不是要死了？"

单小琳一阵心酸，装作不介意地安慰："胡说什么呢，单位派我出了趟差，你有事我会出远门？"

姑姑狐疑地重新躺下，脑袋转到另一边，不再理人。

父亲只来了一次，他坐都没坐，在自己亲妹妹床前站了站，支支吾吾说了两句安慰的话，就走了，单小琳客气地把他送出门。她还记得初二那年，父亲来姑姑家说他要再次结婚时，单小琳就是这么客气地把他送出门，那天父亲在门廊顿了顿，略略转转身，想说什么，可单小琳等了好久，父亲终是没有开口，没有转身，便扭头走了，在空气中留下衣服上浓浓的烟草味。防盗门"哐当"一声关上了，尖锐的声音吓了单小琳一跳。她走进厨房，打开电磁炉，煮了一锅香气喷喷的龙须面。中午时她买了块五花肉，炖了起来，这会儿用来做卤刚刚好。

热腾腾的面好了，姑姑却不吃，紧闭着眼睛和嘴巴，不搭理单小琳。单小琳急了，气呼呼地把碗磕到桌上，板着脸说："有什么想不开的，还没病死自己就要把自己吓死了。别人没疼没痒不管你，你自己却要谋杀自己。"

姑姑半晌转过头来，淡淡地说："你算是说实话了，看来我终究是要死的。"

"谁说你要死了？"单小琳后悔得不行了，这几天她身心俱疲，脾气很不好，却不是成心要刺激姑姑。

"小琳，你打开梳妆台最下层抽屉，相册里有页剪报你拿来。"

单小琳忙不迭去取，姑姑的东西她向来不动，从不知放了些什么。果然有两本相册，整齐地码在里面。单小琳翻开上面那个，是姑姑和她还有同事朋友近几年照的相片，容光焕发的姑姑站在花前，站在风景前，站在其他人旁边，静静地望着照片外的世界。这一册里没有别的东西。单小琳打开另一个，里面的照片明显时代比较久，有些照片已经发黄，很快，她找到一张更黄的报纸，纸张有些发脆，单小琳突然在一角醒目的地方，发现一则寻人启事："寻单若乔，女，1965 年 8 月 6 日生，1984 年复旦大学毕业。有提供消息者必有重谢。乔乔，如果你见到这则启事，请与我联系，电话：×××，李一凡。"

单小琳望向姑姑，这是一张二十年前找姑姑的启事，是什么人在找她？为什么她珍藏至今？怀着满心的疑问，单小琳将报纸递给姑姑。姑姑瞟都不瞟一眼，不带一丝感情地示意："帮我找到这个人。"

于是，单小琳开始寻访一个二十年前只在报纸上出现过一次的人，这个人叫李一凡。此外，姑姑什么也不说。

秋天的景致一天一个样，昨天叶子还绿油油地在树梢飘啊飘，今天就萎黄在地，满堆满堆的落叶金灿灿地铺在地上，踩在上面咔嚓咔嚓微微脆响，即便是自行车轧过去，也能感觉到树叶通过轮子传来的信息。落叶是有生命的，每片都是自己的个体，集合在一起时，发出的是共性的声音，而单独观赏一片叶子，往往发现它是多么与众不同，无论是叶脉还是经络，都是独特的，与个体的人一样。单小琳最喜欢秋季，往年她都会仔细观察，体味秋季每一层的变化，记事起单小琳就开始留意秋天，那时候，秋季在单小琳的眼里是一秒一秒在过，细微之处都溜不过她的眼睛。现在，晃眼间秋季刚来又要走了，有时她觉得自己时空混乱了，好几天前发生的事，似乎刚刚在前一分钟过去不久，而有些事她又不记得了。每天她不是在姑姑床边，就是奔走于医院与药店，或者是去报社打听那个李一凡的下落。当年报纸上留下的电话号码已经是个空号，唯有查当年的广告档案，看有没有留下什么线索。市内所有的医院都说这病发现得太晚了，爱莫能助，如果要住院也可以，不过是条件稍好一些而已。有个中医提出不妨用中药试试，只是能不能起到疗效，尽人事，听天命罢了。

心力交瘁的单小琳独自站在街头，从未有过的强烈孤单席卷而来。许多事她从未经历过，性子散漫的她和姑姑一起过着平静、规律的生活。姑姑是游离于喧嚣之外的恒星，单小琳是恒星身边的卫星，她只管心安理得地围绕这颗不动声色的恒星逶迤而行。每天只是出于本能地上班、下班、吃饭、睡觉，尽管已经三十好几，可生活似乎落下了她，什么事在她心里都没留下过深重真切的烙印。姑姑一病，打乱了她已经习惯的空间与状态，她担心有一天姑姑还在，而她自己却倒下了。如果有人这时候帮帮她，帮她顶起一切，让她重新安静蜷回自己的小窝，她想，她一定会义无反顾地把自己给他。

但她单单不愿把马清河算进里面。马清河几乎天天来，他能带给她的除了感动还有一份惶恐。她知道，他迷上了她的清冷和对世事不上心的懒散。马清河当初追得很紧，可马上他就发现他错了，精神上的完美是一种致命诱惑，过于激进反而会加速灭亡——马清河上大学时学的是哲学。于是他慢了下来，包裹在单小琳周围像个膜体，却又不至于让敏感的她感觉到压力。马清河问有什么需要帮忙的没。

"没有。"单小琳摇摇头，忽然她想起了什么，忙又道："清河，你们文化局管报社吗？"

"不管，报社属于宣传部，不过有往来，怎么了？"

"我有件事想请你帮我查下。"单小琳拿出姑姑的旧报纸："我想找到当时发这个启示的人，我跑了好几次报社，一是期间几次合并分署，档案管理比较复杂；二是时间太久，人员变动太大，一直到现在也没查出眉目。"

"哦？"马清河仔细地看了看报纸，狐疑地望望她，"我试试吧，尽量。"

"谢谢。"单小琳满怀感激。

马清河动了动，几乎想把她一把搂在怀里，他叹息一下，说："注意休息，你现在瘦多了。"

姑姑一日不如一日了，饭也不能吃进多少，肚子却鼓鼓的；输的液体也无法好好吸收，肝肾出现衰竭。姑姑只好住进医院。身体的疼痛始终没有夺走姑姑的神智，姑姑始终很清醒，越发清亮的眼睛更长久地盯着单小琳。

李一凡，你究竟是什么人？问父亲，父亲一问三不知，对他唯一的妹妹的早年感情生活一无所知。最近父亲来得勤了，天天待在医院，和什么也不想说的姑姑说东道西。有一天，父亲被请来的特护赶走了，说他影响病人休息。单小琳叫护士换液体时，在门外听两个护士议论："16床家属真没人性，病人还好好活着呢，就开始寻思人家的房子。"姑姑正是16床，单小琳听出一身冷汗。

李一凡找到了。这是个清癯的中年男人，瘦高个儿，干干净净。单小琳第一眼见到他，就知道他是谁，并记住了他。她望着李一凡，知道了为什么姑姑病得如此严重，还念念不忘这个男人，这个男人给人的感觉很舒服，不用言语，举手投足间就有拉近彼此距离的亲切，这个男人很有亲和力。李一凡与姑姑一定有过一段刻骨铭心的感情，从李一凡第一眼看到她，单小琳就猜测到了。单小琳知道自己与姑姑很像，尤其这双眼睛。单小琳推开病房门，让他进去，恰巧姑姑在此时翻转过身体，一眼望见门口的李一凡，一向冷俏的眼睛倏然燃亮，一副乍惊乍喜的样子。单小琳从没见过姑姑如此有生机的表情，她心里的某处壁垒随之轰然倒塌。她掩上门，泪眼婆娑，靠在门边墙上抽泣得上气不接下气。马清河长叹一声,轻轻将她拥在怀里。

医学史上将一切无法解释的病例叫做奇迹,在唯物领域以唯心做答多少有些幽默的意味。住在 16 床的单若乔就这样交了一份幽默的答案。她给不相信奇迹的医生们上了一课。曾被宣判死刑的她奇迹般地脱离了危险,并且迅速康复出院。在手术单上签家属意见时,那个李一凡握着她的手,一笔一画写下"同意,李一凡"。姑姑被推进手术室时,李一凡陪了进去。姑姑安静地躺在手推车上,美丽而清秀,她始终含情脉脉地注视着李一凡,她的目光锁在他的身上,贴在他的脸上,刻在他的心上。单小琳含着泪,带着笑望着散发着小女人光泽的姑姑。她们俩真的长得很像,仿佛手推车上的是另一个单小琳,她们都有着薄薄的嘴唇、宽宽的额头、秀气的耳朵,当然她们最像的是亮晶晶的眼睛,不知有多么神似呢。她微微颤抖的双肩靠进马清河的怀里。

"小琳,你现在可以放心嫁给我了吗?"马清河在她耳边轻问。

单小琳捶他一下,羞红了脸。

一年后,单小琳与马清河结了婚。单小琳觉得冥冥之中自有安排。正如在那个秋季的下午,在她通往报社路上所预感的,姑姑在过了二十年后,终于打破冰封的心锁,为自己的往事画了一个完整的句号,也为单小琳暗示了一种结局。当年姑姑因为毕业后的去留,与远在浙江的李一凡的母亲发生冲突,李母勒令李一凡必须返浙,姑姑负气和热恋中的李一凡分手,尽管她知道李一凡一直在找她。其实姑姑是受骨子里的胆怯所支配,而不是因为骄傲,姑姑是害怕受到感情的伤害,所以宁愿以冷漠冰封内心的爱情。单小琳在了解了李一凡与姑姑的故事后,为姑姑诠释。

"你能娶我的姑姑吗?"单小琳逼问李一凡。她知道李一凡早已经有妻有子。

李一凡微笑不语。姑姑笑骂她:"傻丫头,我们何止于婚姻这种形式。这些年,什么都够了。"

"我一见到小琳就知道你原谅了我。你们很像,真的很像,尤其那双眼睛,故意与其他人保持疏远,其实里面有个没有长大的孩子。"

李一凡的话打动了单小琳，就因为那两个字：孩子。瞬间她心里淌过一条小溪，静静地流，溪水清透而内敛让人说不出的舒服与放松。她想到一直默默守在身边的马清河，她悄悄走出屋，拨通马清河的电话："喂，娶我，好吗？"

参加婚礼的亲属有姑姑、母亲、大弟、二妹，还有李一凡，现在单小琳已经完全把李一凡看作自己的家人。李一凡做了他们的证婚人，并送了一个大大的红包。父亲也来了，可没吃饭，说家里有点儿事，和继母参加完婚礼就走了。单小琳心知肚明，父亲正窝气呢，气自己的妹妹死咬牙关不肯把100多平方米的房子留给侄子——他再婚后有的另一个儿子，气单小琳结婚事先也不打声招呼。

马清河下楼送客人去了，单小琳抿了两口杯中的葡萄酒，酒色殷红，味道浓郁，不知马清河从哪里搞到的。微微的醉意在她体内发酵，她在自己的婚房里转圈，打量这被布置一新、处处透着喜气的婚房，它新鲜得像一片还没有开发的领地，但它是安全的，这将是公主安居的城堡。单小琳伸开双手，尽自己最大力量去拥抱空气："好了，现在就让我们在城堡里开始新的生活吧。"

夜色挟着寒意涌入屋内，透过洞开的窗户，单小琳呼吸到秋天的味道，原来秋天又来了。她走过去，仰视静寂的天空：月牙儿弯弯散发着轻软的柔光，薄云疏疏淡淡，随兴在苍穹描了几笔，整个天空意境深邃而神秘莫测。天很高，远方很远……

石城子

真没料到关键时刻马自达会熄火。半个小时前太阳已经拖着身子爬进山坳，现在还有一些光线在外面飘摇。沿途绿树叶反射着一片片黄光，整个山路透心透骨的寂静。女友阿馨恼火地望着窗外，问："现在怎么办？明天客商就要到了。"阿馨讲的客商是一家生产纯净水的企业代表，已经谈妥，说好明天来石城子进行实地考察。我们先回石城子安排一下，没想到车在快进村时抛锚了。我拍拍方向盘，说："走吧，先回村，这家伙不配合就把它撂在这里。放心，没人偷，也偷不走。"我补充："这条路，只通向石城子。"

天色越发地灰沉，刮来的凉风里含着土腥气。西部天空泛着青紫的铜锈色，一道明一道暗，把远方高高低低的山头和村落渐渐吞没在阴影下。石城子已经极目可望。我打量挂职锻炼了九个月零十三天的石城子，像观望一个陌生人。它容纳着一百二十六户人家，棱角分明，依山而立，把一眼看得透的简单隐藏在不分情理、坚硬的石头底下。它两面环绕着还有两个月就要成熟的青黄麦田，一面是沿山而上掩埋着刘家列祖列宗的累累坟茔，再一面就是这条走了祖祖辈辈，下雨天难以成行的坑坑洼洼的通衢大道。一阵风过，我冷不丁儿打了个寒战。

摸进村时，天已经大黑。猛然一个影子从身边窜过，吓得阿馨尖叫起来。那人影也受了惊，稍微停顿下，又歪着膀子"哐当、哐当"仓皇逃离。从跑路姿势上我认出是刘得胜。这个刘得胜最显著的特征就是左脚有点儿拐，正确地讲，是拐得不轻，据说是在城里建筑队打工伤到的。我来石城子后，依稀晃过几眼，没说过话。书记指给我看过，说那是个孬种，"拐了腿又不是断了腿，即便是断了腿也有手有脚吧，年纪轻轻的好吃歹活，不做事，活着就是喘口气儿。"刘书记咬牙切齿地骂。刘书记是"官"字辈，比刘得胜矮一辈。

往前没走多远，迎面又碰见会计刘民生。"我的娘啊，你咋这晚上又回来了？"刘民生看见我吓了一跳。从他嘴里知道今天支书没在家，去县上了，"不过书记临走给阿馨姑娘安排了住房，和你不一家，在三婶娘那儿，没意见吧？"他冲我挤咕挤咕眼，我搡他一拳，笑："三婶娘那儿好，别给我拐走就行。"我扬手指指刘得胜逃跑的方向，问怎么回事。

"咳，已经被'老鞭子'撵了一天了。"刘民生欲言又止。

正说话，"老鞭子"呼呼哧哧喘着气奔了过来。"老鞭子"穿的还是那件不知穿了几辈子的粗布蓝棉袄，腌臜透了，袖口衣领开着几道口子，露出黑不溜秋的棉花。左手攥着他那根从不离手的放羊鞭子，鞭梢缀着五股细牛筋编成的鞭穗，黑荆藤鞭把儿油光锃亮。他满口浓重的臭蒜味儿，嘴巴喷着唾沫星子和白涎水，呼呼喘着粗气。

"咋回事？慢慢说。"我递给他一支烟。

"该死的胜拐子，三丫儿有了……""老鞭子"把烟夹在耳朵后面，气哼哼地，想说又不肯讲。

"有什么了？"我纳闷地望着"老鞭子"。他看起来很激动，嘴巴张了又张，想向我讲什么，终于在喉咙口又拦下，呸了口唾沫，回头随着望了几眼石城子，嗔怪地跺跺脚，抖手狠狠收收鞭子，向村外走去。

"你去哪儿？"我喊。

"捉拿刘得胜！""老鞭子"头也不回地答。

这个石城子，看着没心没肺的，可确实是风吹不动，水泼不进。尽管我在此挂职已经九个月零十三天，混在村子里家家拿我当亲戚，可真涉及族里内部事务，就是我想插手，也不会有人告诉我真相。"老鞭子"早走得不见了人影。"这人好厉害啊。"阿馨讲。我不知如何应腔，带她随刘民生而去。

"老鞭子"据说年轻时是个人物。刘家村地处河南、河北、山西、山东四省交界处，自历史上起，南来北往的各路神仙全都打此路过，路过就是一场浩劫，水洗过似的。刘家村的上祖不惧艰难，从山西的大山深处运来大青石，建起这座有名的堡垒——石城子。新中国成立后，刘家村周围仍闹土匪，十五岁的"老鞭子"摸进山，一夜挑了山头儿上的山寨，烧了一把旺旺的火，几个喽啰带着几条恶狗追下来，"老鞭子"的羊鞭子甩过去，打瞎一条狗的狗眼，又飞起右腿，踢碎一条狗的狗头。余下的狗狗胆丧尽，竟是伏下身子呜呜不敢上前。小喽啰们也吓怕了，寨主也没了，左右山倒猢狲散，这个为祸一方的土匪窝竟被"老鞭子"端掉了。

历史终究是历史，历史不能改变贫穷。村子穷，养不住男人，似乎刘姓人在这片土地上只是为了繁衍。人们长大了流向别的地方，在别处丰富自己的人生经历，赚了钱，寄回来，置房子置地，养老人、养孩子、养老婆。老家只供给他们两头的生活，看看满街跑的小孩子和不分四季、坐在场院懒洋洋晒太阳的老人们就知道了。

石城子经过一阵小孩子吵嚷、女人呼喊声后，整个村子渐趋平静。夜晚早早降临了。也许这和天阴有关。那场雨还没有下起来，仍在远方徘徊。在这可能的雨里，传递着雨气所带来的湿润和温暖。四方的石城子一切都带了安静的特质。女人、老人、孩子、不停反刍的羊以及吠吠不安的狗。

晚饭是在三婶娘家一起吃的，饭后阿馨和我一起散步。三婶娘笑，说乡下山路野地的，乌漆麻黑，有什么好逛的？明天如何应对企业代表是需要费一些心的，还有窝在半路的马自达也让人头疼，客商是阿馨通过关系介绍过来的，正好趁散步聊一聊。在这声稀人悄的夜晚，石城子孤岛一样地寂静。"啊，何，你看，那是什么？"阿馨惊恐地缩探身子。

村委会门口的街灯下，一个人影在灯光下晃动。从身形看，是一个女人。这女人披头散发，身上裹着一件破烂的床单。她手持一根木棍，横扫、转圈，身体也时而起，时而蹲，唱大戏似的甩着水袖左顾右盼，嘴里咿咿呀呀，自我陶醉在舞蹈中。柔和的光晕打在她身上，像涂了一层橘黄的颜色，凹凹凸凸站在光线中，这旁若无人的光圈就是她一个人的戏台，身外是无边的黑暗。这个人我认得，人人都叫她三丫儿，是个傻姑娘。早些年有剧团来村里唱戏，她一心想学，家里不同意，一天喂牲口时受了惊吓，痴了，疯疯癫癫的，整天在村子里游荡。我清楚地记得，第一次见到这个三丫时，她坐在村子池塘旁边儿，手里拿着一根三岁娃娃胳膊粗的木棍钓鱼，还时不时抬起棍子看看，表情极为严肃。

"这是一个可怜的人。"我拉走阿馨。

"怎么可怜了？"阿馨攥住我，她悄声细气地问。阿馨这时候是可爱的，和白天偶尔绽出的强势相比，有着小女人的气息。

我来这里是有预谋的，女友阿馨早给我规划好了人生蓝图：一、两年内出成绩，给村子引进项目改变历史上的空白；二、挂职回去后提副科，两年正科，五年副县，再以后……

我连叫："打住，这样我会有压力的，如果做不到呢？"

阿馨白我一眼："有我姨夫呢，怎么会做不到？这次挂职机会不就是我姨夫给你单位打招呼争取到的吗？回去后要继续争取各种学习、培训的机会，也许一切都会提前。"阿馨一脸憧憬，我不忍煞风景，尽管如此，心里还是按捺不住叹了口气。我是爱阿馨的，早在得知她有那么个有权势的姨夫前就爱上了她。以前早就想和她白头到老，一世相守，现在反而不敢提了，和她在一起时也规矩很多。这有时惹得她怨怒，怪我不热情，问我是不是有别的想法了。

"哪有，你是我这辈子唯一喜欢的人。"我连忙表白。心里也确实是真这么想的，只是如果，如果阿馨去掉一些新添的毛病，可能我会更积极些，总之现在的阿馨有时候让人扬不起精神。比如这次联系企业的事，总让人有救世主的感觉。不过这不能怪她，她确实是为我好。

送回阿馨，我向我的房东家走去，路过刘家祠堂时，突然听到一声惨叫。近在咫尺，平素紧闭的黑漆大门闪着一条缝，里面灯光大现，没容多想，我一抬腿就闯了进去。

惊到的不止我一个人，祠堂内的人大吃一惊，全部盯向我。没想到去县上的刘家村书记刘官立也在场。我不由招呼："刘书记，你什么时候回来的？"刘官立脸色难看一言不发。"啪！"一声鞭响，吓我一跳，是"老鞭子"，他恶狠狠瞪着我，不耐烦地再次甩了一鞭子。还有两个人，一起挪动身子并排站到一起，像一堵墙想要挡住身后的东西。我早看到了，是一个歪在角落的男人，五月了，他还穿着线衣。猛一激灵，我猜到这个男人肯定是刘得胜。

　　"你们不能这样，私设刑堂，是犯法的。"瞥见农村陋习，激愤让我热血上冲。没想到这样的年代了，竟然还有这样的事。

　　"石城子的事，你少管。我们从不做犯法的，犯法的事也找不到我们。"说话的"老鞭子"向我移来，身上冒出的腾腾热气扑过来，以一种压顶的气势逼迫着我。

　　"你们放开他，该送派出所送派出所，有法律呢，他应该受到应有的惩罚，而不是私刑！"

　　"再告诉你一遍，没有私刑，没有人犯法！""老鞭子"目眦圆瞪，充着血，很吓人，一点儿也不像七十多岁的老人。

　　"刘书记，刘书记，你说句话呀，这样做是不对的。"我被迫一步步往祠堂外退去，气急败坏地喊："土匪行径，快停止，否则我要去举报。"

　　这句话终于起了作用，一道黑影晃过，眼一黑，我就什么也不知道了。

　　很久后，我在寒意里冻醒，摸摸身上有棉被，身下却不是房东家萱软的大木床，而是硬邦邦的地板。室内一盏幽暗昏黄的普通日光灯，勉强有个明儿。我四处打量，不禁大吃一惊，怀疑是在梦里：这明明是刘家祠堂。东西两面墙上是密密麻麻的祖谱，南面正中是香案和佛龛。香案上星星点点，几个明明灭灭粗大的火头像自上往下射来阴森森的眼光。那是香炉里供奉的大香。空气中浸透着烧黄表纸潮湿又发闷的气息。我疑惑是在做梦，梦里回到很久很久前做过的某个梦中。

　　门外哗哗作响，又是雨，又是风。终于是下雨了。大雨如注。强劲的东南风刮着，发了疯地怪吼。房前那棵梧桐树令人胆寒地抽打着自己，不时有细树枝折断的声响，粗壮的枝条狂飙乱舞，树影映进窗棂，犹如一群悬在半空的妖魔。风和雨联合击打着祠堂门，一晃一晃，还以为有个极有耐心的人等在门外，数着数儿在外面有节奏地摇颤。在这被控制起来的黑暗舱底，周围壁立着阴气森森的鬼魂，刘家祖宗们的目光穿破世界的大门，不动声色，俯瞰着监视着它们的囚犯。顺着门缝灌进来雨气，凉冷而潮湿，砭肌入骨，透过棉被，连魂魄都惊出白毛汗。我希望这真的是梦，一个过于真实，而显示不正确的梦境。

巨大的黑影投掷在正堂上，高高在上的神龛愈发阴冷。我的耳朵渐渐适应体内血液滚滚流动的湍急，一声伤者的呻吟从角落传来。这突兀的声响让我猛然惊醒，刘得胜。脑子里立刻闪出这个人名。也回忆起之前如何来到祠堂，心里不由一阵难过，我一直把刘官立当成在这里可以信赖的兄弟。我从胡乱卷在身上的被子里爬出来，慢慢走近角落。

"喂，你是刘得胜吗？"我试探地轻喊。

"是我。疼死我了。"角落里的"罪犯"蠕动着。

"怕疼就别做，做了就要受到应有的惩罚。害人又害己。活该！"我恨恨地咬牙切齿。那个有了孩子的傻姑娘三丫，还有我，都是他的直接受害者。我越想心里越是满腔怒火，这下还不知要被关到几时，如何收场呢。如果再莫名其妙地"失踪"，那才是天大的冤枉。想想我亲爱的阿馨，我心里一阵绞痛，对阿馨再无丁点儿怨恨，她对我只有无限的好，我真想现在就大声告诉她，我爱她，我这次回去就娶她为妻，保护她一生一世。我冷不丁想起手机，急伸手进裤子口袋，又垮下脸来：手机不见了。我想得到的那帮人也能想得到——肯定是被他们收走了。唉，这到底是怎样一个村子。

一怒之下，我踢了那人一脚。

刘得胜大声呻吟起来。大声喊疼。"我腿在外面跌伤了，该死的老鞭子不给找人治，先把我押到这里来。"

我把脸凑近刘得胜，盯住他那双因为疼痛和恐惧而不断眨巴的眼睛："你是说你不是被人打成这样，是你自己跌的？"

"狗东西'老鞭子'，论辈分他得叫我哥。"刘得胜嘴里不干不净乱骂一通。

"别说没用的。是不是他打的？"我不耐烦地搡他一把。

"真不是。咱有啥说啥。可不是他打的和他打的也没啥区别。我本来已经跌进沟里了，鼻青脸肿，腿不灵便，脚又搅进车轱辘里出不来，他玩意儿还对我连打再踹。小舅子的，我要告他。"

我心里对这个刘得胜说不出的厌烦，他果然如书记先前所说，是个孬种，没骨气的，一副落魄破败相。为这样的人身犯不明险境真是不值得。"三丫的事，是你做的？"

这下刘得胜老实了。好半天，干瘪瘪干笑两声，似乎不好意思起来："这个您老也知道了？"这就是承认了。我心头火起，站起身，一脚踢过去："狗娘养的。"

刘得胜噙着泪尖叫："三丫是愿意的，三丫是愿意的。"

"哄狗，一个傻子哪有自己的主意？你个没种的东西，欺负傻子。"

"三丫是傻，可她有自己的主意，我先是不知道的，见她只是说话，说话多了，她就冲我笑，自己撩起来衣服……"刘得胜呜咽着，"真的，三丫不傻，知道疼人，虽然她不会做饭，不摆弄家务，甚至自己臭了都不知道洗澡，可她知道疼俺，把俺当成个人，当成个男人疼，从来没人心疼过俺，自从成了瘸子，再没人把俺当成人看……"刘得胜伤心起来，大哭。

我无语，一时脑子发木，不知道想哪头好。

屋里回荡着刘得胜起起落落的哭声，噼里啪啦打在祠堂的供桌上，又从寂静的供桌弹向黑魆魆仿明清建筑的木廊围顶上，再从木廊围顶滑下来，最后直跌向凉冰冰的水泥地面。

"也有你自己的原因，为什么没有上进心呢？路都是自己走出来的。"我重新蹲下身来，递给他一支烟。所幸兜里还有半包烟，这个没有被收走。

"你说得容易，哪儿有人要。四处给人打脸啊。"

"你看，现在怎么收场？三丫未婚先孕，要怎么处理？即便派出所不处理你，你们以后生活在一起，你又怎么养活她们呢？"

"我早算好了，想办个养猪场，早年村里曾有过猪场，后来大家伙儿嫌在家不嫌钱就跑外面，闲了下来，我已经盘好场地，这次出门一个是找猪仔儿，一个是给三丫联系医院，算日子还有半个多月，唉，没想到这么快。"

"真的假的？"我不相信。

"骗你是王八。"刘得胜赌咒。

我宁愿相信这是真的，眼前这个潦倒半世的男人确实想要重新活出自己。我宁愿相信人性的蒙昧总有被猛然涂掉的时候。放下不快，我心里也一下子敞亮起来。

门外的雨不知什么时候停了，风停雨住，像来时一样急。祠堂内外静静地。我抓过来被子，扔过去："睡吧。"

"不会有事吧？"刘得胜问的是明天，我懂。

"能有啥事。天塌不了。"没半晌，我真的睡着了。梦里阿馨远远对我晃着可爱的脑袋，嘴巴一张一合，又在发号施令了。我笑了。

第二天一早儿，我被扯起来，眼前是面沉似水的刘官立。我扑过去就给他一捶，重重地击在他的左肩："你小子敢关我？"刘官立瞅瞅我，一言不发，不比我大很多的脸上仿佛透着惭愧。仅看到他露出这点模样也就知足吧，大小这两年还要在石城子仰仗着他。唉。

那一厢，刘得胜和"老鞭子"对骂起来。刘得胜骂："你大爷的，你个鳖敢打我。"

"骂吧，狗东西，你爹也是我大爷。"

……

刘家村的祖宗们站在墙上，看不到他们的表情，他，也许她，究竟在哭，还是在笑呢？无从得知。

我决定带刘得胜走。这个孬种终于打起精神，有了奔头，刘官立、刘民生以及村里当事的几个人商量后表示同意。"老鞭子"恶狠狠握着手里的乌黑鞭子，凶神样瞪瞪刘得胜，又瞪瞪我。我想我眼里平静如水的清澄到底是镇住了这个当年独挑山寨的传奇人物。他慢慢抽回锥子样的目光时，我冲他点点头。

"哼。"他不屑地把脸扭向一边。

"俺男人，俺男人，俺男人——"一个女人疯叫着从外面冲过来。

"三丫。"全部的人都愣住了。

三丫敞着怀，露出一大块雪片子样的胸脯。她披头散发，在祠堂内站定，双眼横愣着辨认每个人，瞥见刘得胜后，眼一亮，一把扑过去，拱进他怀里，又是蹭又是咬，嘴里尖叫着："俺男人，俺男人……"

"三丫——"刘得胜眼泪汪汪，咧着嘴笑："俺没骗你们吧？还带俺走不？"

"唉！走吧。弄来猪仔好好养。"刘官立叹口气，摆摆手。

"作孽！""老鞭子"恨气地一旁嘟囔，一跺脚，奔出祠堂。

刘官立扯上我，出门后悄声问："小何，明天要来的客商是啥来头？在石城子办企业欢迎，可不是啥企业都欢迎，祸害子孙后代的事咱可不干。"

一个人的档案

从这里出门，直走，走到顶头向右拐，最里面那间就是档案室。他不想把档案室的钥匙交给她。在这之前，档案室是一间普通办公室，和其他办公室别无两样。现在，里面任由两组堆满过期文件和资料的旧木柜胡乱摆放，地板上还保留着搬家时踢翻的废纸篓，以及干得像耙子似的拖把，他甚至还能指出几块碎陶片的精确位置，那是老牛著名的宜兴紫砂杯留下的分体。如果他记得没错，在墙角还有一台旧式一体机，与之相连的是一部银边宽键电话机，这部电话的通话效果特别好，接通前，铃声是悠扬的大提琴《梁祝》。现在它们一起深埋在静寂的灰尘之中。还有半启半闭的窗帘，想必也落满尘埃。窗台上没有了开得如火如荼的蟹爪兰，有着八年花龄的君子兰应该也只剩下空空的花盆了吧。一切仿佛是在匆匆忙忙间遗落了，好像某种紧急状况下的逃离，而过后，人们又有意无意地选择了遗忘。那些办公用品犹如被抛弃在老片场里的旧背景，真的不再被人轻易想起了。钥匙最终被她拿走了，贾主任亲自领她认门。贾主任约他一起去机关食堂吃饭，迎面正中一颗棋子，贾主任弯腰捡起，是"卒"。

两年前，他被单位挑中去扶贫，说是两年，组织部考核完后，又延续一年。第一天参观那个大山深处村子里存水的水窖时，看到水面浮着一层粉色小虫，他吐了。支书解释说是因为屋主常年在外务工，窖子无人打理，过后消消毒、养几尾鱼就会没事。再然后，他就慢慢对一切适应下来，即便盛夏时屋里窜出一条乘凉的爬虫也司空见惯了。他驻村时间比其他扶贫单位人员要久，除了补充补给或汇报工作，他一般不回市内。最长的一次是半年。整整一个夏季和一个秋季，他一次山也没出过，他将自己沉进大山底部，像一尾安分守己的鱼。他在外界与山界之间织起一道有着很好过滤效果的幕，这道幕在空间上，是外人看来弯弯曲曲不好通过的山路。每天清晨，薄雾尚在谷间酝酿，他已经独自一人攀上最近那座小山的山脊。时而狭长时而宽阔的甬道长满茂密的杂草和野花，上面残留的浓重露水泅湿了他的裤腿，被踩断的长草和灌木枝蔓立刻反弹回来，布料就染上那种不好清洗掉的绿色汁水。他会一直走下去，直到山头和树木再也挡不住灿烂的阳光。除了偶尔出现的鸟啼，整条山沟空旷而寂静。翻过一座山，眼前又是一座，山山相连，连绵不绝，走着走着，他就觉出自己的轻与小。属于个人的那部分，包括那些靠不住的往事，渐渐就从他的脑海脱离出去，而他这具无名的肉身，只不过是宏大山体上的一小块泥巴。几天前，贾主任打来电话，说天冷了，"别当神仙了，回来吧。"他没想到要他交档案室的钥匙。一个虚胖的人影刚浮出回忆，又迅速退回深渊。

吃饭时，贾主任伸出筷子，指点着："喏，她也在这里吃饭呀。"他顺着张望，一个穿白色短款羽绒服的年轻女人，翘着小拇指小心翼翼地在用勺喝汤。贾主任看他一脸迷茫，提醒道："就是她住进了老牛屋，上午你应该见过的。"他闻言俯下脖子继续吃饭。今天大厨肯定打死了卖盐的，青椒肉片齁咸，吃下两口就呛住了，一阵咳嗽。贾主任沉默了，拍拍他后背，冒出一句："老牛的事还放不下呀？"又是一阵剧咳，咳得要窒息了，最后他干脆连馒头带菜，一口喷在脚下。他用贾主任递过来的餐巾纸擦擦冒出的眼泪："真辣！"

回来后，有那么一阵子，他怎么也睡不好，整晚整晚被窗外巨大的声音和流溢的灯光搞得彻夜难眠。而在屋子的某个地方，又有什么声音沙沙滴答，类似于石英钟表针有规律的走动或者心跳发出的响声，时而微弱，似远在天外，像世界另一边某人睡梦中的呓语，时而又钻进耳膜，汇聚如雷，让人无法忍受。房间里的家具依附在初冬的夜空下，亮一块暗一块，全不是白天的模样。无论他怎么试图通过白云与温顺的羔羊进入梦乡，最终的结果都是重新被抛出来，重新独自徘徊在夜晚的滑壁上。他感觉自己像一只瘦骨伶仃又消化不好的蚂蚁，因为某种不好解释的原因，这个城市已经不再容纳他。

她看他的眼神充满歉意，温情脉脉，好像做了什么对不住他的事。私下里，贾主任又是迷惑，又是告诫："嗨，这女同志来头不小，千万别接招。"其实他早已经知道，她是从省里下来的，过个一年半载又会飞回去，或者交流到某地，然后再飞回去。机关是一座座大营盘，营盘与营盘之间的人员流动一般是微妙而不可言的。尽管她明显看他的次数与表情相对复杂一些，但也不能自作多情地认为她在对他放电。他笑老贾思想黄色。但是没多久他就知道了她那样看他的原因。有下乡任务的单位，期限结束后编办会增添一个正科的职数，一般就给了挂职锻炼的干部。而组织部来考察时，没有提他，却公示了她。意外了几天，想通了就过去了，现在他对那个大山里的小村有了感情，春年前向单位申请了一笔慰问金，领导准了，派他和老贾送过去。

老贾说："你这家伙，是真的还是假的不在乎？"

他眨眨眼，不明白老贾说什么。

"没提成啊。"老贾说："装吧，好歹我和你爸也是战友，也算你叔叔辈。"

"我装什么了啊。"他深吸一口大山浓烈的凉气。"命里有时终须有，命里无时莫强求。"

"小子，进山三年悟道了，你也三十了，什么时候解决个人问题，让你爸抱个小的？"老贾开着车，有些伤感："自从你妈不在后，你爸可老多了。小子，别太让你爸操心，这种事，你爸也不好老催你。"

他不再搭茬儿，悻悻地闭了嘴。想起老爸充满期待的眼神，心里有股难言的苦涩。自从妈去世后，爸就搬回老家去住了，120平方米的房子里有太多的回忆。"太静。"爸这么说。老宅子是独院，六间平房，檐前有挡荫的葡萄架，院子南面沿邻居家后墙用砖垒了两尺宽一米高的框子，里面填满泥土，种着眉豆角，或者几颗白萝卜。之前老宅子是全部租赁出去的，现在还有三家住户，热热闹闹，是从农村出来打工拖家带口的人家。一天到晚，老宅子里是嘈杂的开门、关门声，吵吵嚷嚷五花八门的方言，多一分少一分的电费、水费、卫生费。老爸去年提前离岗住回来后不肯让自己闲下来，迅速让自己淹没在断不清的事务里。或者这样才能忘掉"静"，忘掉妈离开后留下的孤独。他梦游一般坐在老贾身旁。车轮在山路上颠簸。刚才在村里时，他和老贾商量，让老贾先回去，他在村子里再住一天。老贾一口拒绝。

雪是在联欢会开始后下起来的，从酒店出来时眼前花白一片，亮得让人猝不及防。"我以为今年冬天不会再有雪了。"她说，伸出手掌接飘落下来的雪花。他不由警惕起来，扭脸看她。刚才她伏在餐厅背角，像一只要褪壳的大虾，窝着身子不停干呕。这顿酒，不仅是年终酒，也是她个人的喜酒。人多是喜欢锦上添花的，一个人的喜庆往往带动出一屋子人的喜庆，再说她平时又是比较可爱的女士。

"嗨，你能带我先回去吗？实在顶不住了。别让我在这里出丑。"她看到他，因为呕不出，眼里憋出泪花。

她回到温暖的单位时，吐了，吐了一楼道，吐完就哭，边哭边说。

"小何，我知道你恨我。是我占了你的职位，本来是你的。我对不起你。"

他有些厌烦，说："不关你事，没什么。"

"真对不起。你是好人，你尊重我，不像有些人明一套、暗一套，在省里时那样，到这里又这样，相互倾轧，恨不得要我去死。"

"并不是所有人都是那样的，这世上还是好人多，是你想太多了。"

"不，你知道别人怎么说我的吗？说得多么不堪入耳……"

他无语，扶着她向她居住的档案室走去。关于她的传闻他当然有所耳闻，不仅耳闻，那些难听的话还变成短信，发进机关所有人的手机里。有人猜测，她在省里得罪了难缠的角色，涉及某个领导和她的隐秘关系。见到这样的短信，他一律删除。

"别担心，过些时候我就走了，占了你的会还给你。这是我的命，必须像候鸟一样迁移才能活。"

"你还年轻，这些历练也是你的机会。"他不知如何劝慰。"有些事，只能自己消化，过去就过去了，没什么大不了的。"

他将她放在床上，发现她已经睡着了，卧在床上，很自然地寻找到枕头，秀丽的脸半掩在长发中，眉头轻蹙。她身上的毛衣是塑身的，实在不方便给她脱掉，这会儿裹在她身上，更显出一种紧张的曲线美。她确实是个标致的人。地板上印下几团湿的脚印，一直通向走廊。他从自己办公室拿出拖把，清理走廊里的污物。心里诅咒这该死的天气。

一则短信响起，是南萍萍。"听说你回来了，你还好吗？是不是还在生我的气？我知道错了，原谅我好吗？"看了良久，他一字一字删掉。真的，过去就过去吧。他在心里对南萍萍说。南萍萍是他第一任女友，也是相处时间最长的女朋友。他们在临近结婚时，南萍萍性情大变，索要礼金过高，对老爸出言无礼，他一怒之下在一个下着小雨的夏夜了断了他们的关系。三年过去了，南萍萍似乎一直没有走出来。几乎每天都收到她的短信。但他心已不再和从前一样了，经历得多了，心就老了。"无论你见还是不见，情就在这里，不来也不去……"又是南萍萍。他瞪着手机屏，一动不动。窗外是无声的雪，漫天漫地，以柔克刚的坚决。窗外有多少片雪花，就有多少个南萍萍在外面守候，狂躁的眼睛盯着门口，只单等他走出这个大门口。三年来南萍萍一直抓住过去，不肯放过他和她自己。老妈还在世时，一再追问他："有没有和人家那个？""绝对没有。""那为什么人家一直要缠住你？好孩子，做男人要负责，不管你愿意不愿意。"他望着老妈颤抖的嘴唇，坚决地摇头："真没有。"妈到死都没信他。他知道。包括同事和亲戚都没信他。三年前他同意下乡也有一点儿这方面的原因。有人说曾看到南萍萍和一个男的在一起走。他笑笑。

收拾完，他想回家了。他踌躇半晌。打量打量走廊，再不可能有人上来。他担心她醉得一塌糊涂，别再出什么事。刚才进去得匆忙，那也是三年来第一次重新踏进档案室，却没顾得上多看一眼。

门没锁，一推即开。屋内没有开灯。走廊的光线穿过他的影子投射进屋内，在地面划出一道亮影。早先的档案室已经完全改变了模样，有很多变动，只是那张板台依在，他一眼看到老牛坐在板台后面，一手端着宜兴紫砂杯喝茶，一手架起鼻梁上的眼镜，冷着一双眼睛向他望来。他心里怦怦直跳，下意识退后，砰的一声关紧房门。

放假前几天，机关已经没什么人了。她轻轻走进他办公室，不说话，塞到他文件夹一把锁匙，转身就走。他盯着那把锁匙，眼里雪花狂乱飞舞，一时是南萍萍那张因为疯狂而变了形的脸，一时是老牛肿胀冰冷的眼神。他拎起锁匙底部，像拎起一颗炸弹，一把扔进废纸篓。快下班时，又想起那把锁匙，排出来，撕下一块报纸包好，在下电梯时快速投进垃圾箱。他想，如果有人问他扔掉的是什么。他会说，是烦恼。

老贾问他："今年老牛那里，你去不去？"他看他一眼，叹叹气，紧接着说："还是别去了。"他不吭声，从兜里掏出早准备好的三千块钱，递给老贾。"不用这样，真不用这样，你就放了你自己吧。"老贾一巴掌拍在他手上。

三年前的春节老牛还活在这个世上，那会儿是他的处长。除夕夜他值班，老牛端着热气腾腾的饺子找他喝酒，饺子是茴香茴猪肉馅的，小菜是老牛嫂子精心准备的。他打电话过去提前拜年，牛嫂问："饺子好吃不？多吃点儿。"最后她叮嘱别让老牛喝多了。他拿着电话，大声让牛嫂听："牛处，嫂子让你少喝点儿。""好，遵命，告诉领导放心。"老牛嘴里嚼着饺子，同样大声回复。牛嫂在电话里爽爽朗朗地笑。这是 2003 年阴历年的最后一晚，那会儿春节联欢晚会刚刚开始，朱军和倪萍正较着劲儿地煽情。据后来介绍，这一年的春节联欢晚会以祝福为主线，通过朋友之间、邻里之间、家庭之间、城市之间、海峡两岸之间的祝福，升华到人民对祖国的祝福。这一年的晚会热热闹闹，小品、相声、歌舞，既张扬又热烈，当散发着异域风情的爱尔兰踢踏舞上场时，有了醉意的老牛站起身连声叫带劲，老牛说自己上学时是舞蹈队的领队，"主角，懂不懂，主角。""吹牛。"他不信："是带着围嘴儿上幼儿园时代的事吧。"老牛经不起激，站到屋子中间，两臂垂直，目光收束，渐渐凝重到一个点，突然啪啪立定，侧头上仰。奇了，就这一下子，老牛浑身的胖肉像抽了脂，结结实实收在一起，老牛也不再是平日虚肥臃肿的老牛。像什么？像舞台上接受观众目光洗礼的舞者。"好。"他扔下手里的花生米鼓掌。

那天的天像今天这样明，遍地雪光，映得像白天一样。夜空是几近放亮的苍灰，揉着一些淡淡的褐色。那天晚上接了两个电话，一个是市政府办公厅，代表市长感谢坚守在岗位上的同志，一个是大领导，大领导听说牛处长陪着他一起过除夕，特别感动，一激动又暴粗口了："要不是老子在老家，也一准去单位陪你们一起过年。"大领导当兵出身，老牛也是当兵出身，当兵出身的讲义气，也架不住劝，一下子两瓶丛台就没有了。他不知春节晚会什么时候结束的，也不知怎么睡过去的，更不知老牛什么时候走的，反正老牛就那么走了，大衣挂在值班室的衣架上，毛毛领子的皮衣，牛嫂前天刚给他新买的。其实老牛完全可以不走的，只要告诉牛嫂不回家了，牛嫂不会怪他一宿不归，单位办公室就有一张床。可老牛就硬是走了，走得挺倔，硬是只穿一件毛衣就闯进大雪天。大年初二的下午，才有人在家属院附近一个失了盖子的阀门井里找到他。其实阀门井不深，里面纵横着粗大的管子，只要伸伸腿就能爬出来，而老牛没爬出来，直直地呆立在里面。都是他的错！老牛的追悼会上，他趴在牛嫂面前以头戗地。

基督教义说，人是带着原罪出生的，所以终其一生要赎罪。中国有句俗话：活着就是受罪。中西文化在此有着不可思议的默契，如果这算是对人生命运慈悲的解读，那么我们每个人都是西西弗斯，注定要从山脚一步步往山顶推动巨石，一次又一次，永恒地轮回。他睡不着，每个夜晚又在隆隆的地狱里不停推动老牛的塑像。他开始想念山里那种幻灭的寂静。他申请继续下乡。

那山顶有座小庙，二层，圆柱形，四面开窗，是嵌在墙内的老式木棱格窗，连接楼上楼下的是一架仅容单人侧身斜行的红木楼梯。木是好木，踩上去"铿铿锵锵"回声悠远。听支书讲，庙之前是土木结构，享受过近百年的香火，早先庙里香火鼎盛时，供奉的"三奶奶"神像年年披金描红，河南河北香客如云。抗战时期庙被烧了，在原址修建了碉堡，当兵的走了，又来了，来了又去，热闹过后终于消停下来，那茬善男信女们人也老了，走不到这里了，更不消说改回小庙旧观，一年可能也就有三五个来烧香的。挨到如今，小庙神像已不在，只有一架斑驳的香案，中央摆着一尊有积香的香炉，村里谁家孩子生了医生治不好的邪病，家里的老人就磕着头爬上山，来香炉里抓一小撮冷灰，拌在孩子的水里喂下。即便是在盛夏，庙里也是阴凉的。他在庙里养着一只松鼠，只要他站在门口"啧啧啧"召唤，小松鼠就从林子里跑出来，瞪着圆圆的小眼睛安静地蹲在他面前。他从不试图和它更亲近。

老贾痛骂了他一场。

二月的青灰高空是深不可测的，望得久了就渴望被吸上去，摆脱地表的引力。临近年关，各种喧嚣淡了，灯光的颜色开始在街道角角落落里铺张蔓延。不想回家。"爸和几个同样无聊无牵挂的战友要去温暖的南方。你去吗？"爸问。"不是很想去。"他答。那天他在爸的老宅子里用煤气灶做了一桌子的菜。给谁吃呢？爸坐在椅子上，呆呆自语。他开了一瓶丛台，倒满一杯："爸，敬你。"他仰脖，一口闷干。

她现在几乎不怎么看他，偶尔与他对视，也是尴尬和凄楚的表情。老贾有所觉，警惕地盘问他："你怎么人家了？"

"我什么也没做。"

"可她怎么那副模样？"

"我哪儿知道。"

"你小子千万别犯错误，你说你惹她做什么。"

"我谁也没惹。"

"来头不小。三十岁的大姑娘了，也没什么意思，你还年轻。别惹麻烦。"老贾喝多了，像个碎嘴婆婆，翻来覆去说车轱辘话。

"我真没惹谁。"

"明年的工作要点你来执笔，大领导钦点的。南开大学中文系的高才生，别浪费了。"

"你回去说，我已经废了。贾主任，我真的想继续下乡，回山里去。只有在山里我才见到我自己。"

"废话，现在我眼前的是谁？不是你？"

"不是我。"他认真地说。

"废话，再说废话，小心我替你老子揍你。夹着尾巴做人，还有机会，别给自己惹事。更不许到大领导那里说你要下乡。"老贾严重警告他。

他点点头。知道老贾是好意。机关里开始悄悄流传关于他和她的短信。有些黑锅被赖上了，无从解释，挺无奈的。"还是让我去山里吧。"他恳求。

南萍萍结婚了。结婚前一晚打来电话，给他唱了一夜的歌：

很高兴我曾经虚构的痛苦和悲伤
现在都变成了真的
我连续不断地重复一个梦
一个人不知疲倦地挖着一个洞
挖得深不见底妄图找到另一个时空
可越陷越深最后葬身其中
…………

我的快乐跟着滴答滴答

我的痛苦跳着舞滴答滴答滴答

滴答滴答……

　　他不敢挂，也不想听，手机放在客厅沙发上。他想不明白他现在何以变得如此心如死灰、无动于衷。

　　她走后，她的闺房沦为仓库，在办公室主任老贾光荣退休后，数次周折，那间仓库后来又成了什么人的办公室，大领导也升了，所有处室换了新家，档案室的那个板台最后不知所踪，也许和其他家具一起被扶贫了，或者进了某家废品收购店。

　　当然这都不再是生活中重要的事情。实际情况是，在老贾退休前，他离职去了北京开公司的亲戚那里，又两年，在海边某城开展业务时，他遇见了在当地文化宫教少儿拉丁舞的木木，望见木木的第一眼，他知道就是她了。事实证明和木木在一起后，他不再失眠，也不再害怕走进黑夜中紧闭的房门。结婚那天，老贾主持婚礼，老贾盯着新娘使劲瞧，嘴里不停地嘟囔："像，真像。"

　　"像什么？"他不满地呛老贾。

　　老贾没反应过来，直愣愣地答："像那年省里下来的妞。"

　　他的脸阴下来，从此再没和老贾打过照面。

谭　翁

　　朝阳公园有个曲艺圈子，圈子里最有名望的当数谭翁。谭翁却不姓谭，姓翁，谭翁是票友对他的敬称，票友赞其唱腔浑厚，深得谭派真韵，翁老爷子最拿手的一出正是《秦琼卖马》。

　　隋末，英雄秦琼押解犯人到天堂县，因官府迟迟不发回文，受困三王店。店主索讨店钱，秦琼无奈卖掉心爱黄骠马。谭翁的唱腔婉转凄美，是老生的功夫戏。"店主东带过了黄骠马，不由得秦叔宝两泪如麻。"翁老爷子一张口，便赢得满场喝彩，将一股子英雄落魄的悲愤心情表达得淋漓尽致。行家听门道，听的可是下一句："提起了此马来头大，兵部堂黄大人相赠予咱。遭不幸困至在天堂下，为还你店饭钱无奈何只得来卖它。摆一摆手儿你就牵去了吧，但不知此马落在谁家……"在京剧演唱中，有一类属于花腔，即旋律丰富多变的唱腔，如："提起了此马……"有些人往往在唱"阿"音时，"阿""喔""哦"字音摇摆不定，听起来极不好听。而翁老爷子学的是谭派，唱腔朴实自然，吐字简洁、明快，行腔一气呵成，让人听得就是那么痛快。所以谭翁之名不胫而走。

　　翁老爷子六十有八，生活极有规律，每天下午三点半准坐在公园北门第九个石墩上，右腿叠左腿，手中持一把年头久远的二胡。有时给二胡上松香，一擦一下午，像没完没了摸索心爱的孩子，怎么摸也摸不够；有时定弦调音，一会儿就咿咿呀呀拉将起来，唱的正是《秦琼卖马》，不论有人没人听，不管围在身边的热心听众想点什么，他只唱这一出，闭着眼自拉自唱。宝剑赠烈士，好曲自然是唱给知音听的，也不知什么时候翁老爷子有了"粉丝团"，最铁的要数江伯。每天三点半前搬个小马扎儿，一路溜达，直直走向第九个石墩的必是江伯。一个闭眼唱，一个闭眼听，身边的人聚的聚来，散的散去，只有这两个人各自沉醉在秦琼的世界里。睁开眼便是那隋朝明晃晃的大太阳，猛抬头是客店黑亮亮的洒金匾，转过身周遭尽是满脸讥笑的闲人食客。

"家住山东历城县，叔宝名儿天下传。我本是顶天立地男儿汉，好汉无钱到处难。无奈何出门我就卖、卖，我就卖铜，两匹马跑得似雪花。叫声店家快来吧，还你的店钱就是它！"

"好！"江伯一巴掌拍在大腿上。

江伯比翁老爷子大一岁，今年六十九，离"七十古来稀"还差三个月，江伯逢人便唠叨，乐呵呵的，好像在数着天儿盼。只是今天江伯没来，翁老爷子想想，好像昨天、前天江伯都没来，这些年来翁老爷子和江伯一个唱一个听，却是交谈不多，算是在淡然如水的相处里各寻其乐。这江伯好几天没出现让翁老爷子有些失落。

今天翁老爷子没坐多久，只在公园调了会儿弦儿便回了家。翁老爷子的家在公园不远一处绿意团绕的小区，小区内楼座不多绿化很好，院内高大的铁树有几十棵，从门口沿着甬道一溜儿排到小区深处，像是笔直的士兵列队立正。绿树花丛道不尽的姹紫嫣红，许多是翁老爷子不认识的。他单单只知道玉兰树，毫不起眼的玉兰树交错在低低矮矮的灌木丛中，顶着硕大的花萼在风中迟重地一点一点摇曳，淡白或紫红的颜色也就一点一点摇曳不止，像是多年前某个旧电影里的画面。这个小区平时很安静，一些以前在场面上叱咤风云的人物住在里面，只是这些人多半老矣，是凹进面里的点，藏在棉里的线，多数过着不大张扬、半隐居的日子。这样人家的屋子自然是宽敞的，前厅后宅非同一般的气派，一栋楼里即便是户型相同也要弄出不一样的瓤子。翁老爷子的家在三楼，西户，顶门儿只有两户人家，翁老爷子自搬来就没见过对门的邻居。保姆不在，大概去逛街或者买菜去了，家里静悄悄的。

老伴安静地挂在卧室墙上，四年时间了，依旧露着鲜艳恬静的微笑。不是通常的黑白照片，是彩色的生活照，站在海边，天蓝海蓝一色的晴蓝，只有脚下的沙子是白色的，还有海上翻起的浪花。这是他们那年去海南照下的，是老伴为数不多的单人照，那时候的老伴是有活力的，脸庞身段滋润饱满，泡在海里，像一朵肥白端庄的玉兰。更年轻时老伴像是水做的，连声音都带着水波的回响。初见面时她老是羞红着一张脸，不敢直视他，偶抬头眼睛也像鸟儿惊慌失措一样一闪掠过。他们坐在二婶里屋的炕上，炕头儿烧得火旺的灶隔在俩人中间，他伸出一只手架在腿上烤火，来回翻滚着手掌，好像正在翻烤一条滚烫的鱼，他心里也像游进一条鱼，一会儿沉进水里，一会儿蹿上河面。老伴儿是他同村最美的姑娘，尽管他回家很少，耳朵却早早被二婶和爹娘灌满，他们希望他娶本地人，似乎算准他在外面不会回来了，可根连着根，他的根就紧紧拴在这块土地上。

　　屋里一色的仿明清家具，一个脚凳一个茶几都搭配得很仔细，儿子儿媳在这方面没少花工夫，装修时特意找设计院的行家专门设计。翁老爷子随他们折腾，老伴离开时把他的心也带走大半。这屋子怎么热闹也总是空空落落的，女儿在外地，儿子儿媳相继去了国外，大概于心不忍或是别的，他们暂时没有带走孙子。孙子上高一，学习很用功，每天晚自习到九点才回来，周六、周日极少和同学出去玩，关在家里学英语，他知道父母早晚会把他带出国门。孙子也在努力且也很自觉，这点儿挺让翁老爷子放心，不像有些熟人的孩子那样出去胡搞。孙子每天自己坐公交车上学下学，不像这个小区里诸多孩子那样要求车接送。有一回翁老爷子想去孙子的学校看看，打了个电话叫车，停会儿又打电话取消，他穿上旅游鞋，登上了孙子每天都乘坐的公交车。窗外的世界向车身后倒退，新鲜的广告牌一闪而过，这个城市似乎一夜间变得陌生了。车上的人纷纷给他让座，他拒绝了，一路站到学校，下车时他一脚踏个虚空差点儿栽倒。老了，他叹道，自此再不轻易出门，除了日日去那朝阳公园拉二胡，唱秦琼。

　　在家时他是绝不拉二胡的，那二胡的声音只有到了外面才是活的，就像秦琼只有骑上黄骠马才像个英雄。在家从不拉二胡的原因还有一个，这个家渗透着一股子清漆味儿，从搬进来就没消散。搬进来时儿子找房屋安全中心的仪器认真检测了一遍，那家伙一点儿声音也没发出，可翁老爷子还是闻得到，这些年一直存在，像是嗝在嗓子眼儿里的小肉刺，虽然不妨碍食物的蠕动，可吞咽时它就横在那儿。那股子味道像是家里不受人欢迎的房客，赶也赶不走，这让翁老爷子很不舒服。这天翁老爷子没有再出门，他坐在阳光下藤椅里，瞪着眼望了一下午花盆里的绿萝，保姆回来都没有把他劝进屋。保姆问："伯伯您在想什么。"翁老爷子缓慢地摇摇头。一连三天都这样，保姆有些着急，打电话给外地翁老爷子的女儿，女儿是老大，早想让翁老爷子到她那里去住，只是因为有侄子在，不好提出来。女儿在电话里说近期会回来一趟。

是孙子的一句话让翁老爷子离开了家。吃午饭的时候，电视里正播放怀旧战争片，翁老爷子看得津津有味，看到某个情节时，孙子一口汤呛到了嗓子，他连咳带喘笑着对翁老爷子说："爷爷，我突然想起一件事，你可别不高兴。"

翁老爷子疑惑地望向他。

"还记得小时候给我讲的故事吗？有一回你晚上给村里放哨，发现了敌情，然后跑到大树下敲钟。那时候我真佩服你啊，在小学时还给同学讲，结果有天有个同学说我说谎，在大树下敲钟明明是《地道战》里的情节，那个演员叫什么老钟叔。当时我还和人吵，说战争年代有许多这样的事例，只是和电影里巧合罢了。后来再长大点儿算算年龄，似乎真的不大可能。"翁老爷子听完气得不行，饭也吃不下，下午三点半又去了公园，一路走心里一路嘀咕孙子这小白眼狼，眼见马上要和他爹娘会合，越来越不把这个爷爷放在眼里了。

第九个石墩依旧空在那里，似乎人人都知道那是有主的位置，翁老爷子心里多少有些安慰。从黑丝绒布袋里取出二胡，他爱惜地从上摸到下。当年下放时一个同是天涯沦落人的室友教会他拉二胡唱京剧——据说这个室友是谭先生不记名的弟子，这一教就是好几年，一唱就是一辈子，这么多年，许多事情他忘记了，偏拉二胡的本事从没有忘记过，每当他心烦或闲来无事就拿出二胡，天大的事在一通拉唱中也就烟消了，心境又能清明起来。今天他打算好好消磨一阵，只是江伯又没来，多少让人遗憾，他有些想那个没交谈过什么的忠实听众。

十一月的公园有些清寒，全球天天吵着暖冬，可冬天毕竟是冬天。不是周六周日，公园里人不多，来来回回还是那些拎着鸟笼子遛弯儿的老头儿，或是找棵大树系上单子撞背的老太太。稀疏的阳光一绺一绺扔向地面，沾在四季常绿的草坪上，整整齐齐的草尖薄淡地泛着轻灵灵的水光。草坪中央堆着不知什么造型的湖石，点缀周围的是一盆盆菊花，翁老爷子望着那些菊花，自得地发现自己还能叫得出几种菊花的名字，比如正中那白色平瓣球形的叫白牡丹，黄带红晕外曲平瓣反卷的叫鸳鸯锦，细长管状花瓣像一根根垂丝的叫十丈珠帘，深红色花瓣直平像芍药的叫天女散花。他还知道菊花的别名，通常人们叫它菊华、秋菊、九华、黄花、帝女花。这些都是老伴没离开前告诉他的。老伴退休后爱菊成痴，老伴一直有眼花头晕的毛病，吃过不少药始终断不了根，听人说菊花有治疗的功效就试着喝起来，后来又自己种，慢慢在摆弄菊花中得到无穷乐趣，家里阳台上一度遍种菊花，菊花开放的日子是老伴最开心的时候。老伴是水命，天生有养花的本事，他是命里带火、伺候不了这些花花草草，老伴不在后那些菊花就一个个归了离恨天，先是在叶片表面出现苍白色的小斑点，逐渐膨大呈稍圆形突起，不久叶背表皮破裂生出成堆的橙黄色粉末，叶片上生出暗黑色椭圆形斑点，然后整株菊花枯死。现在阳台上只有绿萝、龟背竹这些绿叶植物，都是女儿后来从花圃搬回来的，好养活，每天浇点茶水就行。孩子的心意他明白，也是怕他睹物思人。他目前坐着的这第九个石墩，正冲着假山，每年这个季节一连好几个月摆放的都是菊花，抬头望去，满眼姹紫嫣红。

假山正东是一条蜿蜿蜒蜒的小径，随着路面起伏，藏羞似的时隐时现，转到竹林那边时一头向西折去。绿油油的竹林让他想起一件事来，去年二弟来他这里小住，谈起老家祖坟，说老坟上种什么树也长不大，是不是请风水先生重新看一看神道的方位——只有把树栽在神道正确位置上才好活。二弟特意强调"正确"两个字。他没发表意见，说这事就由二弟做主吧。小几岁的二弟果真选日子请人看了风水，打电话来时很兴奋，说这次他决定在堪定的神道上栽棵银杏。二弟性子烈，从的是商道，现在年龄大了依然喜欢折腾，他却不行了，像手上这把换了无数根弦的二胡，怎么摆弄也差了年轻时的刚猛。二胡的弦声铮然响起，一股子激愤从翁老爷子心头径直冲向天灵盖，他忍不住张口呐喊，发出一声千年前悲壮的马嘶，一汪英雄末路的血泪。公园里僵白的阳光暗淡了，秦琼踉踉跄跄奔出三王店，大街上熙熙攘攘尽是冷眼旁观客，白亮亮日头凉飕飕横担当空，秦二爷仰天长叹："家住山东历城县，叔宝名儿天下传。我本是顶天立地男儿汉，好汉无钱到处难。无奈何出门我就卖、卖、我就卖铜，两匹马跑得似雪花。叫声店家快来吧，还你的店钱就是它……"

"好！"翁老爷子猛打了个冷战，硬生生从大隋朝里还回神，打眼望去，一个衣着齐整的老头儿规规矩矩站在当地，却不是江伯。他淡淡地冲那人点点头，重新拉响二胡，却再拾不起刚才的声势，用一个词说，叫"破了气"。

冬天的光景最是明显，一天冷似一天，一天短似一天，紧赶着就走到了年跟前。翁老爷子先还日日到公园拉二胡，后来家里保姆怕天冷把翁老爷子冻出个好歹，就限制他出门时间。隔三岔五翁老爷仍去第九个石墩那儿待待。这时节已经看不到菊花，树上的叶子早就落尽，连引进号称四季常绿的草坪也像被狗啃似的青一块黄一块，土不拉叽不像个正经颜色。翁老爷子像犯了相思病，天天惦记着江伯，可江伯再没有出现。有天翁老爷子无缘无故半夜惊醒，出了一身冷汗，心脏乱跳个不停。好半天才平静下来，他拧开壁灯，看看表才十二点，他脑子分外清醒再也睡不着了，仿明家具反射着微光，屋里寂静得像是沉在地底深处，翁老爷子不由自主冲着蒙了层层厚霜的窗户外面喊："老伙计，你在不在人世到底是给我托个梦啊。"算算日子，如果江伯尚在，今天刚刚是他七十大寿，江伯一直以来盼望的日子。

小区早早供起了热，屋里很暖和，阳台的绿萝、龟背竹长得很旺，只是翁老爷子一直闷闷不乐。年近五十的保姆看在眼里，闷在心上，想不明白这个快七十的老头到底在想些什么：儿女双全，个个有出息，一百多平方米的豪华大房子住着，外事活动公家包着，老天爷啊，这简直就是进了天堂，还想要什么啊。可他就是不高兴。

翁老爷子心像是被拱出个洞，什么东西还没提起心劲儿就悄没声儿地陷进洞里，连个泡也不起，拔也拔不出来。翁老爷子的生活圈子现在大约也就是那么几步，从卧室，到阳台，到卫生间，一天中间只挪几次，连三餐都是在阳台解决。他天天瞪着那些蓬勃傻长的植物，脑子里不知有没有在想什么，保姆说话他根本理也不理。因为天气原因，孙子不想来回跑，选择了住校，所以整个家里就只剩下一个不说话的翁老爷子和失了主张的保姆。保姆几乎天天打电话给翁老爷子的女儿，要她赶紧回来，而翁老爷子女儿那边因为刚刚有了外孙不能马上来。"再不来，出了事你们可别后悔啊。"保姆撂下狠话。

元旦前一天翁老爷子的大女儿风尘仆仆赶了来，在客厅放下行李就奔了阳台，望见沙发椅那个佝偻着的身影，一脸担忧取代了一脸喜色。

"爸。"女儿重重地叫了一声。

翁老爷子僵直的影子迟钝地转动过来，辨认良久，灰扑扑的瞳仁乍然闪过一道光泽。

"爸！"女儿扑了过去。

"新娣！你到哪里去了。"老爷子一把抱住女儿的腰，将花白的脑袋埋进女儿的怀里，呜呜哭了起来。女儿怔住了，刚刚听到的明明是妈妈的名字。

元旦前夜，翁老爷子高高兴兴吃了十几个饺子，望着女儿呵呵笑个不停。女儿翁丽华和保姆频频对视，相互从对方眼里看到不安。

今天翁老爷子很听话，早早换好睡衣洗漱上床。翁丽华给翁老爷子盖好被子，说："爸，明天咱俩好好说说话。"

"你不走了吧？"翁老爷子不放心地问。

"不走了。"翁丽华打定主意这次一定要解决老父身边没有亲人照顾的问题。这样的情景怎么让人受得了？有儿女和没有儿女又有什么区别？

"娘，你忘了临睡前给我喝鸡蛋糖水了。"翁老爷子喜滋滋望着女儿，像是淘气孩子逮到天大的漏洞。

　　翁丽华心口一疼，瘫软的身子打了个趔趄，左臂寻找支撑却是抓了个虚空。她半天调整好自己的声息，脆弱地柔声安慰："夜里不吃糖了，虫子会蛀牙的。"

　　"哦。"翁老爷子连忙捂住自己的嘴巴。

　　关上灯，翁老爷子立刻就安静地入了眠。翁丽华抬手轻轻拉上房门，客厅明亮的光线自她眼前从卧室内一寸一寸抽身而退。一道丝光在黑暗处一闪，翁丽华眯眼看去，是老爷子那把用来消遣的二胡，此时正落寞地立在角落，宛如一匹被人遗弃的老马。

金　鲤

寂静的夜里，了生池里的锦鲤会发出"昂昂"的叫声。

起初黎子欢以为是自己幻听。她躺在床上，窗外的天空一片暗紫，清洌而柔白的月光打湿周围的云团，映照进屋内，波光涌动，将房间搅得如同在水里一样。远处的车辆穿过汩汩水声，轧着一排排街灯急速驰去，车轮划破空气的声音半晌仍留在耳边。轻一些，又重一些，黎子欢被自己的思想托举着，穿过重重阻隔，清晰地漫游在大街上。九月中旬夜晚的大街凉飕飕的，笼罩着漂白后的迷蒙薄雾，昏暗、暧昧，又简单。

白天程薇在她那间六个平方米的诊室给黎子欢把过脉，说黎子欢舌红无苔、脉搏细数，得出结论：阴虚火旺，找人开了一张密密麻麻的中药方子。黎子欢一笑，太复杂，没听懂，也没去熬药。黎子欢照旧徜徉在每个雾气朦胧的夜晚。

黎子欢是八月末的一个下午第一次到达了生池的。这是大理石筑成的圆形喷泉池，池底游着几尾鲤鱼，池中央塑着抱小孩的圣母。人像雕刻得细腻又生动，宽大的罩袍衣袂飞扬、纹理清晰，在斜斜的金色阳光下，圣母是低眉颔首、欲诉还休、含羞脉脉的表情。黎子欢一下子看呆了。程薇嘟着一张脸推开病房的门，一把将黎子欢的行李扔上床。临走怕脏了手，她反勾着脚踹上门发出很大的声响，之后她就扭动着四季不离的高跟鞋走开了。黎子欢耸耸眉不以为意，继续站在了生池台前，知道程薇不过是发泄内心的愤怒而已，事情该怎么办还是会去怎么办。她们是很要好的朋友。

这是私营诊所，挂靠在一家正规医院名下，门廊上立着牌子：妇科。妇科虽说只是一个科，却包罗门诊、病房以及手术。"行吗？"黎子欢行前担忧地问。"哈，终于知道害怕了？"程薇讥笑道，不过程薇还是关心地再次询问："实在不行就……"黎子欢脸一板："别说了，死掉最好。"程薇就再也不说话了。这家医院往前数，听说新中国成立前是家英国私人教堂。很洋派的规划，尽管能显示教堂的部分已经烟消云散，但哥特式的棚顶走廊，弯弯曲曲一直延伸到楼后的低矮灌木还保持着原貌。民族文化与地域风格随着建筑师画出草图的那一刻，已经深入这块地的骨髓，以后的年代无论什么人再在原址新起建筑，怎么看也不是一体，都是移植和嫁接。黎子欢在程薇给她办住院手续的空当，在医院内逛了一圈。医院很小，小得不经逛，最后她又落在了了生池前。

了生池，三个狂草铁戟银钩样刻在水泥墩上，像三张生气的脸，又像是看破世事的决心。这样有佛家意味的名字和立在水中央的纯洁圣母形象是不般配的，让人生出无数想象，而这些想象总离不开沧海云雨的闺闱风月。这个了生池肯定是有故事的。黎子欢想。

其实她完全可以不住院的，用程薇的说法儿，做那么个小手术，简直像去趟厕所那么简便。"只要进去，其他的交给医生就是，再出来时，身体里的那块麻烦已经被消除，而这个过程你几乎没有什么感觉。只是睡了一觉。许多年轻女孩子在这里躺下，起身后晃一晃又接着去跳舞。"黎子欢摇摇头。坚持要办住院。好在住院是收费项目，只要肯拿钱，还是有张床可睡的。

主刀的是一个静静的女医生，黎子欢没注意到她长什么样子，只记下她一米六五左右，细细高挑的个子和一双淡淡若定的眼睛。她以目光和手势下达指令，配合她的小护士很伶俐，也不多话，默契地领着黎子欢准备术前检查。

黎子欢乍躺在手术床时，床面冰冷，她裸露的背部一颤，医生停下手，望了她一眼，也只是一眼。适应一会儿，体温渐渐就把身下的部分暖热了。黎子欢适应后缓慢放平自己。护士举起针筒，一针下去，手背处疼了一下，然后就不疼了。她感觉自己慢慢浮出自己的身体，先从头部开始，然后是脊椎、腰、胳膊、大腿、小腿、脚。这些身体部件超越地球引力，以夸克的重量零乱地悬浮在空气里。什么是夸克？夸克是比质子、中子更微小物质组成的基本粒子。当粒子以接近光速的速度发生碰撞时，才有可能产生夸克这样的基本粒子。而且由于碰撞产生的夸克能量相当高，它很快就会衰变成其他物质。现在她已经衰变成其他物质没有？黎子欢奋力摇动了下手指，有人摁住了她。好，还没有，至少有一部分还在。她迟钝地张望。白，一眼一眼目之所及都是一色的白。白床、白柜子、白屋顶，披着白工作服默不作声的白医生。整个房间只有墙围是淡淡的青绿色。黎子欢侧头看那节青绿，看得久了就看得真切，那面墙上有一溜儿弧形水碱，那是护士清空针筒喷出液体留下的，轨迹规则圆滑，墙皮泡出一道鼓包。这道鼓包比周围的颜色浅很多，像留下痕迹的伤疤，又像是爬在墙体上的一条壁虎、蜈蚣，或者从墙身里长出来的植物。这株细长的浅色植物闷声不响地向外延伸，它柔韧的须角孤注一掷，拼命寻找自己的生存空间。它无限扩大，眨眼工夫就占据了半间手术室，藤茎直抵黎子欢脸前，以吞噬的气势瞪视她。

一株孤单的植物竟然会这么强大。黎子欢艰难地强别过脸去，模模糊糊看到一个白影，她伤感地冲那个人微笑，在被吞噬前吐出一句："你什么也不问我吗？"

黎子欢是两个多月前发现自己有异样的。平时记得糊里糊涂的日子没来事儿。困倦，动不动就想像条蛇蜷在床上，更主要的特征是乳房，那个地方不知什么时候成了敏感地区，尤其是乳头四周，安静下来时就一阵阵地痒，麻酥酥地疼，越是关注越是渴望，一波胜过一波，那无边无际的洪潮就是诱惑与抵抗本身。这种痛和痒是私密的，又是充满欲望的，寂无人声的夜里她只想大声呻吟着死去，白天时她又苍白着脸醒来。"我到底是怎么了？"很多次她带着疑问，又借口忙碌，在潜意识里放弃这种追问。直到几天前程薇找她，一见面就惊讶地死死盯住了她。

其实黎子欢的工作在许多人眼里算是比较小资的：中学美术老

师，美协会员，作品时时出入各种画展，不菲的课业外收入，另有不菲的非物质价值。差不多了，她的许多同行走得还不如她好，可她就是像食了铁心丹，硬是与这个世道格格不入。三十八岁，未婚，除了冬天羽绒服防寒，永远是素衣素服、素面朝天。春秋天出现在学生同事眼里的，除了套装就是套装，职业、精辟，又让人感到不可接近的冷淡；夏天一席亚麻，从淡灰到浅白，从鹅黄到咖色，清清爽爽，又无人可以捉摸：莫非这世上真有神仙姐姐吗？至于有没有神仙姐姐，这世上也怕只有江涵一人知道。

江涵是建筑设计院的，在圈子里享有盛名，据说年轻在校时就承接过几个大项目，曾数次被邀请到国外搞设计。这么一个名人，黎子欢之前一丁点儿都没听说过，听说后也只平常地"哦"了一声，心里还在惦记着画室搁下一半的《仕女春晚图》，那是她打算参加一个全国大赛的作品。她的长项是画仕女，画那些温婉的、安静典雅的、心里眉里含着淡淡心事和淡淡哀愁的古代仕女。半年前去陕西学术交流时，有一个专攻中国工笔研究的老外，哇啦哇啦站在她画前，毫不掩饰地打量她，赞她画如其人。好好的普通话从这位外国友人口腔里闯出来，陷落到这个世上，就像昏头昏脑一群找不到妈的孩子。黎子欢微笑着倾听，知道人家是一团好意。距离大赛不足半月时间，而画还没画出来。学校找上面要来一笔资金，又拉来几家赞助，要把校门和相连的围墙拆掉盖成教学楼，不小的举动，光那段围墙就七十多米。也不知校长怎么想的，偏认为美术和楼房设计是差不离儿的事，硬是把黎子欢加进建楼小组，主要负责和江涵接洽。这次，声名在外的设计院江涵小试牛刀，磨不过熟人面子，担任她们教学楼的设计师。

故事就这么开始了。谁也没想到江涵也参加了那场全国大赛，并且独得一等奖。他另一成就是工笔花鸟。这次参赛作品是一条跃出水面金光斑斓的金色锦鲤。那条金鲤跃过荷叶，在空中划出一道优美的曲线，挺拔的躯体像一张拉满弦的弓，身上滴溅的水珠银光闪闪，越发映衬出金鲤冲出水面一瞬的无限生机。金鲤用色大胆明丽，近乎妖娆的光艳，微微张开的鱼唇像是在和什么人说着话，那声音把丛丛空气穿出一个风洞，只有接近神明的人才能听得到。黎子欢站在这条题名《金鲤》的画作前，把自己看了进去。她只觉得内心深处的某扇大门轰然洞开，搁浅在冰川里的什么东西苏醒过来，化成另一条金鲤，心酸又甜蜜地与画上的那条金鲤对视。这么多年了，她好像突然找到失落的另一半自己。再看到江涵时，黎子欢的眼里就多了一层水蒙蒙的烟雾，江涵在那烟雾做成的瞳仁里。也是奇怪，江涵乍看到她的《仕女春晚图》时，竟然也有相同的感觉。这年她二十八岁，江涵三十九岁。许多事之前没有征兆，过后思量，其中居然潜含着若干看不见的因果。

那幅《金鲤》有人出高价收购，江涵坚持不卖，有人就疑惑江涵是不是嫌出价低，就又涨了一倍。看上他这幅画的是一位南方企业老总，早年也是学美术出身，后来发觉画画养不起自己，养不起家，就转行搞经济，现在挣出无限家业，心里却常常觉得没着没落的，直到无意参观了这场获奖作品展，一眼就看中江涵这幅《金鲤》。买画的人一片赤诚，后来又亲自从外地打来电话，和江涵一聊如故。如故是如故，江涵却只是不肯出售，说是已经许了人了，答应过后另画一幅一样的新作送他。"唉，艺术是激情创作又怎么可以复制。"那人喟叹，失望之极。江涵深觉惭愧，沉默不语。大赛作品展览会结束后，这幅一等奖作品也随之销声匿迹。这桩神秘事件当年在画坛颇为震动，惹出过许多猜疑。

在黎子欢与江涵好上之前，黎子欢其实正和一个年龄相当的男孩子若有若无地在拍拖。那男孩是一所小学的数学老师，姓周，人还好，只是面对黎子欢时有点儿傻，似乎黎子欢头上的光环把他弄得手足无措，不知把她怎么摆放好。黎子欢的心更多在作画上，对其他事情也是懵懵懂懂，两人交往两年，没退步，也没进步，惹得程薇一谈起来就大笑不止，调侃这两个人纯情。黎子欢咳一声，故意恶着脸，远远隔着，手里油墨斑斑的画笔虚划她一个大叉叉。后来这个周姓小伙子找过几次黎子欢，黎子欢借口忙，没有赴约。于是这段还没进入状态的情事，用谁的话说："走着走着，就散了，回忆都淡了。"

教学楼如期竣工。揭牌仪式时，教育局领导大加赞叹，称是全省学校的一个亮点。"既彰显了校院学术特征，又融入现代建筑元素，体现了与外界交流的互动，是对内的辐射，对外的发散。不错，不错，很大气。"作为设计师，又是那么一个知名人士，江涵自然众星捧月般被捧在人群中间。黎子欢是故意不向他看的，但那样一个场合，不去看那就太刻意了。当她的眼光像游弋在池里的鱼，小心翼翼地绕过丛丛水草，突兀地奔向他时，总能接到江涵另两道像鱼儿一样游来的目光。数次心有灵犀的对视后，她的脸红了，心里又是责怪他不注意形象，又是暗暗欢喜。

现在，黎子欢疲倦地躺在手术台上，身体冷与热交替，穿过渐渐沉没的水波，重新看到那日江涵湿漉漉的目光。她又变成了一条鱼。

江涵爱鱼如痴。他说他只画得好鱼，也只喜欢画鱼。"我和鱼是有缘分的。"他说。小时候，有年夏天他和一群小子下河，正扑腾得高兴，突然大腿在水里像被人掐了似的疼，使不上劲儿。慌张间他吃了一肚子水，眼睛耳朵被灌了水失去知觉，身体薄成一张纸，轻飘飘就飘进另一个世界。正迷糊，他依稀觉得有人在对话，听不清，随后感觉有什么东西猛地顶起他大腿，把他托出水面，出水的那一刻，他一下子清醒了，身轻如燕，心神俱爽。"我觉得那是一条还没有成龙的鱼神，用他厚实的背救起了我。我画鱼，养鱼，从不吃鱼。"那天起，鱼就成了黎子欢的命。

黎子欢三十五岁生日那天，天上刮着雪，小米粒儿大，硬邦邦的，打在十二月的冬天里砰砰响。到处是这种四散飞弹的雪粒子，钻进脖子就顺着皮肤滑了进去。黎子欢裹在白色羽绒服里，在空中捞雪粒，积攒一撮后往身边的江涵脸上吹。江涵侧脸看她，故意皱起眉头，探胳膊一把将她拉进臂弯。他们刚一起吃了顿生日餐，现向她家走去。黎子欢的闺房在朝阳路上最旧的那栋楼的顶层。从远处看，顶楼与下一层有一道很明显的接缝痕迹，是在已经封顶的楼房上硬接的。这情景像是后续的小妾，怎么油光粉面的彩饰也不是根子上长出来的一家人。小屋不大，两间方方正正的格子，另有卫生间、厨房在室外，老得不能再老的结构，政府已经列下拆迁计划，只是一直没见动静。这处房产是江涵父母遗下的，现在黎子欢借住。她原是有宿舍的，学校内，半间教室，一床一桌一椅，角落支着个画架权做她的画室，通通敞敞无遮无拦。江涵看得心疼，坚持要她搬了出来。有人疼原是好的，这份心疼被自幼失怙的黎子欢紧紧抱在怀里取暖。

当年那幅备受瞩目的《金鲤》正挂在她里屋的西墙上，去年空调换氟时怕脏了，在卷轴上罩了层纯白的轻纱，后来黎子欢觉得也不错，就再没摘下来。那金色过去五年仍是金光耀眼，金鲤在轻纱的褶皱里若隐若现，越发显得神秘与高贵，就像江涵本人在黎子欢眼里一样，随着时间的推移，越发显出中年男人渐入佳境的成熟与稳健。

她给他脱去外套，泡上一壶茶便进了里屋。江涵闭着眼仰坐在沙发上，他一把一把往后捋着自己的头发，那依然坚挺的发根经过按压，一根根向上直立，摩擦着，闪着火花。"我还年轻吗?"江涵问自己。最近单位搞民主测评，他以八票之差落居第二，而过了年就要民主选举，有一个副院长的空缺，包括他在内的几个人都在暗暗争取，所以年前这次民主测评有着举足轻重的分量。到底是哪里不对了呢? 他把当时会议室一百零三个人员的座位重新挨个儿排了一遍，这在搞设计出身的他来说不是难事。猛不丁儿，他吸了口冷气，坐在东三排、四排那几个人很集中，正巧是六个人，大大小小几个处长，都和二把手的关系不错。听闻第一名党办室的老纪最近往二把手那里走动得比较勤。加了老纪自己和二把手两票，总共是八票啊。江涵拍了自己一巴掌，打醒了自己，他看看墙上的挂钟，黎子欢已经进去二十分钟了。他飞快起身，换掉拖鞋，轻步走进内屋。

床头柜上摆着调色板和颜料，黎子欢裸着身子静静伏在白色床单上……这个叫江涵的男人愣在门口。他责骂自己，怎么对得住床上的这个女人，这些年她不计得失始终痴心如一，而他什么也给不了她，却强霸了她的青春、她的美丽。依她的才华，她完全可以走出这所逼仄的小城，可她疯魔一样心里只有他。他为她遗憾的同时，也自私地窃喜。他虔诚地拿起调色板，调兑颜料。黎子欢很细心，也许早就猜到他有心事，所以特意让他在这个特别的日子过来。久淹应酬的手都有些生疏了。当年他的美术很好，曾有走艺术道路的想法，选志愿前班主任找他谈话，说人生不可无理想，但也亦要有应世的本事，如果没有十足的把握，还是为自己找条最直接的路吧。于是他把建筑设计当成自己应世的手段，画画当成自己出世的路口。身是入世，心是出世，每个人冥冥中自有天道来平衡心灵。他拿起画笔，静下心，以专业的状态在黎子欢后背落下画笔……

黎子欢梦了，又醒了，梦梦醒醒中，春天的花瓣在她的身体里开放，一朵一朵，顶苞，出蕾，吐蕊，这些花儿啊，晃动着不安分的叶片争相绽放。啊，自由的春天来了。黎子欢在内心里呼唤。

知道江涵在人体上绘画会兴奋是在他们相识的第一年，也就是教学楼剪彩的那天晚上。江涵喝多了，在酒店被人欢送出门口后打了个车，转了一圈就去了黎子欢那里，事先他发短信要她早些回来。那个晚上是抽象的，白天与黑夜压榨成一块饼，又搓成一个球，粉碎后又团到一起，是激浪与激浪的搏击，又是延绵不绝痴男怨女的相思缠绵，他们在狂喜中死去，又在死后的天堂里升华成另外一个全新的自己。黎子欢与江涵像两只天上的鸟，又像两条水里的鱼，手拉手一起高高地飞，鱼鳍贴着鱼鳍快速地游，他们从谷底穿过，又从浪尖上飞越，最后，俩人一起飞累了，游倦了，停靠在月光下的枝头。那晚月光很清亮，静谧又多情地淌，映得黎子欢的床像汪在一摊溪水里。黎子欢双臂蛙状平伏，整个身体趴在床上，细细的汗水还没有消干，在月光下，润润地在后背泛着诱人的色彩。女人最美的不是脸蛋，也不是臀部，而是后背，这块肌理细腻的人体躯干竟然蕴含着如此丰富的表情。江涵沉默了一会儿，禁不住又一阵冲动。这次他没碰黎子欢，而是起身去找画笔。就着月光，他在黎子欢的后背画了一条活色生香的彩色鲤鱼，那鱼尾一直延伸到她的脚踝。"亲爱的，你是我的人鱼公主。"江涵画完，累了，吻着黎子欢沉沉睡去。

程薇是知道他们的事的，因为程薇是黎子欢最好的朋友，她们一起长大，一起从县里出来，俩人都没有考上本科，一个选了美专，一个选了医专选修护士专业。程薇从一开始就骂，骂黎子欢脑子进了水，骂江涵衣冠禽兽。骂了五六年，自己也嫁了人，当了娘，家里家外一堆烂事，当初和老公婚前美好的、浪漫的，都在琐碎的时光里快消磨光了，爱情经过化学分解已经转化为由亲情支配的物理捆绑。看到黎子欢与江涵苦是一对苦人，相互之间却是依旧浓得化不开的深情，若有所悟，这才不再骂黎子欢，含糊地说："随便你，八年抗战也快到头了，看你能不能得道成仙。"

黎子欢听到总是笑，能不能成仙她不知道结果，结果也不掌握在江涵手里，而在江夫人。江夫人是个强悍的女人，她不但杀鱼，而且吃鱼，红烧、清蒸、水煮。她最喜欢吃鲤鱼，换着样儿地吃，把鱼身上的肉变化出不同的花样，像蝴蝶，像柳条儿，外面薄薄一层炸得焦黄，里面却是酥脆软嫩，火候把握得刚刚好。也不知得的什么天赋，一条鱼在她手里能翻出无尽死法儿，然后葬进她的肚子里。江涵闻到家里鱼腥味儿就毛骨悚然，他不敢看老婆杀鱼，更不敢看老婆吃鱼时灵活又享受的表情，他胃里泛着酸水，眼睁睁看着盘里眨眼即殁掉鱼身的鱼骨，像是看到他自己赤裸裸地躺在里面。江夫人吃鱼时必是因为心情不好，或者太好，无论是不好或太好，江涵都胆战心惊。江夫人吃鱼时的眼神比她吃鱼时的嘴更耐人寻味。有一阵江涵家里顿顿吃鱼，吃到第三天时，江夫人从嘴里剔出最后一根鱼刺，一把将桌子上的盘子、碗掼到地下。瓷器碎片四散飞溅，有几块蓝花碎片蹦到江涵眼角，划伤了他，血流了一脸。这年江涵四十八岁，还不算很老，头发已经半白了，发根向后捋时也再听不到火花脆响。

江夫人是死于一根鱼刺。她是因为吃鱼卡到嗓子被送到医院的。当医生终于从她嗓子里取出那根鱼刺时，感到很不可思议，那根鱼刺其实很细软，应该是鲤鱼身上最容易被忽略的小刺，骨感的象牙白散发着柔嫩无害的光泽，凉凉的。这名年轻的医生后来和同事说起这个病人时，还说了一件不可思议的事，他在检查这个急诊病人口腔时，发现这个病人的口腔简直是一口蜂窝，像是被乱箭射过似的，从口到腔到处是孔洞。"奇怪，世上还有这样的人。"医生感慨。

程薇听到这个消息跳了起来，她喊道："老天可怜，你们终于可以在一起了。"黎子欢抬起头，给她一个忧伤的微笑。江涵情况不太好。四十九的江涵俨然已经是个小老头儿，看不到一丝早年意气风发的模样。丧妻之后，他也不向黎子欢提结婚的事，说在忙，这事要等等，提了副院长后，他在向院长努力。"依我的实力和贡献，凭什么这么多年我不能进步？年龄是道坎儿，过去黄金季节就不值钱了，人才也是菜，等不起的。"

黎子欢默默无语，只有等，好在这些年她习惯了等，等得有些心虚时就揭下白纱，痴痴地欣赏那幅《金鲤》。赏画时，时间就长了腿蹑手蹑脚溜过去了，有时她泡壶茶，有时开瓶白酒。江涵当了副院长后，拿到这里各种各样的酒，她不爱喝红酒，邪邪的，有股精液的味道。茶是清前铁观音，金黄的汤色，月亮泡在茶水里，湿漉漉的，像若干年前穿过丛丛人群抛过来的眼神。那眼神让人伤感，往往茶没喝一口就倒掉了，换上一杯白酒，透过深深浅浅晃动的液体，墙上的金鲤就活了过来，挺拔的身躯奋力一跃，冲向天空，终于跳过高高在上的龙门，电闪雷鸣，金鲤化成金龙隐没进云端，摇摆着去了。身后滴溅的水珠兀自遗落人间，落进白酒杯中，砰然有声。一仰头，黎子欢把整杯酒灌进肚子里。

江涵在六月来过一次，爱抚过后，要她临摹他的《金鲤》，画一幅出来，要逼真，要有神韵，和原作一模一样，还要有激情。十年前那个曾高价收购他这幅画的企业家，十年之后阴差阳错又相遇了，而且企业做得更大。一谈起来，这位企业家当年竟然留下一个情结：十年来对这幅《金鲤》一直念念不忘。"人生苦短，不知还有没有十年好活，能得到当年原作的人真是幸运，也罢，兄弟就为我再画一幅吧，我们也算有缘，就了了我这栋心事吧。"这个当年美术生如今已两鬓苍苍，岁月重重地在他脸上打下印记，江涵不由心有戚戚。但这十年他忙于设计，画画的事荒废了，工笔画又是极费工夫的事，想来想去，他想到黎子欢。"我现在成了没有理想的人，混在世上只是喘口气活着的俗人。"他讪笑。"别。"黎子欢心上不忍，答应下来。

这幅《金鲤》，黎子欢闭着眼也能描摹出它的样子，这十年来睁眼闭眼都是它，每个空寂的夜里，它都像个神址，站在与世界接壤的那个风洞处与她对话，或者唱歌。只是要画出它来却不容易。她擅长画仕女，幽幽婉婉的仕女，偶尔画到花鸟鱼虫也只是个陪衬。而江涵要求不但要有神韵，还要有激情，她的性子与仕女画作表现出的恰恰相反，要的是一股子静若泓潭的幽静。这激情要怎么培养呢？黎子欢打电话问江涵，他说要她自己去悟。他总是在忙，身边没有了让他噤若寒蝉的老婆，他做事业突然增添了信心，生出无限动力。有时他抱歉地打来电话，有时过来，总也匆匆的，每次总不忘催她作画。"这里太小，要不你去我家住着吧，孩子们住校，也是空空的房子。"黎子欢不去，她说害怕。江涵黯然，也不再劝她。七月的时候，他们抽时间办了结婚证。

八月底，程薇强拉着黎子欢做检查，果然是有了情况。"你正好趁机告诉江涵，你们早该结婚了。"黎子欢没告诉程薇已经办了结婚证的事，她心绪乱糟糟的，和心爱多年的江涵结婚成为合法夫妻是她多年的愿望，很强烈，也很隐忍，像强别进心上的一根针，疼着也养着。现在突然梦想实现，却没有想象中高兴。为什么呢？黎子欢问自己。她摇摇头，问程薇："堕胎疼吗？"

了生池，有故事的地方。池中央站着抱圣婴的圣母，安静、祥和又纯洁，清清的池水中养着几尾锦鲤，数只是花斑的，憨头憨脑，没心肺地游来游去，只有一只是独特的，黎子欢第一眼就注意到了，那是一条金鲤。乍看到时她疑惑是画上的那只跑进了池子，非常相像，大小、游姿、神态，只是它是安静怡和的，淡淡的，不受世俗渲染。"有一天，你会不会离开圣母飞到天上去？"黎子欢问。

每天下午，阳光去了热时，黎子欢就站在医院的了生池前。怎么劝也劝不到屋里。不单是程薇，医院里的医生护士都担心起来，带她去医院其他科检查，也没发现有什么不对，或许只是心情一时郁结，既然办了住院想住就住几天，反正是花钱的。因为药物过敏，黎子欢的胎没堕成。躺在手术床上时，她晕了会儿就开始说胡话，大叫江涵的名字："江涵，别走！"然后对着墙壁上什么东西喊她后悔了，不做了。程薇又开始骂黎子欢，从小时候的旧事骂到上学时的错事，骂来骂去偏不敢骂到江涵头上。程薇是直脾气的人，几次骂到嘴边硬是含着恨吞了下去。"你呀——"

住了几天医院，黎子欢给程薇骂烦了，坚持要回家。程薇建议到她家住一阵吧。"给你当义务保姆？"黎子欢不去。程薇大笑："不就是乱点儿嘛，家里乱才是个家，才有人间烟火的味道，人生在世上，

179

金

鲤

怎么可能天天活在画里，不要吃喝呀。"黎子欢白白眼儿，懒得争辩。她一直没给江涵打电话，出来时手机忘记带了，后来也懒得回去拿，学校是请过假的，算算也没什么事。重回到家里，她有恍然一梦的感觉。方方正正的小格子屋，旧的窗帘，旧的吊灯，旧的茶几和沙发，一切如旧。送走不放心的程薇，黎子欢一下子把自己扔在里屋床上。猛然，她雷击样直挺挺站起来，呆若木鸡地望着空荡荡的西墙：《金鲤》不见了！

　　江涵很委屈，也很不耐烦，他正在外地开会，一个很重要的会，而黎子欢对他私自把《金鲤》拿走喋喋不休。"好了亲爱的，以后空时我再画一幅给你。"他又补充："有原来那个更好的，我真的在忙，很忙，你要体谅我，等我回去请你吃饭赔罪，好吗？喂？"

　　黎子欢在江涵心里还是占着重要位置的，一下飞机他就往她的小屋赶。这个小区年底前要拆清，大部分住户已经搬走了，大门口空空旷旷，看不到往日晒太阳、闲聊、玩耍的老人孩子们，院里院外往来的多是搬家公司的厢式货车。车轮卷起的涡流充斥着物去人空的风尘味儿。等过几天找个好日子，他们办个简单的仪式就搬走。江涵决定。他打量四处圈着"拆"字的熟悉景象，再有一个月这里将不复存在，十年前就说要拆，一直打雷不见下雨，没想到说拆竟然动手这么快。十年来这里是他一处安心之地，多少个心酸又美好的日子是在这里度过啊，只是现在忙，没有太多时间回味了，拖得太久，拖得身心俱疲，都快记不清自己是谁了。江涵摇头苦笑。爬上六楼时，中间他歇了两次，喘，腿也酸，老喽，经不起折腾了。他再次苦笑，打定主意一定尽快弥补这十年来对黎子欢的亏欠。

　　九月的阳光温情四溢，空气中飞溅的金色颗粒欢快地自由浮动。从窗外射来的光线太亮，江涵没找到黎子欢那熟悉的水波样的身影。但墙上一幅画吸引了他，很精致的工笔画，过在绢上，精湛细腻，色调饱满，画面很有层次感。画上是一幅从两边撩开的窗帘，窗帘之外是路灯，路灯下站着一个抱小孩子的女人。江涵站得更近些细看，那女人不是古代仕女，是穿着十六世纪灰色罩袍的圣母，衣袂清晰，人物立体感十足。圣母面孔苍白，神情绝望，大睁着眼向天空祈诉。怀里，抱着一尾眼里流着泪的金色鲤鱼。江涵发现，那窗帘不是从中间撩起的，而是整幅帘被人从中间撕开，撕扯冒出的残断线头纤微毕现。江涵倒退两步。阳光很好，从窗外映射进来，有什么东西轻轻漂浮着晃动，在圣母图上倒映下一条淡淡的会移动的斑纹。江涵眯着眼向阳光处望去：黎子欢挂在窗帘拉杆上，像终于突破水面重量的鱼儿，在九月轻逸的阳光下飞舞。

眉心痣

　　和谐号迅速而强有力地把窗外的景物抛向身后，快得势不可挡。起初眼前还能掠过高低错落的建筑——那是城市化生活标志的绵延，随后就只是一片片划分了区域的田地，这个季节长在畦陇间的应该是麦子，那一块块田陌，像湿润润被揉皱的绿色丝巾。还有沿路的树，高高大大的杨树，垂丝垂缕的柳树，被初春染出了颜色，却还没有脱尽冬天的外貌。列车飞奔，带着一股按捺不住的兴奋，离那座城市越来越远。

　　旁边那个女人挺奇怪的。最先引起洛青注意的，是她上车后从行李箱拿出一大瓶洗手液样的东西摆在小桌上，每隔五分钟便挤压出一些膏状物，接下来的一分半钟两手互搓，直到液体被吸收干净，空气中弥漫着酒精的味道。看来那不是洗手液，而是固体酒精，专用于清洁皮肤。随后，那女人又掏出一个小瓶，把另外一些东西涂在手上。洛青扫一眼，明白这是一瓶护手霜。从上车，那女人就没有离开过座位，屁股底下，动车组的座椅垫上铺着医院那种蓝色消毒无纺布。女人高傲的身体僵直坐着。洛青一向对无时无刻都注意形象仪表的女人心怀钦佩与敬畏。

　　小乐蜷在她怀里，小腿蹬住车厢，身体向前一窜，乌黑黑的小脑袋几乎顶到旁边那女人身上，洛青歉意地扭头微笑下，用手护住小乐的头，自己向另一边挪了挪。小乐睡得不稳当，身子不停地扭，洛青想象得出他平时睡在床上时是如何的不老实。三年级的孩子，正是没皮没痒的时候。

这孩子刚刚还在翻看那本相册。宽沿笨实的相册当初曾让洛青好生后悔：一路带来带去很是累赘，几次想掏出里面的照片把空相册丢弃。在看到小乐欣喜地把它搂在怀里、日日沉醉其中时，洛青庆幸最终没有那么做。相册是酱紫色檀木框架，微微有些果木淡香，细细品茗时那种味道又无从寻起。相册揭封处滋润着油光，由于年代久远，从纹木的缝隙里透着一股叫时光的东西。时光是需要慢慢品的。翻开哪一页都是时光的痕迹。小乐第一次看到时，他的眼一亮，立刻紧张起来，眉心正中那颗痣在目光绷紧的探寻下开始微微泛红。洛青叹息一声，放下心来，她知道此行不虚，小乐肯定会跟她走。

"艺术即生命：艺术的世界是纯感觉世界。在这个世界里，感觉容易受日常俗念的干扰。因而，艺术的世界也就是感觉最为自由的世界。我们那被现实困扰着的生命，就借助这对于理智来说是虚幻的、而对于感觉却是真正独得自由的世界，来体验生命的自由与存在。"小乐大声朗读。那半页纸是从笔记本上撕下来的，纸色发黄，黑色横线愈发显得浓重。笔画钩点明晰、有棱有角，透出字迹主人一股子勇猛的激情。"姑姑。这真是我爸爸写的吗？"小乐不相信地发问。这张纸片包括那卷手抄稿洛青已经送给他。起初纸片上有一大部分的字他是不认识的，毕竟才是三年级的孩子，能认得多少？但在洛青一字一字的解读下，他硬是记了下来。

"姑姑，你再给我讲讲爸爸的事吧。小时候，他像我这么大时，真的留着小辫儿吗？"小乐两条腿垂在座椅下前后摇摆，相册摊在膝盖上，一只手扶着，一只手揽住洛青的手靠在她胳膊上。

"是啊。照片里不是看到了吗？那时候啊，你爸爸可是家里的宝贝蛋，爷爷、奶奶还有大姑姑、二姑姑都宠他，可娇了，那小辫儿可不叫小辫儿，在咱们老家啊，那叫长生发，是长辈希望孩子长命百岁、一生平安的意思，有的人要留一辈子的。"

"可爸爸后来没有留，他什么时候剪掉的？他从没有给我留过，他是不爱我吗？"小乐兴奋又疑惑，心情一下子有些失落？"我总是不懂我爸爸。"

洛青忙摩挲他的脑袋："傻孩子，你是城市长大的孩子啊，城里不兴这个的，你看你的同学和周围，有谁脑勺后面留小辫儿的？可哪个爹妈不爱自己的孩子？你爸爸不知多爱你呢，你看看，相册后面几页全是你的照片。"

小乐快速翻到后面，停在那里，安慰地笑了。

小乐笑起来简直是小哥的翻版，恼怒和生气时嗔着脸的样子也和小哥一样。其实哄一哄，他马上就会转怒为喜，是明知得宠，故意做出的嗔怪。洛青捏捏小乐的脸蛋，小乐皱皱鼻子做个鬼脸，这一节就算过了。洛青伏在小乐耳朵边，悄悄说："小乐，姑姑告诉你个秘密。"

"什么秘密？"

"你爸爸小时候也像小乐这么俊，大姑姑二姑姑常常给他穿女孩子的衣服。"

"骗人。我爸爸是男人，男人怎么会穿女人的衣服。"

"那是你爸爸小时候的事啊。你爸爸小时候很乖很听话，两个姐姐大他很多，处处爱护着他，尤其是大姑姑，大他十二岁，几乎算是你爸爸半个妈妈……"洛青靠向椅背。和谐号奔得太快了，窗外的原野模模糊糊，白花花的，一闪而逝，让人捕捉不到清晰的景物。

"姑姑，接着讲啊。"小乐贪婪地望着洛青。

"好。"洛青从窗外无尽的泥沼中爬回来，她和小乐两个脑袋凑向相册，重新从第一页讲起："这是你老老奶奶，咱们家寿命最长的老寿星……"

现在小乐睡着了，呼吸平衡，心无挂碍，洛青第一次见他时的那种防备、不信任消失殆尽。洛青从他手中轻轻抽出相册，一抬头，她看到小哥站在门口走廊冲她忧郁地微笑。

"小哥，你好。"是什么东西从眼睛里夺眶而出？

旁边那个女人宛如石化了的雕像，除了不断用酒精擦手，坐在座位上一动也不动。空气中散布着怎么也消失不掉酒精味，开初觉得刺鼻，闻得久了，洛青晕乎乎觉得有些微醉，她晃晃小乐，怀疑小乐有七成是被酒精醉倒的。奇怪的洁癖。

有个念头一直困扰洛青，她始终弄不明白人为什么会长痣，而且几代人会长在同一位置上。她的爷爷，她的爸爸，后来是她的小哥，现在她望着熟睡的小乐，她终于明白了。痣，其实是世代相传神秘的标志，是一家人怕在轮回中失散而留下的印记：确确实实是自己家的孩子，这不会有错。那颗小而圆平的眉心痣就是证据。洛青曾在相书上看到，眉心有痣是大富大贵、吉祥幸福的象征，如果赶考可中三甲；做官可位列三公；家道兴隆，万贯家财。那种小、黑、圆、平的眉心痣是吉痣。在民间不少的父母还喜欢用红胭脂来给自己的孩子额头画上这么一颗眉心痣，而目的就是用来避邪增福。小的时候她也曾有过"眉心痣"，是二姐把红纸沾湿，点在她眉心的，淡淡的，而且总也不是很圆。事先二姐会用一根钢笔在那个位置画圈圈，画完，看一看擦了再画。几次下来她的眉心周围就红了，还有点儿疼。二姐打掉她躲闪的手，强行扭住她的脖子，恶狠狠地说："马上好，马上好。"在她的小心眼儿里，家里只有二姐对她好，所以最终不敢违拗二姐的意愿，忍着疼让二姐画。

其实洛青更多的记忆是和二姐有关。比如半夜从床上掉下来，二姐吃力地把她抱上床，二姐瘦小的身子好温暖；比如二姐晚上讲鬼故事，吓得她不敢哭，尿了裤子，二姐没心没肺地哈哈大笑，并在第二天讲给别人听；比如被胡同里的野孩子欺负，二姐拿根棍子和几个半大男孩子打架；比如她第一次来红，是二姐一边骂她别哭，一边给她连夜缝好一个月经带。她是二姐的铁杆跟屁虫，二姐高中时有男孩示好，请二姐看电影，二姐也带着她。有关二姐的记忆混在洛青自己的生命里。至于小哥、大姐，包括父母还有其他亲戚，洛青反而讲不出许多。今天向小乐讲的，对小哥的回忆许多只是来自父母、大姐的复述，像没有亲身经历过的老电影，恍恍惚惚有几分不真切，讲着讲着自己就起了疑心。她感觉自己好像从来没有踏踏实实地活过。

对于世上某一部分父母，孩子之于他们来说，分成男孩和女孩。当婴儿孕育在子宫时，这种关于男孩或女孩的意识还不很明确。那个鼓起的肉囊是个谜。而一旦脱出母体，男、女自现，一切就不同了。洛青家姐妹四个，上面两个姐姐，小哥排行老三。不识字前，洛青在看了一些画书后，常常幻想小哥是鹳鸟或者仙鹤之类长着长腿的大鸟送来的礼物，是天界下凡到人间的宝贝。这种命运是出生前就排好顺序的，没有人能够改变，小哥从一落地就被注入某种属于神灵的东西，那种东西肯定能被别人一眼看到，所以他得到家人、往来的亲戚以及邻居们的重视，而洛青只能作为旁观者。洛青用力探究那种东西，时常忘记时间、空间和吃饭。小哥被洛青无休止的打量弄得心烦意乱，他没好气地搡洛青一把，让洛青滚到一边儿去，大姐就笑，轻轻拍他的屁股，嗔怪他不知道让着妹妹。大姐的笑里有着母爱的慈祥与光辉。洛青是如此觊觎并嫉妒小哥的位置，认为如果自己早于他出生，成为男孩的那一个，理所当然受宠的是自己。父母对其中一个孩子的宠爱，往往是其他孩子心灵上的灾难。这么多年，父母并不觉得。并不是洛青把这种伤痛隐藏得好，而是父母和大姐、小哥他们根本没有意识到。洛青在吃小哥的醋后赌气离开，他们会哈哈大笑，只是认定洛青小气，没有幽默感。唯一少许能够同情洛青的是二姐，可惜后来她嫁得很远，在黑龙江那边儿，和隔岸的俄罗斯人做生意。洛青猜，她是故意要离这个没给过她过多关注的家远一些。

小哥离开家那天，父亲摔了一个碗。那只碗被扔到小哥脚下时，打了个滚儿，然后碗口朝下，转了几个弧心圆后，静悄悄地卧倒。空气中散布着大米粥的清香，滚烫的蒸汽从地面升腾出淡白的图形。父亲的愤怒从胸腔喷涌，变成一嘴燎泡，密集的白点里满是透明的液体。因为肿胀，父亲的嘴唇比平时厚了许多，但她们不敢轻笑他的滑稽，甚至不敢注目那个地方。母亲日日以赎罪的心用香油擦涂它们，一直坚持了三十二天。而作为重要道具的青花碗很不给面子，它甚至没有磕破一点儿瓷。后来，那只青花碗摆在小院南墙根茂密的扶桑树下，成了洛青家那条叫点点的狐狸犬的食盆，旁边还有一只，也是青花碗，盛着一碗清水。

小哥就是在那天被家里"雪藏"的，家里任何一个人都不再提他。偶尔因为什么事小哥即将"破冰而出"，大家相互间又交换下眼神，从对方畏惧的神情中找到一点儿支援，支撑着重新把小哥打回去。随着时间，洛青他们彼此畏惧的东西越来越坚硬，慢慢以固体的形式充塞在周围，和空气里。这个东西叫疼痛。

六月，初夏的阳光一天比一天长，街道两旁的老槐树像终于吃饱的蚕，夜以继日往外吐着鲜嫩的新叶。晚春带来的槐花还没有落尽，一嘟噜一嘟噜挂成铃铛串儿的叶瓣显出老旧的淡黄，香还是透着雅香，只是快要被枝叶生长的泥腥味儿压下去了。满大街都弥漫着阳光的气味，某种不可名状的喜悦在无遮无掩的蓝天下悄悄燃烧。洛青把江子丰送给她的一串槐花放在父亲鼻息处。父亲的鼻子抽动两下，皱着眉头睁开了眼，先是凝神分辨眼前东西，待看清后又抻开视线分辨眼前人。父亲近年一直是以慢动作的方式生活，好像要让思维上好几层台阶才能与现实对接。他看清是洛青，脸上微微有了笑意，发出轻微的"呵呵"声。洛青抖动几下手中的槐花，问："香不香？外面槐花开得可漂亮了，满树长着带香味的雪。"父亲用力吸了一口，平静信赖的眼神盯着洛青不离左右。自从他不得不全日躺在床上后，洛青突然成了他不能离开的人。病床上的父亲更像父亲，温情、亲切、听话，从前一目了然的锐角平顺地耷拉下来，任洛青抚摸瘙痒。六十六岁的父亲老了，开始需要别人的照顾。洛青不止一次这么想。

病房攒了一夜的气味。让人心里发堵的消毒水，摸起来永远冷冰冰的白色病床，支架上悬挂的液体袋，护士递过来珍贵的不得不受重视的体温计，包括每张病床下摆放整齐的统一规格统一样式的脸盆、夜壶，都集体散发出属于医院的味道，和病人的气息和在一起，湿漉漉地钻进皮肤和呼吸道里。洛青尽量不让自己显出厌恶的表情，她哼着歌儿，若无其事走向窗户，拉开窗帘，把窗户掰开一道缝。

邻床的夫妻又在拌嘴了，妻子有点儿口吃，吵起来没有丈夫利索。"你，你，你有理，不，不不不和你一般见见见识。"说完噘起嘴把脸扭到一边生闷气。

"你个乡下人有多少见识。"丈夫逗了口舌，又不甘心寂寞，伸手挠妻子的痒痒肉。

"去去去你的。嫌我，再再再再找一个，你你你。"妻子一巴掌拍落他的手，又气又笑。"讨厌。"这对夫妻总让人捏着一把汗，谁都看得出妻子很宠爱丈夫，丈夫在她纵容下开起玩笑来无法无天。如果不是肠道手术，怕不知怎么"欺负"妻子呢。洛青摇摇暖瓶，那个妻子立起身："小妹儿，我正好要去打水，帮你灌一瓶吧。"不由分说提起来就出了门。"嫂子是个好人。"洛青对床上那个男人说。

"嗯，是个好人。"那男人嘴上回答着洛青，眼睛期待地盯着妻子离开的门口，脸上却几分寂寞。洛青怔了怔，眉心倏然一跳，心头冒出早上刚刚见到的江子丰。江子丰是她刚谈的男朋友。父亲病后洛青忙着照顾父亲，和江子丰见面并不少，没事时他都会来医院陪她。只是他们之间有点儿什么隔在那里呢？说不上来，也弄不清楚。走走再说吧。洛青心里微微叹口气。

2010年春节，小哥在离家一年后以飞翔的姿态冲进家门。当邮递员敲开防盗门，把那封刘翔跨栏的蓝色快递件和一支签收的笔同时递上时，大姐和母亲正在包饺子，父亲全无用心地看电视。洛青刚和江子丰通完电话，心旌荡漾，一脸藏不住的喜气，江子丰在电话里称她为老婆，央求今年十一就把婚事办了。洛青隔着话机啐他一口，说哪有那么急，她还要考验他几年呢。洛青边回忆电话那边江子丰夸张的哀号，边在邮件右下方随手写下自己的名字。全家人没有任何防备，小哥就进来了，以两张照片的形式。小哥回来得并不体面，一张照片里的他看不清面部表情，身子像袋鼠，装在宽敞的灰色风衣里。他只是作为风衣的一件陪衬，两条细腿像两条挺拔的鸟足。另一张照片是背面，头颅左面凹进一个大坑，毛哄哄的头发贴在坑底像是毛哄哄的鸟巢。只是那只叫"生命"的鸟儿再不会回来了。母亲一跤跌在地上，再没有爬起来。

大姐给小哥家打电话，电话无人接听，打小哥手机，手机关机，打给小哥的爱人明明，手机关机。打给小哥的公司，公司说两年前这个人已经辞职。"那你们知道他后来去了哪里吗？""不知道。"大姐给寄件人留下的号码打电话，那个号码是空号。大姐强撑着身体奔赴上海。洛青要去，大姐望着她摇摇头。大姐疯了。洛青从大姐的眼睛瞳仁里看不到大姐。从上海回来，大姐整个人就老得不成样子了。打电话单独告诉洛青，说那是真的。"不要告诉父亲，只说我还在找。"大姐叮嘱。母亲的葬礼与父亲的住院分开进行，大姐安排后事，洛青负责照管父亲。有一天，父亲在医院的病床上大声哭喊，捶着床帮：
"你这个没心没肺的，死得好啊，死得利索，干干净净的不用受罪。"
洛青急忙去找护士，一直到清晨才把父亲安抚下来，只是他再不能动
弹。父亲能说话时，最后一句他喊的不是母亲，不是小哥，更不是洛
青，他喊小乐。小乐是小哥的儿子，每年在春节时从上海回来，小乐
的眉心正中也有一颗痣。父亲躺在病榻上，寂寞得像一棵对阳光没有
了要求的植物，只有洛青来时他才会从虚无里暂时分离出来。他的眼
神追随着洛青，纯净安稳，湿漉漉的温顺。其他时间父亲则面无表
情，对外面的世界不理不睬。护士长私下暗示洛青："你家你能当家
做主吗？"

　　洛青下意识地摇摇头，说不能，想一想，又说能。洛青决定去找
嫂子明明。大姐沉重的身体深陷进沙发，说不要去了，"那个女人不
会见我们的。""会见的。"洛青回答得很坚决。大姐从沙发里抬起一
夕灰白了发的头，看着洛青，好像打量从不认识的人。洛青心里一
疼，从里面看到另一个父亲。"会见的。"她安慰地拍拍大姐的手，
背起行李箱。

　　找到嫂子明明并不难，尽管有从大姐那里抄来的地址。因为明明
并没有搬家，小哥婚后曾邀请洛青来上海小住过几天。小哥的居处既
不近临黄浦江，也不住在弄堂里。那时洛青正被王安忆的《长恨歌》
迷得七荤八素，思想里认定没有看到弄堂的上海根本就不是上海。后
来小哥架不住洛青缠磨，特意请了半天假陪洛青转弄堂。第二天，洛
青便恹恹地闹着要回家。上海的弄堂让洛青大失所望，既没有看到层
层叠叠小心堆砌起来的壮观，也没有看到上海弄堂如何风韵多情，只
是觉得逼仄得让人心里紧张。只有爱一个地方，才会看到那个地方的
美。洛青不爱这个地方。小哥住在重重大厦里的某一个单元。门口的
保安问清她来找谁后，狐疑地上下打量，那种目光带着尖儿，一直捶
打着"乡下人"，洛青逃进电梯间。

　　明明肯定是忘记洛青是何人了。她打开门，一手扶着门框，一手
拉着门把手，疑惑地望着洛青。明明还是结婚时那样苗条、高傲，时
间给她填补了一些细腻的东西，也让她更加清冷。到底是自己家的

人。洛青眼眶一酸，掉出泪来。"嫂子……"

明明脸色遽变，一言不发，猛力合上门。隔着门，明明的声音从另一方传来："你哥哥得的是艾滋病，是他自己要死。你们不要再来打扰我们母子好不容易平静下来的生活。"

"嫂子——"洛青哽咽着。

"走吧。他所有的东西我都烧了。"

"我只是想让爸爸见小乐一面。"

"没有必要。我们不欠你们什么。"门后响起另一层厚重的关门声，金属相互碰撞在一起。一梯双户的楼梯间寂静得吓人。三月里一路上处处可见春意，而上海照不见阳光的大厦里居然跌进冰窖的阴冷。洛青放声大哭。

小哥走得不名誉，上次来大姐已经打听得清清楚楚。自幼生活在众多女人宠爱的圈子里，使他看不到女人的危险，一旦得罪了女人便不知如何应对。小哥毁在两个女人的手里。一个是老婆明明，一个是他的情人。老婆恨透了他的背叛，不让他进门，不许他接触孩子。情人也没能给他他所向往的温情，把一件有害的"礼物"遗留给了他。那阵小哥肯定很失意，匆匆回家，大概是想要寻得一点儿安慰，却因为羞对人言的绝望和暴躁惹得家人不快，自己不快，最终愤而出走。洛青立在小哥门前，仿佛看到小哥站在自家门前痛哭流涕，继而对着防盗门狂踢乱踹。上下邻居们鸦雀无声，整个大厦卧铺鸦雀无声，有什么东西封住了这个世界的口，只留下小哥这么一个疯子在自家门前发疯。疯掉的小哥撬开楼顶的风火窗，他对发出的巨大声响毫不在意。物业保安也许醒着，也许睡着，没人阻止这个疯子。然后，小哥仰望沉静的半月，向着十二月深邃、包容一切的夜空飞翔而去。

明明开始还避着洛青，后来干脆对洛青视若无睹，横直着从洛青身边而去。她的手提袋里有时是一把细长的豆角，有时是绿叶的芹菜，有时是一尾鲤鱼。洛青知道那是小乐的中饭或者晚饭。洛青从超市买回来许多食品以及玩具放在明明家门口，第二天再去，门口的保安就露出一脸讪笑，笑过几次后，洛青就发现保安总在她来后就守着明明单元楼前的垃圾箱。洛青再见到那个保安，就觉得他笑得贱，笑得猥琐。

　　洛青第一眼见到那孩子就知道他肯定是小乐。眉心一颗圆圆的黑痣。小乐踩着自己的影子走，大书包压在双肩上像背着重重的心事。下课铃打响，校园栅栏门大开，尖叫的孩子们冲出一道河，还有门口接孩子的家长，自行车、电动车、汽车，截断整整一条繁华的马路。洛青跟踪明明，远远看小乐晃着身子从学校里出来，走到门口，被明明急躁地拨拉了一个趔趄，明明似乎在怪他走得慢。小乐缓慢抬头看一眼明明，漫无表情地继续往前晃，时不时又被扯上一把。明明似乎察觉到洛青要打小乐的主意，看小乐看得很紧，不到下班时间就跑到学校门口等小乐。洛青小心翼翼不让明明发现自己，她买了一顶假发，换了装，假装也是接孩子的家长。

　　终于给洛青逮到一个接近小乐的机会。小乐出现了，明明没有到。小乐茫然四顾，不敢自作主张离开。她轻轻走到小乐面前，怕吓到小乐。她离他一米，远远微笑着："嗨，小乐，你好。我是你的姑姑。"洛青左手递过一张小哥的照片，小哥怀里抱着笑容灿烂的小乐，右手递过小哥和洛青姐妹们的合影。"这是你和爸爸。这是爸爸和姑姑们。"她用左手小拇指圈点着右手照片其中一个头像："这个是我。"洛青眼里闪着泪。

　　和谐号减速时，洛青心里放下一块石头，终于是到家了，她的目光急迫地穿过层层苍灰的曙色，投注向一个地方。窗外的杨树长出结实的绿叶，走时是三月，现在已经是四月初了。车身抖动，身旁的女人也伸展身子开始收拾东西，她这一动，洛青吓了一跳，几乎忘记这个女人不过是个旅客。洛青借机打量她的脸，心要从嘴里蹦出来，这个奇怪的女人居然和明明长得很像。人流从身边涌过，每个经过的女人都长得像明明。洛青目瞪口呆。带小乐回家见父亲的激情稍泄，明明立马从她脑海里翻滚出来。洛青紧紧牵着小乐的手，从和谐号车厢里落荒而逃。

　　同座位的女人一直跟在洛青他们身后，走向出站口需要穿过地下通道，四月清晨还没绽放出暖意，地下通道响起一片吸冷气的声音。洛青走在前面，仍能感觉到那个女人的温度，她仓皇急走。"姑姑，我想小便。"小乐鼻子头冻出一个红尖尖。"马上就到，马上就到。爷爷在那边儿等着见你呢。"洛青安抚他。她急促地想摆脱身后那个女人，从一边走向另一边，绕过前面的人群，粗鲁地推开走在一起的同伴，从人家中间穿过，所过之处一片抱怨和小小拥挤的混乱。可仍是无法摆脱那个女人，那个酷似明明的奇怪女人紧紧贴在他们身后。洛青忍无可忍，走出通道，站在出站口，她猛然扭回头，冲那女人大喊："你到底想干什么？"她想做出凶狠的模样，但耳朵里却听到虚弱的祈求。她害怕了。女人冷漠地翻她一眼，没有丝毫停留，向前而去。洛青滑稽地怔在当场。小乐扯扯她的胳膊，莫名其妙地问："姑姑，你怎么了？""没事，我们走。"洛青脸上一时哭、一时笑，好半天才缓过劲儿来。

虚惊一场，洛青却始终没有逃开明明的追踪，她领着小乐上山时，山下传来警车的咆哮。明明报警了。望着还有一段的山路，洛青腿软得走不动道。她不停问自己，"我带自己的侄子完成父亲的心愿，错了吗？错了吗？"山下传来犹如母狼般的哀号，明明在叫。叫什么呢？洛青听不清。小乐兴奋地拉着洛青快速往山上跑去："快走姑姑，是妈妈，再不走她就把我抓回去了。"小乐攥着洛青的手，眉心那颗痣因为激动泛成玛瑙般的红，他不时回头催促洛青，像多年前小哥闯祸、拉着洛青上山逃避父亲的责骂一样兴奋。

洛青脑子里空空荡荡，不晓得自己为什么要到这里，不晓得自己为什么一定在这个清明节带小乐给父亲和小哥来上坟。一直支撑在她心里的那种归属感突然变得虚弱无力。"我为什么要这么做？是为了渴望父母的怜爱，要讨好他们吗？"漫山野草，高高低低铺排得遍山遍野，与春节前父亲和母亲会合时的荒凉判若两样，连黑漆漆的石碑都因为这绿色变得生机勃勃。这是洛家祖坟，其他坟头稀稀落落长着草，包括小哥的，只有父母坟包上培着新土，周围撒着泪点儿一样的白色纸钱。他们离得是那么近，父子、母子终于以不可拆分的形式聚合在一起了。一股不可忍受的辛辣冲进洛青的脑仁，她捂着胃部蹲下来，一眼看到碑座上盛着供品的青花碗……

看，又回到那只青花碗。青花碗是 2007 年某一天，伴着周杰伦那首《青花瓷》走进洛青家的。青花碗似乎因为同有"青花"二字，吃饭用的家常碗也闪烁出幽蓝的古典美。洛青的母亲是杰伦迷，每次去超市看到周杰伦的光碟，逢见必买。买回家也没见听过——也许是因为家里只有她与父亲两人，而父亲根本是从骨子里就缺乏欣赏细胞的人，他似乎什么也不喜欢，除了他的儿子。阳台上专门有个纸箱，里面放着满满一箱周杰伦，以及海报。这个习惯母亲一直保持着。超市音像部的小女孩，见到偌大年龄的母亲造访，画了彩妆的漂亮脸蛋总是笑意盈盈，远远便起身相迎。音乐是没有年龄界限的，一大一小两个发烧友在柜台前摆上一摞周杰伦，谈天说地情意绵绵，像两个相知多年的闺蜜坐在喧嚣街头的咖啡座上，对来来往往的他者视若无睹，自得其乐地喝着下午茶。每次跟母亲逛超市，洛青总是独自悻悻然徘徊于琳琅满目的音像架前，偶尔打个哈欠，瞟上一眼那个兴致勃勃、染了棕红头发还不算很老的女人。

有一天，洛青上百度搜索，一堆信息跳出闸门，蜂拥而出。周杰伦。英文名字：Jay；性别：男；地区：台湾；职业：歌手、导演、演员；星座：摩羯座；血型：O；身高：173cm；生日：1979 年 1 月 18 日生（阳历）。洛青记得，1979 年 1 月 18 日也是洛青小哥的生日。如果小哥活到今天，也有 32 周岁。

一只蚂蚁的飞翔

  火车到底是把她带走了。D 字头，动车组，十一点五十分，准点。青白的太阳光穿过层层云团扑进站台，道内的铁轨反射出尖锐的冷光，詹明眯眼扭向别处，再抬头时列车已驶远，终于在转弯处车尾一晃，不见了。

  出站口的人比方才稀落一些，晃动的人头多是等着拉客的出租车。阳光阴了一下，疏忽又提升了亮度，广场马上显出凹凸，人声也似乎暖和起来，毕竟是十一月了。地上黄色标记旁横躺着一个被人踩扁的易拉罐，詹明下意识地一脚踢去，罐子哐啷哐啷滚出一米，发出很大的声响，引起不远处清洁工的注意。詹明怔了怔，怏怏地向单位走去。刚刚开走的列车带走了他的所有，一颗心受不住的空，身子轻飘飘的。走出老远他茫然四顾，才发现走岔了路，南辕北辙，单位在另一个方向。

  现在他心里全是车窗内卢金妮那张泪脸，泪水不断滚下，也不擦拭，一双眼睛牢牢地望定他。那神情是燃烧的绝望，又像是深情的邀请，有一瞬间他几乎要跨步上车。如果真上了车，现在也不会这么难受。至少这种像死掉一半的感受会向后推移，往后推一时算一时。和卢金妮在一起是没有时间概念的，连空间也是狭小的，小得只容得下他们两个人。他心里既觉得甜又觉得苦，却又不能对任何人宣泄，只能把这些事埋藏在心里，让它们慢慢进行，慢慢发展下去，发酵出一坛醇美有年头的老酒，在他老得只会晒太阳时，享受曾经年轻的

194
陌生人

时光。

车站越发远了，远离车站对他的思维有好处，只有这样，他才能暂时远远抛开那个人，沉湎于他自己的情绪。他们的故事总也离不开车站。无论在哪里的车站，在他们的故事里他始终是一个宽容的旁观者，他们的别情在他眼里无所遁形。

卢金妮是前年五月底走进他生活的。那是满街槐花飘香的季节，他和上司老杨到她的城市出差。接站的同仁说正巧赶上公司五周年庆，明天公司全体出游，一起赏光参加。老杨呵呵乐着应承："好日子，好日子，一定参加，一定参加。"这位姓苗的同仁从副驾座回过头来补充："我们公司有位美女是你们那里人，到时介绍给你们认识。"

后来在人潮如涌的楼道里，在那个从来没有想过的瞬间，詹明看到了她，卢金妮。一个颇为文静的女子，高高的个子，半卷的长发，月白色的半长风衣，从远处略显幽暗的楼道里向詹明走来。没想到她言谈举止间竟然透露出詹明喜欢的那种淡淡的冷漠气质来！要命啊！一瞬间詹明感到了疼痛。身旁小苗大声招呼这个女人过来，当她如花笑靥呈现在詹明的面前，小苗介绍她就是那个同乡时，詹明竟一时间有点错愕，除了错愕，还有惊喜。

老杨抢先伸手过去，用力攥住卢金妮的手："没想到在这里能碰到老乡，还是个真美女。"

詹明最看不得老杨见到漂亮女人时两眼放光的模样，他别过脸，咳了一下。卢金妮面露微笑，从容端庄地握手，一一问好。仔细聊过，詹明大吃一惊，卢金妮竟然是他们市新中国成立前著名大资本家卢凌的嫡亲孙女。

新中国成立前卢氏生意遍布各省，市里有一半资产都姓卢，产业有房地产、珠宝、典当、钢铁、煤炭。凡是能够生钱的行当，都有卢家号。新中国成立前夕，卢凌一家突然不知所踪，遗下大批企业和房产。政府按无主产业一一进行了改制。许多年过去了，一些企业已经不存在了，而当年的"盛科公司"却越做越大，保留至今，先前做的是纺织，后来做起对外贸易，纺织品远销海外。只是因为市区规划要拆迁，厂区已经搬走，到时原址将建成商业区。詹明家在盛科公司附近，每天他都要从旁边经过。卢凌出自名门，祖籍山西运城，书香世家，又留过洋。关于卢凌有许多种传说，盛传最广的莫过于他终身只有一妻，既无外室也从未有过绯闻，这在当时浮躁的社会不能不算个传说。盛科公司的牌匾高高挂在厂区门楣上，任何一个路人都能看到那块硕大的柚木黑匾。"龙飞凤舞"四个大字左侧落款"梦斋"，梦斋据传是卢凌雅号。

卢金妮听得入神，满心神往，迷迷茫茫望着远方，喃喃自语："我想要亲手摸摸爷爷写的牌匾。"这时他们正坐在安静的茶室，几个人煨着一壶茶闲谈。晚饭后公司请詹明和老杨喝茶，卢金妮作陪。詹明借着茶光瞄卢金妮，这个女子像是无意中从潘多拉盒子里放出来的，在他最没有防备的时间里闯到眼前，并不断补充她在他心里的形象。无论从哪个方位看，詹明都挑不出她的毛病。那天夜里，詹明在老杨震天的鼾声中，梦到了卢金妮。

清晨徜徉在湖光山色中，是一件美事。绿湖，在淡淡的紫中敞开它的心扉。绿湖湖身狭长蜿蜒，向东展开。今年是旱季，从湖畔痕迹来看湖面低了很多，但仍难掩它的魅力，接待方特意提醒大家起个大早，但已经有许多钓鱼者在支杆垂钓，有的旁边还架着帐篷，有锅灶厨具，问了问，这拨人是外地来的，带着一辆车，还有几个伙计在那边呢，那人豪气地拿手向东比画。"呵，真是了不起，为了钓鱼竟然跑这么远的路，在这山旮旯里一待就是几天，雅兴啊。"詹明向身边的卢金妮感慨，卢金妮含蓄地微微一笑。他们这路人马沿湖走走停停，蔚蓝色的湖水在渐渐升起的太阳下变淡了，清冽无比，像安静的女子温婉而顺和地悄然默立。一路玩赏大自然的风光，一路在心里品着自己平和、静怡的心情，美景、美女，詹明觉得这日子过得真滋润，如果天天这样过该多好。

卢金妮一直跟随在詹明左右，听詹明讲家乡尤其是卢凌的旧闻。詹明是当地人，又有卢金妮的请求，自然愈发爱表现。老杨插不上话，心里颇不自在。好在小苗又招呼来几个年轻女孩子陪老杨说话，老杨这才高兴起来。吃晚饭时，老杨刺了詹明几句。詹明一笑，不和他计较。

这天过得不错，微熏使人兴致大发，詹明小饮了几杯。

出来时山区很黑，没有路灯，高高在上的月亮也被乌云遮住了，詹明一下子迷失了方向感，他手机有个手电筒功能的，却怎么也找不到，前面的人走很远了，他还在后面摸黑，有好几次不是碰在台阶上，就是走到灌木丛里，适才热闹的气氛远了，似乎只是一缕不真实的空气。詹明独自落在无边的黑里，正犹疑，一只手攥了过来，紧紧拉住他衣角。他的心一跳，凭直觉，他认出是刚认识的卢金妮。他握住她的手，她一声不吭，任由他握着。她的手冰冰凉，颤抖着，詹明不知她是因为黑，还是因为在这么个伸手不见五指的黑里，与一个不熟悉的男人十指相握。他们默不作声，像一对连体人。回到灯光下，刚才通体浸透的寒意被融化了，这才有回到尘世间的感觉。卢金妮抽回手，像老朋友那样微笑，对刚才的依偎和依恋毫无羞涩，灯光下，卢金妮清颜如玉，明眸烁烁生辉。故事开始了。詹明内心轻叹。

潘多拉带着恶意而来，当那个神秘的木盒被好奇打开，人类从此就开始了沦落的旅程，这一点，怨不得别人。人不能思虑太多，有些事想得多了自然生出无尽的事端。若干年后詹明仍在想，如果没有绿湖之行，是不是他们永远不会发生以后的故事。无从得知，只能说，路在脚下，尽管脚由心支配，而心却是不由己的。他与她，是前世情缘太重，在过奈何桥时喝下孟婆汤也没有忘记，还是前世彼此欠得太多，这一世注定要偿还？无论是什么吧，反正他们已经是在劫难逃，心不由己……

那夜，从黑暗回到光明，迷迷茫茫的灯光让人失了主见，似想融入人群中，挤掉那种孤寂感，又想一个人独处，享受超然。宾馆内人声嘈杂，声乐鼎沸，与前一时外面的凄凉寂寥恍若两重天，詹明裹住卢金妮的肩，重新走向室外，找了个台阶坐了下来。那夜他们说了许多话，两个人不停地说，像埋在心里的话终于找到一个出口，咕咚一声，阀门打开，滔滔不绝，两股浪汇聚成一条河。那夜说了些什么，后来詹明都不记得那么清，在脑海里只剩下头顶那轮山月。静美、安详。那夜他们很晚才回各自房间。互道晚安时，詹明握了握卢金妮的手。

业务谈得很顺利，公事轻松时，也分别在即。卢金妮送他到车站，像是恋人间真正的别离。卢金妮眼里的不舍让詹明心疼不止。老杨又吃醋了，怪声怪气催促詹明上车。詹明心里说不出地烦躁。

关于顶头上司老杨，有一个笑话，他的办公室在楼头西南角，对面是一栋高及二十三层的写字楼。没事时老杨爱站在窗户边儿唱京戏，据传老杨是什么社团的票友。老杨唱戏多是锁上门的，偶尔谁碰上，只要不是急事，他又唱兴正浓，就会让来人旁观，继续甩他虚拟的水袖，扭他的"小"蛮腰。

一天，一屋子人正在他办公室开小会，一个西装革履的年轻人手捧一束鲜花敲开了门，进门就四处瞅，望见部花雷丫儿时，眼睛里竟然浸出了水汪汪的月色。这个三十出头儿的大男孩儿磕磕绊绊，对众人疑问视若无睹，径向雷丫儿发问："天天在这个窗口跳舞的，是您吗?"大家愣了神，雷丫儿眨眨眼，望了望老杨，反问："你是谁?""哦，我是对面写字楼的。每天在对面欣赏您的舞姿，一直向往见到您，今天终于见到真人了，果然像仙子一样。"水汪汪的月亮随手递上鲜花。众人喷笑，老杨拍案大怒。后来有人偷偷见到雷丫儿和那个月亮一起吃饭，就调侃她，什么时候老杨的粉丝租给她了? 雷丫儿嘿嘿一笑，答："不要白不要，月薪 70 万，还是白金焊的金丝。"有人传给老杨，又惹老杨一通郁闷。

出差回来后，老杨添油加醋四处宣扬詹明的"艳遇"，公司同仁"哦——"一声，心领神会扭头冲詹明一笑，几个家伙围着老杨起哄，要老杨下次出差带他们，也争取遇到人生故事。

平时詹明从不掺和有关老杨的一切讨论，别人说别人的，他不发表意见，也不给老杨打小报告，两不得罪。可有些事老杨像长了顺风耳，头天晚上说的话，第二天当事者不是接了难办的案子，就是为了什么由头挨上一场骂。被老杨骂过的人无数，詹明是没怎么挨过骂的中的少数，时间久了，有人就怀疑是詹明告密，大家聚会时就有意识地撇开他。老杨那里初时对他也算热拢，后来发觉詹明不说与工作无关的话，认为他和自己不一心，也冷淡他。詹明觉得冤，又觉得不值喊冤。喊给谁听呢？做好工作就有提成，在公司，谁的红包厚，谁就是老大。再说，他还有金妮呢。

上次回来之后，他们有很长一阵没有联系。詹明总想起她，却又不知找什么借口联络。有一天詹明把玩手机，摁到通讯录，随意翻，蓝条动画屏不停转动，转到卢金妮时停了下来，詹明怔怔回忆从那幽暗长廊走出的、摇晃在半明半暗光线中的身影。摁出短信，不知说什么好，一闪神，竟然把空信息摁了过去。正犯傻，哪知同样空白的短信迅速回复过来，詹明笑了。故事真的开始了。

卢金妮是个写诗的女人。有一天卢金妮发来一封电子邮件，很诗意的语言，詹明为之激动良久，收藏进文件夹舍不得删除。卢金妮是这样写的：

"我们的事情既像刚开始不久，又像已经发生很久。记忆总是在独处时不经意间泛上来，新鲜如昨。有时候就有晕晕的感觉，怀疑是不是真实的，怀疑是不是自己的幻觉。

如果是一坦平途那也没什么可说的了，只管好好享受，但我们不，上天给我们的是一道道溪，一座座丘，凹凹凸凸间繁花似锦，既不单调，耐得住咀嚼，又平缓有致，在我们心理承受范围之内。毕竟我们不是青黄少年，没有多少空间可以狂放。上天眷爱我们，这意外之缘弹在生活徽弦之上，低吟出的是处理得当的轻喜剧。"

六月末，卢金妮来了。来与不来，卢金妮犹豫很久。詹明说下周盛科公司即将拆除，再不来，她爷爷一手创办的公司就再也见不到了。随后，他又发去短信："你见，或者不见我。我就在这里。不悲不喜。"这句仓央嘉措的诗究竟起到多大作用，詹明不得而知，卢金妮一连三天了无声息，这让他思前想后坐卧不定，疑惑是不是轻佻了让卢金妮看不起。第三天，卢金妮终于发来信息，说票已买，第二天早晨到。

卢金妮坚持要先去看卢凌的盛科公司。

盛科公司像一个老派绅士，尽管已经过时，却难掩其内涵丰厚的风度，这种风度不是嫁接的舶来品，而是举手投足从内而外不自觉间散发出的气质。气派的大门楼，飞檐走廊雕刻得很精细，四条屋脊各蹲着四个木兽，威风凛凛。那块牌匾横担在门楼正中。卢金妮一看那块匾就激动不已。说奶奶闺名有个"盛"字，爸爸名字中有个"科"，从这块牌匾足见爷爷是个重情的人。新中国成立后他们一家先是到了新加坡，之后去了香港，爷爷在那里去世，后来爸爸带他们落户北方那座城市。爸爸在世时对老家的事只字不提，有关童年的记忆不知是淡忘掉了，还是别有隐情，他只告诉过妈妈他曾在这里生活过。

拆迁队已经入驻，还没有大面积动工。自从市政府下了决心，一切规划都行动得很快。公司大门口拉着纯色警戒线，旁边立着一块刷着白漆的木牌：禁止入内。詹明找到保安，解释半天，指着卢金妮说是卢凌后人。保安一脸漠然，要詹明拿接待批条，后来说仓库还没有搬清，不敢放人进去。詹明掏出电话要找人。卢金妮拉住，说进不进去都不是重点，重要的是她来了，见到了爷爷写的牌匾。说着，眼里就流出泪来。詹明心中不舍，有什么东西漫上来，他忍不住托住她的肩，吻了吻她的耳垂。

卢金妮待了三天，今天早晨离去。三天里，该发生的都发生了，分开时也就带着撕裂的疼。隔着千重山万重水时，相思只在精神层面，毕竟有距离阻隔着，有一些疑似虚幻的东西填补着，好歹总能在有事情做时转移注意力，而一旦有了实质性的进展，男人、女人、飞扑进造物原初，或者同一块泥巴，或者同一个身体，再不愿意分开。

"我常常回忆我们那天下午去过的公园。公园里满眼绿色，春意无边。在旁边长着一棵茂密杨树的石凳躺下时，你说：'我爱你'。昨日风景真好！愿斯情斯景一世久存！"

卢金妮走了。现代都市里的一个童话，发生在詹明身上，詹明发觉自己自那天起不仅发生了物理变化，同时也发生了化学变化。究竟哪里不对了，他自己昏昏沉沉也说不大清，对于老杨的横加指责时常控制不住地厌烦。这大概老杨也看出来了，有天开小会时，老杨当众点詹明的名，说他最近业绩不行，要小心了。詹明火冒三丈，他顶老杨，问他具体哪个月的业绩不行了，要小心什么？"业务暂时没有进展，具体什么原因你应该更清楚。"老杨没想到詹明会发火，一时无言可对。

这些詹明后来都告诉了卢金妮。卢金妮劝他要不和老杨计较："嫉妒你呢，是不是你们公司要有什么变动？和我们公司的业务联系人一直是你和老杨，最近换了一个姓姜的。我会帮你的。"詹明"哦"了一声。

总经理助理和詹明是老乡，关系比和老杨走得近，一天 K 完歌后，悄悄告诉詹明，要好好表现，听说中层人事要调整，老杨可能有什么想法。詹明一下子明白了，姜泰最近和老杨走得很近，处理了几笔好单，肯定是他们有勾结。老杨这些天连续丢给他一些不好处理的单子，尤其是昨天那笔单子更是块难啃的硬骨头。老杨没安好心。詹明拉着总经理助理俩人吃夜宵，大骂老杨不顾乡党情谊。

卢金妮是有诗才的女人，上次来过之后就把心落在詹明这里。詹明也是相思不已，却因为老杨这件事绊着，不敢过于放松，就故意放慢，把心腾出来一部分在工作上。卢金妮敏感地察觉到了，怀疑詹明另有想法，那天争吵过后，詹明原打定主意暂时一个时期不再理她，下午的谈判刚刚开始，一串短信冒了出来：

"今天下雨了，天有些凉，窗外灰茫茫。微光中，我又看到了你。对你来讲，我是突变的怪异，你无法接受，你跟不上我的脚步，所以你止步，其实，你只需后退一步，温柔地看着我，我就会在你的目光中安静起来，然后重新走向自己的轨迹……

'你是个诗人。'你说。

'你是个俗人。'我答。

你像一只避难的猩猩远远遁去，我还站在原地，等你，一面怨恨，一面心怀嫉妒，一时怀念，一时打算放弃。如果你肯懂我，你知道……"

詹明心情激荡，刚要回复，可一想到她充满怨恨的口气和莫名其妙的醋意，又打消了念头。谈判代表在桌子那头暧昧地冲他笑笑"老婆？还是情人？"詹明一笑，夸张地回答："我一个小职员，哪里养得起情人哦。"

快到年底了，詹明面临着年终考核和那份不菲的大红包。辛苦一

一只蚂蚁的飞翔

年，年尾只要搞得顺利就行，所谓无过即功，免得一年成绩功不抵过。如果有调整，姜泰将是詹明最大的竞争对手。在公司里，谁不想出人头地呢？詹明死咬着牙也得拿下这笔单。他白天待在办公室里谈判，和对方单位白天是对手各为其主，寸土寸金分毫不让，晚上是哥们豁出命地喝酒。詹明全力以赴，不敢分心，对卢金妮牵肠挂肚的思念只能硬放在脑后。

又过了七天，詹明接到卢金妮一条短信：

"那雪终于融化，天晴了，可是空气中还是含着雨，那雨分明是我们错过的节气，彼此在心里落下的印记。空气中的雨点点滴滴，落在思绪里。怅然西望，一团夕阳如火，只是这火是没有温度的，温暖不进心里。曾经很美好的事，在追忆中才活上几分钟，不是忘记，而是不敢多想，它们是那么地滚烫，又那么地委屈，沉甸甸的，让人无法多承受一秒。开始于意外，历经迷乱，最后，是不是在交汇之后又要擦肩而去？这一刹，天上的雨纷纷坠落。不说再见，不说离别，也没有怨恨，只有惆怅荡漾在左右。这时候，心是明白的，散乱一地，有些事再无法从头说起……"

詹明看过，良久，删除了，包括之前所有的短信，他的，和她的。詹明点起一支烟，把自己熏了一夜。第二天早起，他发出一个短信："如果你累了，就忘记我吧。我永远不会忘记你。"卢金妮打来电话，一句也没说，只在那边哭得稀里哗啦。"真傻。"詹明笑得无可奈何，心里又甜又疼。

二十三天后，詹明终于把这笔单子拿下，马不停蹄地赶回公司。老杨还在，詹明不想见他，想了想，悄无声息地退回自己的办公室，等了十几分钟，听到隔壁开门关门，又眼看着老杨坐了电梯下楼，才闪身而出，他快步跑上楼梯。谢天谢地，马总的门还开着。他拇指中指弯曲成一个圆，然后用力向领带一弹，弹掉不存在的、老杨那四散飘扬让人厌烦的头皮屑。

詹明脸上的晦气随着公司人员调整慢慢消散。他提职了，也没像老杨一直担心的那样，抢了老杨的位置，而是另调了一个部门，任正职。对此，老杨尽管对詹明越位的行为很是恼火，内心还是多少有点儿感激的。为了显示大度，老杨给詹明开庆功宴。锦上添花是人情，谁不想落人情？原部门人马全部参加了。歌酒酣舞中，詹明头脑清楚，始终让自己保持低调，把老杨往高处抬。老杨一高兴，喝多了，结账时多给了餐厅服务员二十元小费。

　　送完人，不知不觉詹明走到车站北路。金妮祖父亲手盖的盛科公司终于完全被拆除了，那个曾标志着旧派辉煌的西欧风格的建筑处，现在是平地，一片空白，连碎砖瓦砾也清理得干干净净。詹明叹了一口气，说不得是疲倦之后的轻松，还是什么东西被麻醉之后带走的空洞。卢金妮爷爷手书的那块牌匾他费尽周折才搞到手，在这个城市，他既不是显贵，也没有更深的根底，对他渴望的东西他只有尽力去争取。

　　空地中央有几辆清理建筑的卡车，詹明冲那个方向摆摆手，像是挥别，又像是招手。

风吹不走的

　　烟爷被惊醒时正梦见头顶轰轰地打声和老天爷含混不清的说话声。他站在麦地里，以一棵垂杨柳的高度直立，四月明亮的麦子围在大腿边儿向远方铺天盖地地蔓延，那明亮罩住了麦子的颜色，像一排排镜子闪闪反光，晃得烟爷眼疼。麦田里的麦子长得快，饱满的果粒顶着结结实实的尖刺，硌在肉上是刺麻麻地酥疼，这让烟爷心里泛起一阵淡淡喜悦和忧伤。四围弥漫着被雷声打混了的泥土腥气，天上是明一块黑一块的云团，看不清老天爷的脸，可烟爷却能感觉到老天爷正凑到他耳边密授机密，像许多时刻发生前一样，老天爷正试图给他某种提示，这是他与老天爷之间的秘密。雷声近在咫尺，围在烟爷与老天爷之间炸个不停，好像打定主意要搅散他们这场聚会。

　　烟爷浮了起来，他觉察自己又回到很久之前的某个日子，周遭震天的鞭炮声、鼓乐声、人喧声将他炽热地压轧进密不通风的窄小空间，大哥伏在他耳朵边大声地叮嘱："听明白了没？"他点点头，大哥满意地拍拍他的肩膀，转身离去，他一哆嗦打了个寒战，感觉大哥离去时的体温也带走了他的，他下意识地伸手向大哥捞去，和往常一样，可这一次他什么也没有抓住。其实大哥所说的话他一句也没有听清。现在，大哥每天坐在石桥上，以责怪而忧伤的目光望着他。

　　烟爷躺在床上，从大哥雨点儿一样湿润的注视中摆脱出来，他醒了，雷声依旧，有几分钟他不知道自己正躺在哪里，是麦地里的洞穴里还是静静流淌的河床子里？他在黑暗中凝神谛听，他家铁门正被一

陌生人

通乱摆。大黄在院子里急躁地猞猞狂叫。这时辰会是谁啊？烟爷断定这会儿还不到天亮。他咳嗽一声，探身去摸枕头边儿的衣裤。

烟爷的门几乎是被顶开的，他刚拉开门柱，铁门就哗啦两扇大敞，外面涌进三五号人，这拨人七嘴八舌哇哇大叫，大黄也凑上前掺和进来，烟爷被围困在一堆喧闹的声浪中。烟爷攥住一个胳膊，是周三，村里红白会管事的："你说。"

"二叔，戏班子拉二胡的唐师傅……"说着周三趴向烟爷的耳朵边儿。

"叔，您帮帮忙，快去看看吧，我们戏班子头一回上你们村，不懂规矩，您多担待。"这人说话文气轻和，听口气是戏班子的人，悄没声儿地从衣兜里掏出一包红塔山塞进烟爷手里。

"二爷爷，你可得救救场子，俺爹的戏就差这一天了，咋也得让我爹走得周全了，您和俺爹可是拜把子兄弟啊。"一个头磕在地上，是周六的儿子虎头。

"快起，快起，你这孩子，这孝子的头可不能一直磕。"烟爷连忙去拽。

"叔——"周三眼巴巴望着烟爷。

"叔——"戏班子的人也眼巴巴望着烟爷。

烟爷沉默起来，他仰起头翻着眼白看向天，直勾勾地，把还没睡醒瓦蓝瓦蓝的天看出一道口子，清冷的风就透过那道裂缝从另一个世界蹿了出来，院子里其他五个人不由自主打了两个冷战。村里老了人，一般都会请来戏班子唱四天戏，新死的虎头爹周六是烟爷一个尿坑长大的发小儿。周六走时烟爷坐在他床边儿的椅子上，周六穿着一身藏蓝新衣躺在炕上，衣服上散发着阴冷的樟脑丸味儿。周六眼睛直勾勾望着烟爷。"走吧，兄弟，在那边儿置好桩子地等我。"烟爷伏在周六耳朵边悄悄说。周六在烟爷的眼光中闪了闪，迅速枯萎。现在那个兄弟已经回到列祖列宗的身边，躺在那片寂静的麦田里倾听来自村子的欢送声，这四天的锣鼓喧天是为他铺排走向另一个世界的甬道。

大黄还在汪汪叫着，一声、一声、一声，极大声，像踩着押韵的鼓点，围着戏台子转着圈儿地叫。

"好好的怎么突然中风了？昨天晚上散戏时还听唐师傅扯着嗓子喊人摸牌咧。"良久，烟爷放下头自问般地低语。

周三、虎头、戏班子的人不约而同叹了口气，虎头扭头瞪了戏班子人一眼，强压下一股火气，"呸"，将一口痰吐得老远。

"叔，你拾掇一下，咱马上走，找你就为这桩事，等你拿主意咧，这事儿真是邪怪了……"周三搀着烟爷的左臂，又凑向烟爷的耳朵边低低密语，像是怕声音给四外里的风刮去。

一伙儿人走出烟爷大门时，烟爷停下身子问："现在几点了？"

"四点二十。"周三对着天光认腕上手表。

烟爷向前紧走两步，一扭头，冲身后脚跟处"喝"，狠狠吐了口浓痰，然后扬起右手在空中捞了一把，像是在一团虚无中一把抓住了一件别人看不到的东西，接着伸出食指在天灵盖直直地点去，摁进了自己的头里。做完这些，烟爷一跺脚："走！"

曙色渐渐展开。各处开始稀稀拉拉传来鸡啼，一起一伏在村子清晨潮润的空气中应和。前头是烟爷和周三，周三的手微微搀扶在烟爷左胳膊肘底下。烟爷回忆着起床前做的梦。他右手拄着长长的蜡竿，白蜡竿底部包着一层铁皮，这个老伙计已经陪了他好几年，手握处乌麻麻浸了他厚厚的手油，它每向前探一步就是给他在人世间的前方扫一遍雷。它是他的眼睛，他的腿，他的胳膊，他的脾气。今天它有点不对劲儿，咔咔咔，铁皮敲在地上落脚处有些犹疑。他觉出它的胆怯，安慰它："老伙计，别怕，咱的路还有得走，鸡都叫了，神鬼莫近咧。"

戏班台照例是搭在村口石桥东边儿。这片空地旧址原来是公社，后来改叫村委会，早几年村里有了钱就把村委会迁到了南边村口。现在桥东只有两块石碑，一块是功德碑，一尺六寸宽、两米三高，上面密密麻麻刻着当初捐款盖庙人的名字及金额，另一块是市政府发的文物保护碑，一尺见方碑座铸在桥尾的水泥地里，上面记录着石桥的建桥历史及保护等级。两块碑一高一低，黑漆漆排列在桥边，像是一高一低两个守桥人。烟爷走到这里时又看到了大哥，大哥头发上沾着露水，他噙着从外面回来那年带的旱烟袋，默默望着烟爷从身边儿走过。

中风的唐师傅烟爷认得，在这个戏班子刚搬来那天下午，有一个人走到正晒太阳的烟爷面前，高大的身材架子挡住了好大一片阳光，烟爷停下拉二胡的手，刚刚吸饱了光照的皮肤往外发散着朦胧的泡沫。"老哥的二胡拉得好，地道。"唐师傅递给烟爷一支烟，不知是什么牌子，味道很轻，发酽的焦油里混合着几分女人的胭脂气。烟爷抽了几口，摁灭，接着拉他的二胡。唐师傅吸着烟蹲在烟爷身边，半晌突然开口："老哥，不对，《江河水》不是这个味儿。"

"闲拉的曲子，打发时光的东西，什么有味儿没味儿的。"烟爷懒洋洋地回他。

唐师傅扔了烟头儿，一言不发从烟爷手里拽过二胡，找几块砖头坐上，定弦调弓稳稳拉出一个声音，只听得时而幽咽呻吟，时而激愤高歌，时而柔情倾诉，时而悲恸叹息，起伏顿挫似乎要将人心都掰碎了，血淋淋地重新拼贴。烟爷坐在原地脸色阴晴不定。唐师傅拉了几个小节后卖弄地讲解！"这曲子源于东北辽南鼓吹乐笙管曲的同名曲牌，后被移植改编成二胡独奏，这曲子应该是凄凉悲惨的调子，所以刚才说老哥拉得不对，里面有个故事……"烟爷早就脸色大变，不容唐师傅说完，一把夺回二胡扭身进了家门，剩下唐师傅傻在当场。

烟爷来到唐师傅面前时，白白胖胖的唐师傅正裹着大被子蜷在床上打摆子，烟爷让人扶着手摸唐师傅的胳膊腿，说："不是中风，是急惊风，受了风寒，不碍大事，我给他推拿推拿，再灌点儿姜糖水，天亮我门诊打一针就行。"戏班子里的人松了口气，连声道谢。

给唐师傅推拿完毕，烟爷探手要他的拐杖："带我去吧。"大家默默领烟爷来到桥头老杨树下，烟爷敬畏地低下头。很早前桥东桥西四个角各是四棵杨树，听老人讲，在破四旧前每棵杨树都有三百多年树龄，四个大人合围那么粗，枝繁叶茂像是四个壮实的轿夫担着这座桥。据说杨树是早先柳林桥的祖宗亲手栽下的，那个明末的举人带着三十多口人和成队的骡马，从山西举家迁到滏阳河畔，选定这片垂柳丛生的河边安置下来，那时候的桥是木桥，别看桥不长，却是贯通东西两方的必经商路。也许老祖宗就是看中这片商地的活跃之处：后世子孙成人后，无论向何方发展都不会被拘于一隅。民国时木桥被毁，石桥建成，桥身有云纹雕饰，桥拱一孔，桥拱齐沿最高处探出一只张牙舞爪的石兽，老人们讲这是龙的第九个儿子：螭吻。螭吻属水性，口阔嗓粗，平生好吞，镇在石桥可以避邪。关于这个石兽有个说法，传说什么时候滏阳河里的水淹到它的嘴边，天底下就要发洪水了。

现在桥上只剩下桥西两棵杨树，是在旧树遗址重新长出的新树，仍看得到南面旧树留下的树根圈子，足有六棵新树粗细，圆圆地包围在新树周围。听当年当事人偷偷讲，当时根据上面指示在砸烂桥头小庙后一并锯倒了四棵树，连树根都要掘出来，已经掘了三棵，在挖桥西南面这棵时，一镐下去很容易就捣出一个窟窿，树身下面竟然是空的，长长短短盘着无数条蛇。因为不同寻常的迹象，刨树之举不了了之，几场雨过，老树根上长出了新树，柳林桥及方圆数百里的人视为神树，旁边重建杨仙庙后得到了更多的香火。四棵树也只桥西长出两棵，倒像是迎宾进村的司仪。此时天已放亮，两棵杨树在七月晨光中立在桥头，一棵树身光洁高直，有四五层楼高，枝柯修长俊美，像一柄大伞铺扬罩在杨仙庙上；另一棵在桥南，一面背依静静流淌的滏阳河，一面迎向喧嚣的通衢大道。

这两棵树常年享受着人间烟火，树前的石砌香炉盛满细粉样的香灰。这里是柳林桥唯一一处公开的隐秘，初一、十五必是香火鼎盛，平时谁家有什么心事也随时来念叨念叨，久庇柳林桥的老杨仙坐在庙里安详地听着。这桥、这树、这杨仙庙，就是柳林桥的魂，柳林桥的圣殿，柳林桥人安心的家。这桥的一举一动都在烟爷心上，明镜儿似的映着，和烟爷的心连着根，枝枝蔓蔓一起喝着滏阳河的水过活。烟爷来到桥上。昨晚的最后一炷香已在夜间炉冷香寒，今天早上的第一炷香还没有点燃，烟爷放开心上一切挂碍，大口地嗅着，空气中有一种植物浓郁的新鲜味道，这是树身溢出的透明球脂散发出的。

"昨天晚上老唐喝多了，夜里跑上了桥头，回去就那样了。"戏班子里跟来的人说。

"撞邪了。"周三不容置疑地点头。这是他听到这事第十次做同样的结论。

烟爷来到杨仙庙前，从怀里掏出一根尺把长竹筒，磕出三支香一根红蜡，周三连忙掏出打火机。烟爷听到打火机清脆的打火声，胳膊一扭让开了那团火焰，他闻不惯打火机那呛鼻子的液化气味儿，他吸烟上香一直用火柴，尽管一盒火柴从原来的两分钱涨到现在的两角。石炉宽宽的边沿滴满厚厚的红烛油，烟爷摸索着点上蜡烛粘在上面，又敬上香虔诚地拜了拜，嘴里念念有词。鞠完躬后，他折向南面有着旧杨树圈子的石炉前。猛然他鼻子狠嗅了嗅，脸色突变，扭头厉声呵斥："那个姓唐的到底在桥上做了什么？"

同行的人也都看到了一个事实，面面相觑。虎头忍不住骂道："操！"

一摊"黄金饼"老老实实地摆在树圈子里，起早不怕死的苍蝇嗡嗡绕在上面盘旋。重生的老杨树委屈地将脸庞转向河心。滏阳河的水在渐渐明亮的天光下暖和起来，像一条带子默默地流淌，上游的工厂歇了一夜还没有开工，这会儿河里的水是青灰色。两岸堆积着断砖碎瓦和村里的生活垃圾，像没有人清理的残席，四处散落着残渣剩饭和磕破了边边角角的杯杯盏盏。明年就赶上村子整体拆迁了，这半年来村民们在争着扒旧房，盖新房，希望在兑现拆迁费时多得些好处，有些人就图省事把建筑垃圾倒在了河边儿，在阻拦数次无果情况下，住在河边儿的人家也不讲究起来，也开始往河里倒自己的生活垃圾。就是看不到，烟爷也闻得到，混乱的杂味让烟爷重重地叹口气。一抬眼，他又看到了他的大哥，架着腿坐在桥东边儿那块文物保护石碑上，抽着旱烟袋默默地瞅着他。烟爷扭转头当没看到，又是重重叹了一口气。

唐师傅的排泄物被清理掉了。即便不是唐师傅的，所有人也认定唐师傅有罪。有罪的代价是戏班子从他工资里扣出一部分钱，买回来足足十米的大红布匹，在热热闹闹的鞭炮声中挂在桥头南面那棵老杨树身上。算起来老杨树的新生树龄也当得起唐师傅的爹了。举办仪式那天村里像赶大集，桥头熙熙攘攘挤满看热闹的人。烟爷一脸肃穆，站在庙前向南跨出一步，退后，折过身又向西、向北，最后向东分别跨出一步举香，又退回，然后一个头磕在杨仙庙前，喃喃祈祷。这样的热闹可不是天天有，柳林桥的桥头人挤人，却是肃穆的，无数道眼睛随烟爷在风中起伏。烟爷是开了天眼的，柳林桥所有与老天爷之间的一切交流，都是通过烟爷来沟通的。

烟爷一出世就没见过天日，从娘胎里出来前看到世道是什么样，出来后看到的世道还是什么样，一出生就是翻着眼白开始给这个世道算命。烟爷的爹闹心晦气，抓起他就往外走，烟爷大哥扑上去死抱住不放，四岁大的孩子穿着一条破棉裤一直被拖到河边，烟爷的大哥喊着"爹"，眼泪鼻涕溅湿了烟爷爹的裤腿。烟爷的爹低头看看怀里应该长黑眼睛地方长出两口白井的烟爷，又低头看看一脸渴望的长子，一跺脚，冲滏阳长叹："活着也是遭罪啊。"弯腰拽起烟爷的大哥，右手搂着烟爷沉重地往家返。一日两投生，烟爷的命确实和一般人不一样。烟爷九岁那年村里来了个流浪的乞丐，人们只记得他手里执一把二胡，到吃饭点儿上就从旧黑布琴套里拿出二胡，挨家挨户地拉，从不在同一户人家门口出现两次，每餐只混一饱，一直在柳林桥吃了半个月还没把村里的人家吃遍。一个月后乞丐走了，烟爷也不见了，烟爷的爹得了肺痨，天天躺在床上咳，知道后顾不上答言，冲大儿子摆摆手，继续咳。烟爷的大哥快急疯了，没事就往村外找。大约有两年光景，烟爷的爹咽气那天，烟爷竟拄着一根长竹竿自己回来了，怀里抱着一把二胡。自此村里多了一种声音，有时唯唯诺诺，有时又浸透着孤傲的孑然，悠悠扬扬在柳林桥村子的上空飘荡。

烟爷是在大哥回来后开的天眼。那年烟爷的日子过得动荡，三月里刚把新媳妇迎进门，大哥收拾收拾就出远门跟人跑生意去了，六月托人捎回点钱后就再无音信，九月快过完的时候，刚娶半年的新媳妇发癫痫，跳河死了，家里只剩下烟爷一个魂。有人说大哥死了，有人说大哥在外面有了自己的生活，终于放下烟爷这个拖累，烟爷只是不信，每天孤孤单单坐在桥头拉二胡等大哥，拉出的二胡声让人半夜回想起来都掉泪。过小年时烟爷的"大哥"回来了，那天天冷得像在刮刀子，滏阳结了足足两寸厚的冰。回来的"大哥"只是一身离家时带的一件棉袄和一条旱烟袋，带信儿的人告诉十九岁的烟爷，他哥在七月的一个晚上被人捅了。"路远，尸首拉不回来，就……"带信的人愧疚得不敢看烟爷。烟爷不说话，紧咬着牙，瞪天，翻着眼白瞪天，直把老天爷的前胸生生瞪出一个血窟窿。汩汩热血喷涌而出，从烟爷没见过天日的两口枯井里冒出来，血珠子殷红殷红，红得像新媳妇头上的红盖头。也就是那天，烟爷正式开了天眼。他给人算命，十算九准，好像是拿他的命从老天爷那里换来洞悉别人命运的本事。烟爷的来历本就不凡，杨仙庙上相关事宜也就必由烟爷主持。

滚滚硝烟将桥头团团地裹着，老杨树上的家雀临时跳到别家树上张望去了。

隔了一天，唐师傅爬起床后的第一件事就是找烟爷。

烟爷坐在门墩上拉二胡，有一搭没一搭的。唐师傅碰碰烟爷的手，递过去一支烟，烟爷握在手尖放鼻子边儿闻了闻，"哈德门"，他塞进了嘴里，"哧"，唐师傅划燃一根火柴，先为烟爷点上，又赶紧就向自己嘴边。

"爷们儿，《江河水》不是这个味儿。"唐师傅喷了一口"哈德门"。

"散心的东西有啥味儿不味的。"烟爷一如初见唐师傅时那样回答。

唐师傅笑了，唐师傅藏着一口白牙。他不客气地从烟爷手里抄过二胡，自顾自拉了起来。"爷们儿心里有心事啊，拉二胡能解闷，只是拉到点子上才痛快。"

"你再说说这个《江河水》。"烟爷靠向身后的墙。

"这个《江河水》是说：有一对恩爱夫妻，丈夫服劳役离乡而去，忽遭不测死于外城。妻子闻讯，如雷轰顶，在当时与丈夫依依惜别的江边，面对着滔滔河水号啕痛哭、悲愤欲绝，诉之泣之，遥相祭奠。这曲子是个伤心的曲子啊。"唐师傅独自怔了怔，复又埋头拉弓，调出几道撕心裂肺的弦音来。他喟叹一声："不过，哪个好曲子不是伤心的曲子呢？"

"你再拉一遍吧。"烟爷软下身子靠上背后的墙，嘴角蠕动，慢慢嚼着日头。

戏班子唱够四天戏走了，拆下来的檩条、板子散碎地堆成一座小山，这是戏班子租来的，有几个没上学的小孩儿蹦蹦跳跳在其间玩耍。没有了花团锦簇的戏台，桥东边的空地显出一脸苍老和疲态，垫台子的砖头整整齐齐码在那儿，仿佛还没有从锣鼓铿锵的热闹里回过神来，被人遗弃的垃圾胡乱地丢在当地，几个红的、白的塑料袋顺着风翻翻飞动，有的借风停在河边的柳树杈上招摇，有的就滑进岑寂的滏阳河，刮进河里的便在河里浮浮沉沉一径被河水带走了。老兄弟周六也在享受过几天人间热闹后，正式跟着走了。再没人陪他喝酒，说话了呀，周六的走给烟爷在这世上堵上了最后一个透气的窟窿。

唐师傅临走送给烟爷一个小匣子，说这叫"随身听"，"也就是小录音机，这里面录着十几首二胡曲，没事时听听，给爷们留个念想"。唐师傅白白胖胖的手抓住烟爷的手摇了摇："爷们儿是个高人，大隐隐于市啊。"

"咳，啥高人不高人的，就是当个人儿活着。"烟爷笑了："人总是要活着的啊，谁都一个样儿。"烟爷也摇了摇唐师傅的手，颇有惺惺相惜之感。"那个编《江河水》的人叫啥来着？"

"黄海怀先生。"

"哦，这也是个爷们儿。"烟爷点点头。

唐师傅走后烟爷时常打开那个随身听，只是不耐烦，只听一个曲子时得把曲子听个遍再重来，唐师傅的时间只够把功能讲一遍，烟爷没记全，"老喽。"烟爷自己讪笑自己。后来随身听没电了，烟爷把唐师傅留下的充电器放迷了手，不晓得那个带绳儿的宝贝蛋躺在哪儿。随身听不能响就成了硬倔倔的哑巴，烟爷把它收进箱子底。

一进夜里，想着以后世上再没有了柳林桥，烟爷心里就疼得睡不着。睡不着他就躺在床上听，老远的声音都像是在耳朵边儿。这些天翻盖房子的主儿多了起来，刚刚过了雨季，都想急抢在冬天天冷前架起一座房子，有了新房子再慢慢装修，正好赶上过年住进去，那时候新房子的湿气也散得差不多了。所以这一阵来来往往过桥的人特别多，有拉石子儿、白灰的拖拉机，有拉砖拉水泥的汽车、三码子，白天市内大道上不许通行，夜里就惊天动地地张扬而来，把白天受限的憋屈"突突突"喷在进村的路上。

　　烟爷的家守着村口守着桥，大黄耳朵灵，一有动静就一通狂叫，这阵大黄也被盖房子的事搅得白天晚上睡不好，神经兮兮的。烟爷这个是独门小院，破旧了些却也脸面俱在，院子里的迎壁墙画着松鹤祥年，五间屋三明两暗，时不时租出去换几个月零花钱，由于房子旧，又阴潮，房客找出诸多借口努力压房价，烟爷也不还价，觉得房客顺眼再低也租，不顺眼两天就撵人。房子还是大哥给他娶媳妇那年盖的，当时他刚过十八岁，大哥二十二，大哥说自己不急，有的是时间，反而急慌慌给他找了房媳妇。新媳妇啥眉眼儿，烟爷一概不知，全是大哥喜滋滋告诉他的。大哥的话就是老天爷的话，大哥高兴就是好事。娶亲那天锣鼓喧天，鞭炮喧天，人声喧天，夹着寒的三月天儿兴奋得像入了五月。他被乱了阵式的人们推来搡去，不知所措，大哥把他拉过去贴到他耳朵边儿大声嚷嚷！"听明白了没有？"大哥几乎是拼命地大叫。他记得自己是茫茫然点了点头，大哥满意地拍拍他的肩头，转身离去。大哥的离去带走了他的体温，烟爷觉得自己的血液瞬时间落到了脚底，他向前抓了一把，却再没有抓住大哥的手。烟爷很后悔自己当时出手太迟钝，如果再快一些，一定能抓住大哥，哪怕是衣襟的一角，那一刻仿佛是个预兆，大哥似乎就是从那一刻永远离开了他的身边。

　　大哥孤单的身影总是在烟爷梦里摆来晃去。很奇怪，这么多年来烟爷从来没有梦到过那个只当了他半年媳妇的女人，也许因为他从来不知道她长什么样子。周六娘却是对新娘子的美貌赞不绝口，她是媒人。烟爷和周六拜子前她就对这哥俩视如己出。有次回忆起大哥，周六娘愣怔一阵，说："你大哥对你真好，这个媳妇开初是说给他的。"当年是她领着大哥跑到邻县相的亲。有关第一夜的秘密与细节，周六娘受大哥委托告诉了他，他心怀忐忑，惶恐不安，支起耳朵听着，害怕更黑的黑夜到来，他一巴掌拍在自己的眼睛上，希望能拍出一线的"明"来。新娘子是一个一天到晚默不作声的女人，他小心翼翼倾听她的响动，她走路是风飘杨柳，不带声响的，做事也像是手上粘着胶水，任何物件在她周围也连带上不发出声响的特性。只有偶尔在睡梦中，他似乎才能听到她隐约的哭泣。冷不丁清醒后又听不到丝毫动静，他几乎开始怀疑自己幻听。对身边多出的这么个闯人者，他毫无办法，尤其是大哥走后，他最后索性不去理会。大哥在那个极冷的深夜里，独自摇摇晃晃走进村子，身上穿着薄衣单裤。柳林桥村子里的狗睡了又醒，安静地趴在院子的角落低声呜咽，逼人眼的大月亮穿过大哥的影子，亮晃晃地照在地上，大哥不回家，而是选择在桥边做他永久的栖身地。"大哥，你进家吧。"烟爷多次请求。大哥一口一口抽着旱烟忧郁地摇摇头。

人老觉少，烟爷睡不着时就琢磨《江河水》，烟爷对这套曲子越拉越纯熟，弦不动手在动，手动心就在动，恍惚间他就来到了河边桥头，看到了大哥，大哥晦暗的眼神定定地望向他，年轻的脸庞痛苦地扭曲着，背也驼了，像是被几万担的心事重重压着。十月里的柳林桥桥头凄凄清清，夜凉得像滏阳河里的水。于是，烟爷拿出二胡，坐在风清月朗的桥头为几十年来守在这里的大哥拉起《江河水》。

这曲子呼神唤鬼，悱恻缠绵，一波三折，激昂震颤，密密匝匝，引出千千万万年男男女女冤魂泣鬼的哀愁怅怨，呜咽着，凝聚成天地间倾了底的苦海洪流，嘈嘈杂杂，从春到夏，从秋到冬，从南到北，从西到东，铺天盖地奔涌而来。到处是无边无际的破碎，到处是不可逾越的心伤。这些黑压压的痛楚压得桥头的老杨树浑身颤抖作响。柳林桥的魂要散了。

江河水啊，江河水，你是风里雨里砍断心肝的杀人钢刀。江河水啊，江河水，你是阻隔人间情爱的天河。江河水啊，江河水，你是柔情似水化也化不开的牵挂。江河水啊，江河水，你是人分两地波涛滚滚的泪河。烟爷的身子和心变成了手里的这几根弦，一腔子血骨都融化了。《江河水》在烟爷手中，化成一道长剑，穿越滏阳河层层波浪刺向辽远深邃的夜空，像一道拖着光华的龙追赶某个早已消逝的时光。他久被世俗蒙蔽的眼睛打开了，黑瞳如漆，光彩照人。他看到新媳妇未嫁时，乍见相亲去的大哥时的娇羞，那偷偷瞥去的目光像天上掉下的彩虹，一边是憧憬，一边是欢欣。那目光里有火，有光，有明亮亮的天。大哥为之而去。柳林桥的风哽咽着，伴着流也流不尽的江河水。滏阳河哭了，徒劳地想用哭声挽留就要不复存在的明天。一切注定都是要去的。烟爷抬眼凄然望向大哥，大哥第一次点点头露出一丝微笑。

　　天上的月亮更加高洁明亮，像八月十五的月饼，团团圆圆，和和美美，滏阳河的水在月光下也更加清澈通透了。一个女人溯游而上，清冽的河水刚刚漫过她的脚面，裸露在外的脚丫白皙可爱，闪闪发光，她眉目善良姣好，身披白纱，长袍摇曳在水波之上，像个霓裳飘飘的仙女。烟爷看得目瞪口呆，在心里他知道她是谁。只见她乍惊乍喜含羞迎向大哥，此时大哥的双眼被她牢牢锁住，忍不住，他站了起来。她风飘杨柳、不带一丝声响飞身上岸，含情脉脉依偎在大哥身边，和大哥一起默默地倾听烟爷拉着《江河水》。烟爷老泪纵横。

崔宁宁的春夏秋冬

今年开始得有点儿怪，冬季刚在三月甩出尾巴尖儿，便被如火如荼的春天挤出了局。太阳天天高挂着，蒸发残存的寒意，红花儿、绿芽儿纷纷争先出世，将灰蒙蒙的天地贴上了豁亮的媚影。春天这样迫不及待出现的情形并不多见，正当人人期待春天还有什么动作时，突然它又像女人一样变了脸，下起早春的雨来。第四天放了晴，崔宁宁一早儿起身散步。路面洼着一摊摊清亮的雨水，脚踩上去，"扑扑"溅起水渍，打到裤脚上也不脏，积尘早在前两天就被冲进下水道了。崔宁宁一路走，嗅得满腔清新。有人说三十五岁女人的心灵如一座花园，包容得下整个世界。这一季的女人最具成熟美的魅力，大一岁似乎有些老了，小一岁似乎又少了那么一点点味道，而崔宁宁却觉得自己心空得连棵草也没长出来。

上次大学同学聚会，她内心非常不想去，她懒洋洋地坐在床沿啃爱德华兹的《不存在的女儿》，听闺蜜们聊天。大学时代她一直是没长大的丑小鸭，灰秃秃走完自己的四年。别人的大学四年多精彩呀，恋爱了，失恋了，又恋爱，又失恋，走马灯似的花开花谢，而她却从没绽开过，只是作为旁观者，旁观别人的花事。比如现在，她正在听她们高谈阔论，大谈生活、老公、孩子、衣服、股票、男人、女人、流言蜚语。

"嘿，你们不知道吧？"刘悦神秘地放低声音，她这种欲扬先抑的手段虽然老套，却显然起到应有的效果，听众们凑近耳朵，包括崔宁宁。

　　"这次聚会班长和班副要来。"

　　"真的?!"五个女人吸口气，相互失神地望了一眼，谁也清楚别人眼里透露了什么，谁也不清楚自己眼里透露了什么。

　　班长和班副从未参加过同学聚会，这次出席显然应该引起重视。

　　这个消息，决定了崔宁宁的选择。

　　聚会时，周震坐在了崔宁宁左边。

　　"最近好吗?"周震打开餐具，随意地问道。崔宁宁好半天才回味过来是在问她，她红了脸："不好意思，我没听清。"

　　"哈!"周震笑了，侧过身专注地上下打量崔宁宁："你还和以前一样害羞和清秀，好像时光没从你身上走过，而我们都老了。"他由衷地感慨。

　　这恐怕是崔宁宁最食不知味的一餐，神经始终处于心神不宁的忐忑中。后来她想她真幼稚，难道所有的开始就因为人家一句怀旧式的赞美?

　　周震当然是个帅哥，当年风靡全校，是所有女生心中的白马王子，尊重女生，团结男生，彬彬有礼地和所有人保持着恰当的距离，又是教授们眼里的好学生，这样的人自然容易惹人动心。那些女生里也包括了崔宁宁，别人勇于追逐，她却只敢把心事默默藏在平淡的日子里。三十六岁的周震成熟稳重，眼角眉峰淌着真诚的关心与关注，他周旋在所有来的同学间，一一问候，又像当年一样使每个同学都团结在他的周围。

　　崔宁宁这天破例喝了一点酒，放开声音参与讨论，适量饮酒使她的思维更为敏捷。她还和身旁的周震争论美国政党在国会中的作用，及对世界政治、经济格局产生的影响等等，大西洋彼岸的美国成了他们桌上的一碟菜，他们把它分解、剖析，最后吃下肚。还聊了些什么，她不记得了，只觉得头一次这么无所顾忌和畅快。杯盏交错，云裳鬓影，活着真好啊。聚会结束时，周震与崔宁宁交换了联系电话。

　　"没想到我们的宁宁这么阿骚。"刘悦酸溜溜地打趣崔宁宁："风头全让你占去了。"崔宁宁待要分辨，却没人听她说。

老公更没时间听她说什么，崔宁宁兴味犹存地回来时，他眯着眼闪避灯光，嘟囔几声，一转身扭到另一面继续睡了。

日子该怎么过还怎么过，同学聚会后大家相互再没见过，各忙各自的生活与工作。学校最近在学生中大搞教师评比月，不仅比成绩，还由学生选出他们认为好的老师，月底兑现奖金，不多，但多少是个名誉，学校老师们暗暗较劲。崔宁宁的日子不太好过。初一学生刚从小学毕业还是个孩子，功课也少，初二却不同了，一下子增加了物理、化学、几何几门重课，有些孩子适应得快，有些孩子就吃不消。补课成了家常饭，可学生不理解，对课间延堂、放学不许回家颇为不满，尤其是带有厌学情绪的学生，就到教务处告状，在校园传怪话，给老师编小段子并以此为乐。崔宁宁遭遇一出，很是伤心。那天下午放学补完课，等从办公室路过教室时，她在门口听到几个同学的议论。那个声音最高的是她最用心辅导的女生。

那女生说："崔老师现在跟恶巫婆似的，逼得人上不来气儿。"

"得了吧你，谁不知道你现在是崔老师的红人啊，上课老提问你，下课总给你开小灶。"另一个同学说。

"切，谁稀罕呀，一个问题反复讲，好像人家都是弱智，烦不烦呀，变态，我要是她老公也不会喜欢她的。"那女生口气很恶劣。

"嘘，可不敢说崔老师和老公不和的事。"有人提醒。

"那有什么，全校老师学生谁不知道啊？只有她自己哄自己，装得好像家庭很幸福和睦的样子，虚伪！"

崔宁宁悄悄退回办公室，关上门偷偷哭了一场。

连续几天她的心情都不好，从学校回到家，老公依旧是漠然的眼光，冷冷的。辅导完女儿功课，崔宁宁就躺下了。

半夜有些睡意，租在对门儿的几个小青年儿回来了，打打闹闹，哼着曲儿，嘴里乱七八糟，夹杂着脏话，尖利的声浪直钻耳膜。平素她还是有涵养的，今天心烦意乱，焦躁得心火直往上撞，她抄起枕头扔到墙上。

老公杨兵没睡着，对她的行为冷冷地送来一句："觉得居住条件不好，可以换个地方嘛。"

崔宁宁的泪流了出来。她激动得不顾隔壁有女儿，奔到柜子旁拉开一节抽屉，翻出一张四寸照片，扔到杨兵的面前。

"别以为我不知道你的好事。"

杨兵拿起照片，微有惊讶地看着："咦？没想到你已经知道了，那事情就好办了。"

崔宁宁失声痛哭。这本来是个秘密，崔宁宁自结婚第二年起守了九年。

刚结婚时，崔宁宁与杨兵的关系还算好的，偶尔也有拌嘴与冷战，可没几日便在杨兵晚上嬉皮笑脸的抚摸中烟消云散了。这样的日子不好也不坏，按崔宁宁一向不愿多事的性子来说，如果这样终其一生也算是幸福生活，大多数中国人的家庭不都是这样的吗？

只是出了一件意外，婚后半年的一个午后，一个女人来到她的学校。当时崔宁宁正在上课，拼力和昏昏欲睡的学生玩"拔河比赛"，将课本上的力学知识灌下去。那是个身材姣好的女人，身穿蓝色风衣，围着一款相当时尚的长丝巾。十月的阳光轻薄地透过树叶，均匀地撒在女人的外套上，使这个身影充满流动的立体感。崔宁宁心里不由赞叹，走了过去，揣测这个陌生女人找她做什么。

校工老王现在都记得，那个新分配来没多久，又刚结婚的小崔九年前的那个表情。他在校园阅历了这么多年，一直认为老师这个职业是戴着面具的演员，刻板的教育模式要求老师在学生面前一定要有师道尊严，从师范开始就灌输这样的思想，久而久之面无表情、情绪内敛成了老师是否有修为的标准。小崔老师那天算是失态了，她走向一个约了她的女人，然后从那女人手里拿到一张纸片，那女人说了句什么便走了，小崔老师两腿一软蹲坐到地上。下课铃响了，小崔老师躲着往来的同事学生，苍白着一张脸，仓皇离开了学校。老王当时很想关心关心，可后来一想还是算了，多一事不如少一事。

崔宁宁当然不知道九年前那一幕还会有人记得。当她从沉郁的课堂出来，心情浸润于初秋的光照下时，怎么也想不到，那个印象颇佳的女人会送她一件礼物，将她今后的生活打进地狱。那是一张周岁小男孩的照片，憨头憨脑地笑着，嘴角淌着流成一线的哈喇子。小男孩左右两边儿各有一男一女，女人自然是眼前这个女人，男人崔宁宁太熟悉了。她的眼前发黑。女人精巧的嘴角抿了抿："这是我们的孩子，我和你的老公的。"女人讽刺地强调"你的"二字。"如果我愿意，他的生活中不会有你。""我不屑要的东西，也不愿轻易给别人，毕竟留过我的印记。"女人优雅地转身离去。

"为什么你们有了孩子却不结婚？为什么？"崔宁宁恨恨地问，女人停都没有停，自然没人告诉她。阳光涣散，大地裂了一道永远的伤口。

关于这些，十几年关系的闺蜜都不知道，崔宁宁后来告诉了周震。

聚会过后小半年，有一天周震突然给崔宁宁打来了电话，他们随意聊了几句，然后慢慢联系就多了起来。不见面的交流有时更让人放松，容易说出心里话。崔宁宁也知道了周震这些年的遭遇，他大学毕业后分配入政府部门，宦海浮沉，现在担任一方主管。具体崔宁宁没多问，她一向认为人家想说的自然会说，不愿意说的说出来也不是原来的味道。周震的婚姻生活颇与崔宁宁有相似之处，老婆高干子女，强悍泼辣，在外只知有她不知有他。周震不服气地说。崔宁宁笑了。"你笑的声音真好听。"周震突然在电话那头儿低语。崔宁宁的心没由来扑通扑通跳快了。

崔宁宁与周震的话题渐渐宽泛，似乎在他们周围形成了道外人看不到的墙，他们在墙内，众人在墙外。不自觉地，崔宁宁独自出神时会无由地微笑。"哇，崔老师现在变得既漂亮又温柔了。"有学生惊叹，是那个曾在背后议论她的小女生，崔宁宁在课堂上宽容地敲敲课桌，示意小女生注意听讲。

闺蜜们偶尔见到她，也叽叽喳喳要她交代是不是有什么秘密了，怎么突然脸色红润，人也阳光了。"哪儿有。"崔宁宁讨饶。"不可能，是不是恋爱了？""呸呸呸，老太婆了，哪个会来恋啊。"

荡漾在崔宁宁身体四周的快乐似乎人人都瞧得到，幸福原来就是一种感觉，原地踏步的生活因为有了幸福感，竟然变得靓丽多彩。如果没有老公性方面的要求，崔宁宁觉得生活真的很美好。这又是一桩秘密。无性的婚姻和亲人在一起的生活没有两样，崔宁宁没有觉得有什么不好或不对，她从没想过要和老公离婚，反正周围人的婚姻都是这样，人长大了总要有个家，至于家的内容是什么摆设，多数人都不敢很苛求，哪怕是冷着、淡着、将就着。有一天，杨兵趁着酒意在崔宁宁身上胡乱摸索，崔宁宁没有反抗，杨兵趁势趴了上去，可没几下就翻身下床，冷着脸进浴室冲了好久。这一夜杨兵窝在客厅沙发上，看了一夜电视。

"他又不爱我，我像他家一台开了电源的破洗衣机，只是负责涮掉他身上的脏东西而已。"两天后崔宁宁在电话里和周震说。她现在已经很信任他了，比闺蜜更亲呢，像个小女孩儿无所顾忌地倾诉自己的秘密。

周震半天无语。

崔宁宁在这边忐忑不安地等待。"喂?"她试探着问。一下子觉得周震离自己是那么遥远，虚飘飘的，好像在天边儿。

"知道吗? 你这样的比喻，足以让任何一个男人阳痿。"周震在那边儿沉重地回应。

崔宁宁一下子血往上涌，羞红了脸，她不假思索挂上电话。

随后的日子过得怏怏的，无精打采。

周震打过来几次电话，崔宁宁拒接。响过几次后就再不响了。崔宁宁无事时又常瞪着手机发呆。

又是秋天，叶落得辉煌而绚烂，黄灿灿的叶子头天还在枝头飘摇，夜里便在地面铺上一层金地毯。片片纹路清晰饱满，踩在上面结实而有力。崔宁宁最近有了晨练的习惯，她喜欢环卫工人没打扫时散满落叶的街道，有着原生态的从容，这让人心情舒畅。

杨兵还是那副老样子，冷冰冰地回家吃饭，或者不回家吃饭。

偶尔地，崔宁宁心里刹那间一片空白，生活中好像有什么不对味儿了，发生了什么，又好像什么也没发生，她找不着北了。

再见到周震是一个黄昏，崔宁宁晚饭出来散步。他瘦了许多，站在路口望着崔宁宁，表情有些迟疑。这是他们聚会后第一次面对面。崔宁宁的眼泪一下子冒了出来。

他们走进附近河畔的林中。蜿蜒的小道曲曲折折，路面别具匠心，贴成一个个几何图案，圆圆的小鹅卵石踩在脚下凹凹凸凸。暮色掩上黄昏最后一道光线，天暗了，十几米之遥的街灯散布着似有似无的淡淡光线。这条路还没有完全修通，平时少有人来。崔宁宁与周震默默地并肩走着，静寂使两个人的心事有些可怜兮兮。

　　周震停下来，在昏暗的街灯下望她，黝黑的眸子烨烨闪亮。崔宁宁心擂如鼓，身子虚浮站立不稳。

　　一声叹息，不知是从俩人谁的口中逸出。该来的就让它来吧。

　　周震抱住了崔宁宁。

　　"嘘——"一声尖利的口哨，一阵嗷嗷怪叫自树林暗处传来。

　　周震和崔宁宁快速分开。崔宁宁今天穿了件单扣对襟小棉衫，这一挣扣子掉了，小棉衫敞开了怀露出里面的胸衣。

　　轻佻的口哨声大作，有人流里流气地喊："大嫂的胸好漂亮啊。"崔宁宁听出来，是对门其中一个青年。

　　她惊慌失措，跟周震仓皇逃离。

　　崔宁宁与杨兵在十一月末离婚。再过三天便是他们的结婚纪念日，这别具讥讽意味，有人说："七年之痒，十年之痛。"到底他们是没有挨过十年之期。女儿娇娇像一宗财产判给了杨兵。

　　离婚后的第三天，杨兵来找崔宁宁。崔宁宁离婚时没要房子，拿了一笔钱，暂时租住在离学校不远的民居。

　　杨兵沉默不语，在小客厅抽烟抽了一根又一根。然后他哭了，眼泪从蜡黄的脸上一滴一滴滑下，打湿了他举着烟头的手指。崔宁宁望着这个共同生活过很久的男人，心里也不好受，她起身为他接了一杯水。

　　"如果你再婚，带着娇娇不方便的话，就放我这里。"她说。

　　"呜——"杨兵哽咽着，情绪激动地扑向她……

　　事后杨兵趴在她怀里怨恨地指责："你以前从没爱过我。"

　　"是吗？"崔宁宁淡淡微笑。刚才，她第一次脑子里没想十年前那个阳光明媚的午后，她如何单纯地从天堂走向那个从地狱来的女人，没想那十年没有温度的生活，没想那昏黄林中错乱的拥抱，甚至没想离婚后杨兵来找她。天淡云淡，平和与幸福一样，原来都只是一种感觉。

自那次林中惊吓后，周震从崔宁宁的生活中蒸发了。爱也只不过是一种感觉，当与现实相撞时，必定会隐入幕后。大家都是成年人了，为了一种感觉破坏已有生活，不值。崔宁宁理解周震，她也再没和他联系，偶尔有闺蜜谈起再次聚会的事时，她都淡淡一笑，不置一词。

今年的春天真的来得有点儿怪，天气突然好得超出想象。

崔宁宁踏着积水，在雨后清新而稍嫌凛冽的风中散步，当她漫不经心抬起头，发现竟然来到河畔。自去年事件后，她再没来过这里。路好像修通了，林子裹着绿意，蜿蜿蜒蜒的小径弯弯曲曲，延伸到深处。蓦然，一道亮光从鹅卵石缝闪进视线内。她走过去捡了起来。哦，是那枚纽扣。雨水洗净掩了它一年之久的浮泥，露出银质的金属色，还是那么秀气与新鲜，捏在手里如握着一铢硬币。只是她现在已经不再需要，那件小棉衫早不知扔到哪里了。她望着它，嘴角绽出一抹洒脱的笑容，一扬手，那枚纽扣被丢进河里，没听到一声响。

后来无论春夏秋冬，崔宁宁都记得在胸衣外面罩一件吊带背心。"这样安全。"她说。

仙人渡

李梦开始不高兴时哭，后来高兴时也哭。李梦的哭泣很有特色，她在要哭时总会突兀地停下一切动作，脸部也在一刹那失去惯性的平衡，无论是笑还是恼都硬生生僵在那里，像被定了身，又像来了场急刹车，这种突如其来的前奏似乎是为将要发生的酝酿情绪。接下来，她的眼眶里才慢慢蕴出雾气，直到雾气堆积成伸手不见五指的苍灰色，变成大颗大颗的泪珠儿掉下来。李梦的哭泣是无声的，从不惊扰任何人，哭得很投入，也很自我，随时随处会为大地播撒出泪的种子。

最先发觉李梦不对劲儿的是薛娜。有一天，她跑进他的办公室问他李梦是不是有神经病。"你才有神经病。"他白薛娜一眼。薛娜什么都好，脸庞白细，身条儿姣好，处理事情很利索，从不拖泥带水，只是过于理智，看问题往往一针见血，冷不丁戳得人骨头疼，这份犀利使她那双挑入眉峰的丹凤眼蒙了一股子煞气。他心烦时就不爱看薛娜的眼睛。薛娜既是他的合伙人，也是他的大堂经理，又是他的财务部长。哦，他在省城这块福地开着一家酒楼，宏运酒楼，两层，楼下是大厅，楼上有十二个雅间。再往上，是几十家大大小小的公司。这座商用写字楼有三十二层，不算高，也不算低，周围扎堆林立着许多这样的大厦。没事时，他会坐上电梯上到顶层，从楼道窗户看外面的风景，从天上看到地下，从飘过变化的云层看到延伸到无限远的高矮大楼。看着看着，心就静了下来。

李梦第一次发威是在周四下午两点四十二分。由于食客大多是大厦写字楼里的职员，两点左右差不多就能清空。送走最后一桌客人，他照例去各雅间转转，看看服务员收拾得如何。那会儿他正独自在雅间，工作台上遗留着打开的软中华，他翻开封口发现还有两支，就顺手抽取出一支，还没点燃打火机，楼下传来"呼呼砰砰"的巨响，还没反应过来，又是一阵女人的尖叫和踢打声。他甩下软中华，冲向楼梯……

　　他无可奈何望着安静下来的李梦，眼底是无尽悲伤。自从两个月前李梦从家里走出来，打定主意到宏运酒楼站吧台起，他就知道早晚会出事的。李梦和他谈时，只讲了一句话，说她要去宏运，然后就开始哭，哭得无声无息。如果不是和她面对面，你根本不会发觉她在哭。大粒的水珠从下眼睑顺着鼻梁、顺着眼角滚落下来，淌过因为扭曲而半张的唇，打在地板上，形成小片水渍。在那清亮的水印里，摇摇晃晃闪动着一个孩子微笑的头像。他说："好，李梦，你别嫌累就好。"

　　李梦原来是一家舞蹈学校的老师，领着一帮孩子参加他们企业赞助的春节文艺汇演。当时他只是那家企业的一名普通办公室人员，李梦来时，他主动接洽她们组的一切协调活动，所以说，接触李梦时他早有预谋。半年后，他们走进婚姻的殿堂，李梦像一只纯洁的白天鹅睡进他怀里。李梦问："你喜欢我什么？""漂亮。"他回答得很快。"什么？你只有这点儿审美要求？"李梦打他。躺在床上的李梦头发乱蓬蓬的，脸庞也比站着时显得小。"这是实话，我第一眼见到你觉得你很漂亮。"他闭上眼，左手从李梦侧着的肩头一直滑向她的腰胯，在一个位置停下，兜起李梦把她向自己身体这边揽来。"哼，真好色，我还真担心哪天你遇见其他漂亮女人抛弃掉我。""这世上漂亮女人多了，可只有你这个漂亮女人我觉得是我的。"他笑着，啃向李梦，李梦尝起来有一股柠檬加奶油的味道，她假意娇嗔时，那味道会更浓郁。

　　李梦说："喂，你做点儿什么吧，你这么聪明，为什么一定要在一家企业浪费自己的才华？"他说好啊。于是，他听了朋友的建议，瞄上了钢铁建材。他们市整个西部地区都是钢铁企业，拉关系从几家老总那里倒钢铁，先是挺挣钱的，李梦大手笔一口气买了三处房产。她说，这叫借鸡下蛋，从钢铁上赚到的钱用来投资房地产，等过两年房地产一涨会赚更多的钱，然后再用来投资钢铁，然后再买房，钱生钱，钱钱生钱，无穷尽也。李梦那些天很开心，他觉得李梦是个激进的理想主义者。后来钢材不好倒了，他又拉队伍承包搞基建，什么项目他也做，哪里他也跑，那几年最远他跑过伊犁，一待就是八个月，回来人成了亮油油的黑紫色。最得意的是在一条高速上建过几个服务区，每次路过，李梦都会做宣传，请车上的人在服务区方便方便。"我老公建的服务区。"好像他所做的就是这点儿事情，不过每次听到从李梦口里那么自豪地说出"我老公建的服务区"，他心里还是特高兴。

　　李梦是从老家回来后变得不一样的。那次是他母亲病故后父亲第二次发病，大哥尽管没说什么，李梦还是主动请缨去照顾父亲。那时候他刚操持起宏运酒楼，事多得实在走不开。基建工程的设备已经转让出去了，因为那阵老是不顺，不是设备故障，就是出工伤，搞得他心情糟透了，最后一起事故造成两人死亡，赔付了家属后，他说什么也不干了。李梦是在陪床回家的路上小产的，之前怎么折腾都不怀孕，可谁知道那次怎么就有了呢？怀孕两个多月，李梦竟然毫不知情。大哥大嫂满脸愧疚。李梦不再喜欢窝在他怀里做打呼噜的白天鹅，整天不说话，闷闷不乐，也不知是恼他不听话擅自做主开酒楼，还是忧伤那个没缘分的孩子。有时他离开家，李梦在床上躺着，很晚回来李梦还在床上。"喂，李梦，你吃饭了没？"李梦昏昏沉沉地摇摇头。开着窗，小风撩起窗帘吹进来，屋里有股柠檬加奶油的味道，只是被吹散了，稀薄了，味道不怎么清晰，又像是佛香的气味。这使他想起父亲。老爹在临终前，让他从抽屉里拿出一个盒子，盒子古旧，当年的亮光漆皮生了锈气。里面是一张纸，老爹说，这是一张仙人留下的图，按着图找就能寻到成仙的路。他当着老爹的面郑重收好，又忍不住和大哥无可奈何地对视一眼。父亲曾是个大学教授，有一天走在路上脑袋被从天而降的一个花盆砸中，此后他就时而有些莫名其妙的想法。当夜在老家的老宅升起灵堂，幽暗的佛香和明明灭灭的烛光混搅在一起，就是李梦现在这种味道。

这世上到底有没有神仙？老爹后半世非常坚信。母亲去世后，老爹和信佛教的人组成团一起游山拜佛。老爹说，他这一世仙根没有开启，骨骼脏腑已经被这世俗毁掉，是没有仙缘了，但或许他的儿子会有，他们老张家的根源可以追溯到张果老，也就是函谷关悟了道的老子，所以根脉上总会出仙人的，只是不知哪一代哪一人。"爸，老子是道家创始人。"他忍不住插嘴。大哥碰了碰他，让他不要顶嘴。"笨蛋，仙、道本来就是一家，都是引人向善，是一棵树上长出来的两根分杈，结出来的都是仙果。"老爹走前并不痛苦，兴许在内心是欣欣然的，他喋喋不休，以从来没有过的耐心和他们唠叨个不停。母亲在时从来没听他说过这么多话，父亲的话都让母亲说了，现在，在这人世的最后时间，老爹终于有了放开说话的欲望。"李梦，你想出门旅行吗？我陪你去。"他小心翼翼地来到床边坐下。李梦正坐在梳妆台前梳头，她梳得很慢，长长的发丝从梳子的齿缝间滑过，那柠檬味似乎重了些。李梦低下头，说她要去宏运，然后就哭了起来。

挨了打的是服务员小美，小美在抽脏餐巾时忘记拿开餐桌上的酒瓶，一瓶陈年女儿红就那么掉在地上，摔碎了，溅了一地瓷渣和酒液。李梦一声不响走过去，抡巴掌挥了过去。小美人长得玲珑漂亮，脾气也"漂亮"，当即又哭又叫，闹着要打李梦，说做老板娘就可以随便打人？"一瓶酒又不值几个钱，大不了赔给你，再说是客人喝剩下的，和你又有什么关系？"薛娜劝了很久才把小美安抚住。这事是酒楼内部的事，闹大对谁也不好。

晚上8点多正是上客人的时候，他接了个电话，是薛娜打来的，要他找借口出来下，有话不方便在酒楼里说。他皱皱眉，还是出来了。薛娜在一个茶馆雅间等他，泡了一壶茶。他什么也没说，拿起一杯品了品，安溪铁观音，品级还不错。"张哥，我看李梦那巴掌是打给我看的。"薛娜又给他倒上一杯。"你怎么这么说？""我早觉得李梦不对劲儿，她看我的眼神老是神经兮兮的，都不带打弯儿的。""是你多心了。""张哥，你还不懂？李梦这是吃醋了，不放心你。你想想，打碎半瓶女儿红又算什么？如果打碎一样东西就要打人，这酒楼里的人早跑光了。为什么是小美呢？你还记得吗？有天上午开门前，你说脖子不舒服，小美自告奋勇说她在美发店做过按摩，然后当场给你做了次头发干洗，又给你按摩头部，你还夸小美懂事，做得不错。李梦进来看个正着，可她什么也没说马上就出去了。""哦？好像有这回事，不过我没看到李梦进来，也就一次而已，人家服务员也不容易，怎么能白占人家的便宜呢？""唉，张哥，李梦可不会想只是一次而已，说不定想得更深。"薛娜叹口气。"其实小美也只是个幌子，李梦真正记恨的是我。""嗨，她记恨你什么，真是莫名其妙。""可能是我有时候太忘情，给李梦看出些蛛丝马迹。张哥，你知道我对你的感情，要不，我做牛做马为的是什么啊……"

薛娜哭了。他起身离开。九月的夜晚明亮而妖娆，在月光与树影参半的斑驳里，在暧昧摇曳的花丛里，在脚底瑟瑟轻响的草叶间，到处隐藏着动人的诱惑。远处传来起起伏伏浮荡的人声，像隔着一个世界那么遥远。他脑袋里空无一物。

刚近宏运那条大街拐角，他就知道出事了。酒楼里推推搡搡奔出许多人，老远就听得喧嚣。等他疾步赶到，酒楼里已经没有一个客人。有个服务员唯唯诺诺告诉他："老板娘溜进厨房在每道菜里撒了碱面。"有人吃出不对，大闹起来，说要找媒体。"李梦，李梦呢？"他气得发蒙。"老板娘在你出去后也出去了，回来后脸色就不对。老板娘还摔了许多盘子和碗，大骂奸夫淫妇，什么不得好死。"服务员胆怯地望向他。他心里似乎明白李梦是怎么回事了，刹那间，他觉得心里好累。"李梦现在在哪儿？"服务员指指楼顶。

跑上楼顶的李梦最终没有给他一个解释，她在三十二楼的窗口变成一只白天鹅，飞了出去……

后来，一个做医生的朋友来看他时讲了几句，说李梦肯定是早出问题了，好好的人怎么可能老那么哭。想想这些年，钱挣了不少，可其实他陪在李梦身边的时间并不很多，早先那只天鹅离开天空把自己变成一只家鹅，笨拙地守护着所谓的家园。李梦怕他没钱，又怕他太有钱，李梦最怕的是他再遇到"漂亮女人"，李梦怕他说她不贤惠，所以身子不舒服也要拼着去医院伺候老爹，也许李梦还是因为怕他遇上"漂亮女人"才要坚持去宏运上班。这些是他从李梦梳妆台里零星记录的日记本里得出的印象。抽屉没有上锁，似乎李梦早就期待他好奇地翻上一翻。他头疼得什么也不想，可那些念头像长着触角，自己就爬了出来，纠结成一团，理不开又不肯放过他。他觉得他像一脚踩上翻板。医生朋友说可以初步鉴定李梦得的是抑郁症，这种病不是一句两句可以概括清楚的，病因也有很多种，李梦这种可能和流产有关，也可能和某种心理暗示有关。有的也许熬一阵就好了，有的也许会拖很久，严重时病人可能自伤自残。他惊出一身冷汗。李梦，究竟变成了谁？

他不想做酒楼了，李梦这些年买了好几处房子，又在不断的投资中卖过好几次，现在究竟还有没有房产，以及还有多少存款，他一概不知。他望着水晶棺中静静躺着的李梦，从天到地，觉得和这个人说不出地陌生。那个昔日的白天鹅早就变成了另外一种苍白的尸体，而他一无所觉。他觉得打拼这么多年，其实又回到原点，孤孤单单除了一具脆壳，只是一个零。心累，暂时什么也不想做了。薛娜挺仁义，说不急用钱那就先不要抽股，她来打理宏运。"张哥，你知道我对你的感情。"他落荒而逃。

大哥大嫂说回来吧，他就听话地回了老家，住进老宅。老宅是祖上在明代建的，家里始终人丁不旺，也就没人搬出另过，人多时就热闹些，人少时，就空空寂寂。小时候他曾拼命想离开这座没有生气的大房子。

入夜，他离开床，借着天光，他拨开内堂厚重的门闩，在自家百年老宅的阴影里蹑足潜行。他不想惊动到大哥大嫂，他们已经为他操心够多了。小心绕过聒噪了一天的鸡舍，那里面有天底下最啰嗦最可恶的母鸡和刻薄的公鸡，平日这些扁毛畜生总是议论主家一切大事小情以及没精打采的他。他小心翼翼地来到街上，街上无人，无风，有的只是漫无边际的月光。今天的月光真好啊，剔透发亮，柔美得像女人唇角晶莹的眼泪。他颤着身子，张开双臂，口中发不出一言，想象着自己在这纯洁的光明中开始羽化，开始飞翔，仿佛飞行在大明朝浩瀚的夜空下，向祖上所言的仙路进发。“如果这世上果真有仙的话。”他怀里掖着父亲交给他的那页纸，忘记李梦，忘记薛娜，忘记宏运，忘记生活，忘记所有，恍惚间他看到那个在暗夜秉烛持笔写下仙方的祖先，那个大明朝里一个落魄不得意的书生。

他果然飞行起来，解开生活的羁绊，身体也变得轻盈。他俯头鸟瞰，啊，月光一倾如洗，像春天报晓的花儿，在家乡的地上开得漫山遍野，连平素羞于多睹的鸡舍墙垣，在月光的映衬下也绽出圣洁的光泽。他越升越高，离高洁的月亮近了很多，尽管它还是那么遥不可及，毫不犹豫的，他朝落霞山方向振袖而去。传说落霞山是仙人出没的地方，父亲向往了数十年，如今他身游天外，终于可以替父亲寻找心中之圣殿了。耳边的风呼啸着，像是磅礴的激涛，不断洗濯他久淹红尘的那颗浊俗的心，心脏渐渐不再无序狂跳，而是与宁静的天空合而为一，天地怎么跳跃，心就怎么跳跃。大朵苍灰的云滚滚而来，神秘莫测而友好有礼地从他身边飘过，他不再是不断被生活追赶、总是不得不接受命运指令的张家明，也不是大明朝那个潦倒数年有些疯疯癫癫的书生，他是御风的列御寇，于斯时“独与天地精神往来”，心清神明溶天地之间而不孤。

夜行不知几千里，当天边露出曙色，一道道粉光按捺不住地从山底喷薄而出时，他降落于一座高岗，这山的周围方圆数千里了无人烟，莫不是已经到了落霞山？他欣喜地从包袱里拿出那张地图，虽然他已经尽了最大努力去保护，可那片纸实在过于久远，早已发黄得不成样子，有些泅了。这里山势高峭，山风砍过来像刀子一样，就在他刚一掏出来的刹那，那图纸竟然碎成粉末，眨眼即不见踪迹。他捏着已经不存在的纸片，呆立当场。好在自父亲交给他那个图后，他曾研磨多日，观摩地形，似是真的来到了落霞山，只是到得这么轻易，手边又没了那张地图，他心下踌躇，有些迟疑。山巅凌绝，万壑幽微，向上，是探手可及的浮云，向下，是深不见底的蓊郁沟谷。山山连绵，除了一个个山峰，就是一座座深凹，在这不能确定的落霞山中，神仙到底在哪里？他眼睛都望累了。这时候，他想飞，飞着去探寻每一丛树。他跃跃欲试，却发现自己不能再飞，昨夜出家门时的那股神力突然间消失了，像是灯下的影子，昨夜如影相随，现在天光大亮，影子又回到了夜晚。

他寻路下山。望着无底无尽的深渊，他兴奋莫名，浑身是劲儿，心里充溢着高歌昂扬的自豪感，仿佛那仙就在前面的那片岭子里。他打定主意，即便烂柯千年，他也是决不回头的了，永不想再闻到鸡舍熏天的腐臭，以及李梦的离去留给他不敢触摸的自责与伤痛。李梦绝决地从窗口跳出的时候，肯定是满心怨恨的。只是形成怨恨的过程，李梦隐藏得很深，也许是一点一滴，水滴石穿的，突然有一天，砰，把李梦的理智炸上了天。他的忽略加重了它的进程。这些年他与李梦彬彬有礼地生活，自以为相爱，一个四处奔波赚钱养家，一个安安静静做家庭"主妇"。自以为这就是生活了。李梦，他又看到舞台上飞扬的李梦。想当年，李梦与所有同年的女人们一样，哪一个不是水灵灵的耀眼光滑？初出道时，宛如黑夜灯塔里能够穿透迷雾的灯光，几百里外也难掩光华。而现在，生活的重负与时光这个永恒的雕刻师不可抗拒地造就了李梦们的成熟，渐渐走向衰老已成一眼望穿的定局，心理上的不服与无奈不断纠缠，从内心传导到面孔。近几年衰老堆积上来渐成规模，在她不及四十岁的脸上形成矛盾重重的表情。那些矛盾相互排斥又相互拉拢，面和心不和，却又和谐地统一在一起，像普天下许多居家过日子的中国夫妻那样，吵就吵，骂就骂，相互的憎恨势同水火，但因坚持不肯放过对方，终究一起相伴，老死在同一屋檐，永不分离。是的，李梦们照镜子时，一定感到过钻心的凄厉，但又对这种存在无可奈何。她们一定曾在镜子前不断逃离，又不断回来，与镜子里的那个似曾相识的人面对面发呆。他不知李梦，李梦又何曾知道他早就厌倦了搏钱，总在梦中惊醒，担心工人受伤出事。如果不是生厌，也就不会事事仰仗薛娜，他真不知薛娜内心的渴望吗？他觉得自己真是卑鄙、龌龊。

正值九月，红枫绿松在凉秋的山间交相辉映，奇树异果杂糅交错，时有飞禽走兽或远或近发出声响。森林在白昼日渐昌隆的光照下醒了过来，它吞吐着阴阳气息，吸纳天地初生的精华，抖一抖身子，容纳了它感悟灵思的露珠从草尖儿，从树叶的叶片间凝聚成一颗颗硕大的珍珠，在清新的空气中舞动着智慧的光泽，森林里的植被与动物们欢呼起来，围着这山神的种子膜拜。森林在这膜拜声中彻底地活了过来，它所有的子民们，一石一木、一鸟一兽、一花一叶、一缕空气、一只瓢虫都活了过来，到处都充满了生机。

只是他是看不到的，他兀自在丛林中四处寻找下脚之地，他找了根棍子，试探着前行，明明走的是下山道，走到眼前却又向上而去，他挥汗如雨，足背酸痛，却丝毫没有动摇他寻仙的决心。山体一径向东延伸，上下起伏连绵不绝，一直要到达天尽头，天快黑了，山岭越来越阴郁，渐渐逼仄得要将天空吞掉了。云隙处，像一条宽宽的走廊，一大团乱蓬蓬的雾气裹着暗哑的阵阵松涛滚滚而来，群山间静默了，一下子变得深不可测。他打了个寒战，他茫然四顾，荒凉的山峰渺无人迹，到处是黑魅魅的树影和光秃秃的石头，时间和时空都失去了概念，在极度的寂静中，所有物体都以抽象的形态存在。他找了块平滑的大石偃卧其上，大瞪着双眼，了无睡意，白日兴奋的神经还在魂灵间跳跃。斗大的星子在头顶闪烁，一眨一眨似的，与他的心跳应和。仙人，你们在何方？星子无语，继续眨着眼睛与他游戏。

他憔悴了，一日复一日在山中梭寻。月光下是他踟蹰的背影，残破的衣裳披在身上，像天上飞鸟的羽毛，只是鸟儿一振翅就能飞的，而他就在离开家门时飞了那么一次，他再也没有飞起来过，是他也没有仙缘吗？还是仙缘未至？要走多远才能遇到神仙？坚持多久才能找到几辈人的梦想？他在迷惑的思索间睡了。梦中，他看到落霞山隐在一片五彩琉璃间，到处缭绕着浓浓的幻彩，似是一把抓去就能抓到手里，可当他真的伸出手去，指尖却一无所有，他还梦到了仙人，白衣胜雪，衣袂飘飘，忽然仙人转头向他望去，两眼闪闪的，他一阵惊喜，却扑了一跤，醒了，仙人的眼睛仍在望着他，定睛一看原来是天上的星子。

冬天来了，大雪铺天盖地，他下了山，临别他垂头丧气又哀怨地向身后望去，大山裹在雪层中，像当年他离开家前所望到的那间鸡舍。

日近黄昏时，失意的他来到一个热闹的市镇，界碑上刻着"留仙镇"三个大字。商马驼队从容地从他身旁走过，踏在莹白松软的雪地上，留下一个又一个马蹄印，骡马呼出重重的哈气，使空气里充满牲口的腥臊味。快过年了，这是做完最后一笔生意归家的商队。

镇上买卖吆喝声此起彼伏，落满厚厚白雪的人家屋顶，往外冒着白烟。他衣襟褴褛，羞涩地躲避着人群。他饿了，饥肠辘辘，干瘪的肚子不体面地不断呻吟，所喜没有人注意到他。他挨蹭着走近一家酒馆，打量被雪团打得扑扑响的酒旗招子，斗大的"酒"字溢着酒香。突然，一队人马冲了过来，不由分说架起他便走，一直来到一座披红挂彩的门楼前。他懵了，下意识地停下脚步，却被人连推带拽拥进了门。院子宽敞得像宫殿，不见一丝雪，四处花团锦簇，相较外面更加辉煌。红绸子有几千丈吧，穿绕在屋廊檐间，像一条条喜气洋洋红色的龙，上下翻飞起舞。正堂影壁上，挂着一个金丝滚边儿的红双喜字，人人脸上都挂着笑。他不知所措，莫不是这家有人要办喜事？莫不是这里喝喜酒也兴强拉人来？

门内迎出一群人，笑容满面纷纷向他打手问揖，口中连称"新姑爷好"，主事上来打圆场，告诉他，镇上的老神仙掐算，一个有仙根的人有一天将踏着琼瑶来到这里，千万要把他留下来。而能将有仙根的留下，唯有让他在此地安家。镇上的姑娘们等了一年又一年，一个又一个在无望的叹息中嫁给了别人，只有这镇上最漂亮的姑娘不肯出嫁，一直痴心等待。在这之前没有一个生面孔来过，而所谓琼瑶，不正是落雪吗？主事欣喜地一面诉说，一面双手合十感谢上天，终于让他们等到有仙根的人出现。

"老神仙？"他黯淡多年的瞳孔蓦然大亮："老神仙在哪里？"他紧紧抓住主事的胳膊。"老神仙是我们族里最年长的智者，他现在已经120岁了。""快带我去。"主事不许，坚持要先办婚礼，并指挥点响礼炮。礼炮声中，他与红云团一样喜庆的新娘礼成。他心急如蚁，急切地想会见老神仙。在他心里，寻仙之梦一刻也未曾断过，越是不得，越是迫切。寻仙的念头魔一般盘在他的心头，每一秒钟都在吮啮着他的心脏。在他的心念里，似乎只有踏上仙路，才能摆脱追忆李梦时的疼痛，以及对薛娜的内疚和这些年对自己的不满意。落霞山的寻仙梦破碎了，白日踏破铁鞋，夜里山风猎猎，而仙踪杳无痕迹，直到后来，哪怕一个有关于仙的梦他都做不出来，可能仙机并不在深山深处，父亲也许早已知道，所以父亲尽管轰轰烈烈说要四处拜山寻找，却最终不敢离开家去尝试，宁愿带着遗憾守着一个远古的传说。他几乎要绝望了，而如今，竟然有一个老神仙掐算到他会来到这里，他不由暗悔将时间浪费在落霞山。

乐声高昂，唢呐拔铙兴高采烈地唱着，他只愿快快了却这桩繁琐的过场。夫妻对拜时，夫妻双方向对方一揖，新娘低头间大红的盖头倾然落下，"呜——"人群齐发出一声惊呼，瞬间无了声息，连唢呐拔铙也停了下来，镇子静得听得到远村辘轳的汲水声。他向新娘瞥去，只见新娘白发横生，面皮焦黄，皱纹层叠。新娘飞快地扫他一眼后，绞着手中的红锦锻手巾再不敢抬头。主事为难地凑到他身边，低声道，等他等得太久了，当年红颜如玉的美人儿如今已经鹤发鸡皮，但想嫁他的心如此热切，希望他不要见怪等等。他沉静地听完，示意礼乐继续，然后他挽起红喜带牵着新娘入了洞房。来宾大声欢庆，一夜小镇未眠。

第二日，主事如约带着他去见老神仙。行了半晌路，绕过弯弯的小河，来到一片寂静的坟茔前，主事指着其中一座坟对他说，老神仙就在这里，两天前刚刚去世了。原来所谓能掐会算的神仙也是会死的啊。被人尊为老神仙的"神仙"躺在眼前这方墓穴中，尘归尘，土归土，经历了一个过程，又归于本真，安静地躺在应该在的地方。四周松柏蔼蔼，荒草凄凄，泥土泛着地底的红棕色，河流的水声潺潺，将轻薄的泥沙从上游扫向下游，人世的喧嚣从这里调头折了回去。

他老了，一汪心事跌在地上，碎了。在落霞山还没有完全消磨掉的青春，顷刻工夫蝉蜕如雪。蝉衣就落在老神仙冰冷的石碑前。他佝偻着身子，双足哆嗦，承受不起这时间瞬时压缩的重量，父亲和他的时间都挤成一个团，像铅块沉重地拘押在他的背上。梦想，原来是最具分量的。追求时，它在远方发光发亮，让你身轻如燕，矫健如飞，年老的不老，年轻的更加意气风发。梦想是好东西，你总觉得在离你不远的地方、唾手可及，总要等到赶跑梦想虚幻的外衣，才发现梦想的真谛其实就在你的双肩上，你一直在背着它行走。世上有仙吗？没有，确实没有。真没有"仙"吗？有，又确实是有，你就是"仙"，"仙"其实还是你自己。月光映射在凉凉的石碑上，涌出一团安静的影子，李梦化成的那只白天鹅站在云烟中冲着他微笑，笑得轻柔而甜美，像多年前他在一堆孩子中发现的那样。他泪流满面，心底的那份疼竟然不怎么重了。

他又重新轻快起来，苍老的双手摸索着石碑，石碑上原本变淡的刻字此时殷红如血，并渐渐外渗，越渗越快，慢慢汩汩地流淌起来，在他周围画成一个圆圆的圈子。主事大叫一声"妖人"，转身向镇子逃去。

他的泪一滴到红色的血上，血圈马上聚拢变成一块红色的飞毯，载着他冉冉向天上飞去。

在天上，他望到镇子屋顶上仍然冒着蒸腾的白烟，成群的驮马队不缓不急地在雪地里前行，前一夜的酒醒了，一镇的人都开始专心置办年货。在留仙镇最高门楼的院子里，一个红色的老女人独自立在门前，痴痴地向天上望来，像另一个世界里守候在宏运的薛娜。他喏喏的，不知说什么好，索性当什么也没有看到。当他路过落霞山时，整个山，包括连绵的余脉仍被雪覆盖着，似乎打算就这样沉睡不醒，太阳升起来了，照耀在落霞山山上，雪影粼粼，说不出的妖娆壮观，霞光四散流溢，像仙人身上披的五彩霓裳。真美啊，他真心赞叹，却没想要降落。此时他心清如水，静如幽潭，以往种种执著好像做了一场梦。

当红云徐徐降在地面，他走了下来，身旁自己的影子又生了出来，形影不离。此际，明月皎皎，清光遍地，他轻轻推开百年老宅的大门，屋影重重，好似当年他未离开前一样寂静。大哥大嫂的屋内发出悠缓的鼾声。轻微骚动从鸡舍传来，他打眼望去，一道刺目银光从里面穿透而出，分明是一粒银蛋，他理理衣衫，恭恭敬敬地走向鸡舍，向警惕的老公鸡和不安的母鸡们一揖。